Diseño y realización: delicado diseño
Texto y guión: Paco Torrubiano (astrónomo)
Revisión de texto: Consuelo Delgado, Isabel López
Ilustraciones: Toni Rodríguez
Edición y dirección de arte: José Delicado
Diseño de cubierta: Agustín Escudero

CRÉDITOS FOTOGRÁFICOS:

GUARDAS: NASA y The Hubble Heritage Team (STScI/AURA)

Págs. 14-15: Hubble: NASA, ESA, N. Smith (University of California, Berkeley) y The Hubble Heritage Team (STScI/AURA)
CTIO: N. Smith (University of California, Berkeley) y NOAO/AURA/NSF

Pág. 48: NASA/JPL/DLR

Págs. 62-63: Hubble: NASA, ESA, K. Kuntz (JHU), F. Bresolin (University of Hawaii), J. Trauger (Jet Propulsion Lab), J. Mould (NOAO), Y.-H. Chu (University of Illinois, Urbana) y STScI. CFHT: Canada-France-Hawaii Telescope/ J.-C. Cuillandre/Coelum. NOAO. Jacoby, B. Bohannan, M. Hanna/ NOAO/AURA/NSF
NASA, ESA, S. Beckwith (STScI) y The Hubble Heritage Team (STScI/AURA). NASA, ESA y the Hubble Heritage Team (STScI/AURA)-ESA/Hubble Collaboration. Agradecimiento: B. Whitmore (Space Telescope Science Institute)
NASA, ESA y The Hubble Heritage Team (STScI/AURA). Agradecimiento: J. Gallagher (University of Wisconsin), M. Mountain (STScI) y P. Puxley (National Science Foundation).
Axel Mellinger, Central Michigan Univ.

Pág. 68: NASA, ESA, S. Beckwith (STScI) y The Hubble Heritage Team (STScI/AURA)

Pág. 69: NASA, ESA, S. Baum y C. O'Dea (RIT), R. Perley y W. Cotton (NRAO/AUI/NSF), y The Hubble Heritage Team (STScI/AURA)

Pág. 96: Copyright: ESA y the Planck Collaboration - D. Ducros

Pág. 153: NASA

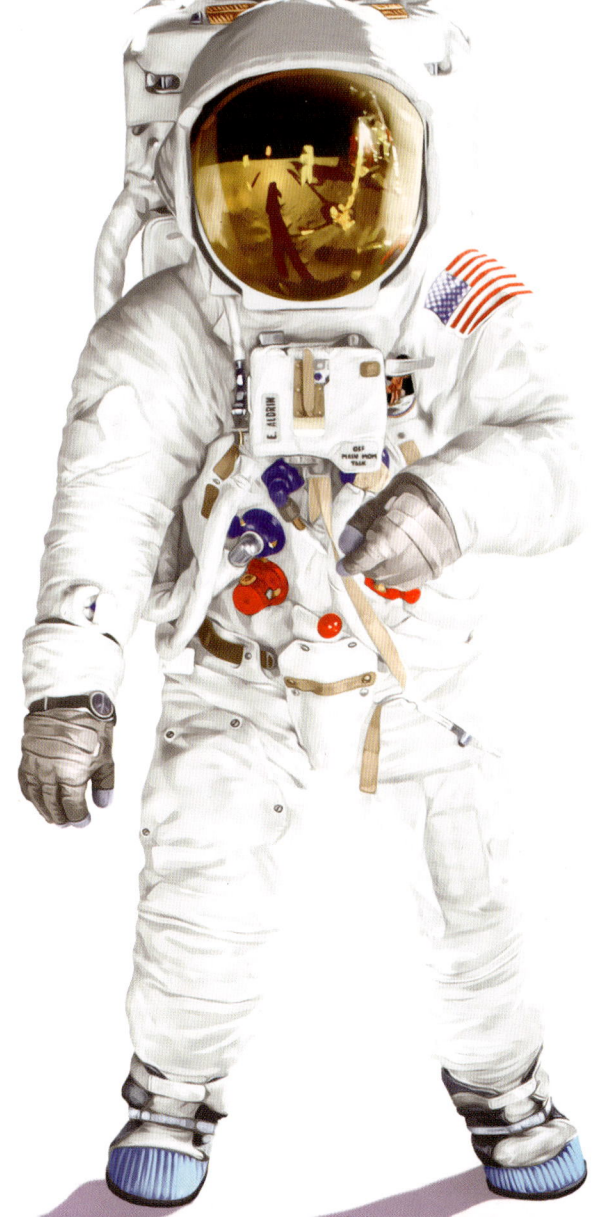

Impreso en papel procedente de bosques sostenibles.

© SUSAETA EDICIONES, S.A. - Obra colectiva
C/ Campezo, 13 - 28022 Madrid
Tel.: 91 3009100 - Fax: 91 3009118
Impreso y encuadernado en España
www.susaeta.com

Cualquier forma de reproducción, distribución, comunicación pública o transformación de esta obra solo puede ser realizada con la autorización de sus titulares, salvo excepción prevista por la ley. Diríjase a CEDRO (Centro Español de Derechos Reprográficos) si necesita fotocopiar o escanear algún fragmento de esta obra (www.conlicencia.com; 91 702 19 70 / 93 272 04 47).

ENCICLOPEDIA del ESPACIO

Texto y guión: **Paco Torrubiano** (astrónomo) / Ilustraciones: **Toni Rodríguez**

SUMARIO

La relación del ser humano con el universo — 8

LAS ESTRELLAS

Fuentes de luz y calor — 12
Enormes esferas incandescentes

El origen de las estrellas — 14

La energía de las estrellas — 16
Todo nace en ellas

Estrellas de todos los colores — 18
Enanas blancas, estrellas tipo Sol, gigantes rojas...

La muerte de las estrellas — 20
Nebulosas planetarias y supernovas

Los cadáveres estelares — 22
Enanas blancas, estrellas de neutrones, agujeros negros

Sistemas formados por varias estrellas — 24
Unidas por la gravedad

CURIOSIDADES — 26

EL SISTEMA SOLAR

La nebulosa solar — 30
Origen de nuestro sistema

El orden del sistema solar — 32
Sol, planetas, satélites...

Planetas terrestres y jovianos — 34
¡Proceden de los «escombros» solares!

El Sol — 36
Nuestra estrella

Mercurio — 38
Un planeta extremo

Venus — 40
El invernadero sulfuroso

La Tierra — 42
Nuestro hogar

El Sistema Tierra-Luna — 44
La inseparable y necesaria pareja

Marte — 46
El planeta rojo

Júpiter — 48
El gigante gaseoso

Saturno — 50
El señor de los anillos

Urano y Neptuno — 52
Planetas helados

Planetas enanos, asteroides y cometas — 54
Los límites del sistema solar

CURIOSIDADES — 56

LAS GALAXIAS

¿Qué es una galaxia? — 60
Todas interconectadas entre sí

Un universo de galaxias — 62
Gas, polvo, estrellas

¿Cómo se formaron las galaxias? — 64
En torno a un agujero negro

Evolución de las galaxias — 66
La actividad de cuásares o blázares

CURIOSIDADES — 68

LA VÍA LÁCTEA

Conocer la Vía Láctea — 72
Lo que sabíamos de ella hasta principios del siglo XX

Edwin Hubble — 74
La Vía Láctea es solo una galaxia más

Así es la Vía Láctea — 76
¿Dónde vivimos en la galaxia?

Un agujero negro en la Vía Láctea — 78
¿Cómo es el centro de la galaxia?

CURIOSIDADES — 80

EL UNIVERSO: ORIGEN, EVOLUCIÓN Y FINAL

La Tierra, centro del universo — 84
¿Cómo creían nuestros antepasados que era el universo?

El Sol, centro del universo — 86
La demostración matemática, empírica y razonada

El origen del universo — 88
Estado estacionario o expansión

El BIG BANG — 90
De los primeros segundos del universo a la actualidad

¿Cómo será el final del universo? — 92
Expansión, congelación y evaporación

Nuestra situación en el universo 94
La Tierra, el sistema solar, la Vía Láctea, el Grupo Local...
CURIOSIDADES 96

LA VIDA EN EL UNIVERSO

Desde la materia inerte hasta la vida 100
Los átomos son los mismos en todo el universo

Condiciones para la vida en la Tierra 102
Agua, tectónica de placas, atmósfera, Sol y Luna

La única vida que conocemos 104
Origen y evolución de la vida en la Tierra

Los extremófilos 106
La vida en ambientes extremos

¿Hay vida extraterrestre? 108
Moléculas orgánicas encontradas fuera de la Tierra

CURIOSIDADES 110

LA OBSERVACIÓN ASTRONÓMICA

La astronomía primitiva 114
Observar el universo para organizar la vida diaria

El calendario 116
La medida del tiempo

Las estaciones en la Tierra 118
Su origen es la inclinación del eje de rotación

Eclipses de Luna y de Sol 120
Jugando al escondite

Las constelaciones y la esfera celeste 122
Una gran pantalla desde la Tierra

Mapas estelares 124
Hemisferio norte / Primavera y verano

Mapas estelares 126
Hemisferio norte / Otoño e invierno

Mapas estelares 128
Hemisferio sur / Primavera y verano

Mapas estelares 130
Hemisferio sur / Otoño e invierno

Telescopios visuales 132
La luz visible del espacio

Telescopios espaciales 134
Situados fuera de la atmósfera

CURIOSIDADES 136

LA EXPLORACIÓN DEL ESPACIO

Cohetes ingeniosos 140
Los padres de la astronáutica

El programa espacial soviético 1930-1959 142
Los primeros

El programa espacial soviético 1960-1969 144

La odisea del primer paseo espacial 146
Voskhod 2: tripulada por Belyayev y Leonov

El programa espacial estadounidense 1958-1966 148
Los inicios de la exploración espacial

El programa espacial estadounidense 1967-1970 150

El hombre llega a la Luna 152
«Un pequeño paso para el hombre, un gran salto para la humanidad»

Viajes al espacio 154
Desde 1972 hasta hoy

Misiones actuales en el sistema solar 156

Misiones futuras 157

ESPECIAL VIVIR EN EL ESPACIO

Los problemas del ser humano en el espacio .. 160
Atmósfera, ingravidez y radiación

El traje espacial 162
Historia y futuro

Los paseos espaciales 164
El peligro del vacío

La Estación Espacial Internacional 166
Un lugar sin fronteras

Hora de... comer, dormir, ir al baño 168
Cómo se vive en una estación espacial

Un futuro cercano 170
Turismo espacial

Índice alfabético 172

La relación del ser humano con el universo

Hace cientos de años se pensaba que **los cielos estaban habitados por dioses y diosas, héroes y demonios.** Así, a falta de otro tipo de conocimiento, los fenómenos astronómicos se explicaban como el resultado de **fuerzas sobrenaturales e intervenciones divinas.** La astronomía tiene una rica herencia que se remonta a los mitos y leyendas de la Antigüedad.

Conforme la civilización avanzaba, supuso un profundo cambio **descubrir que el universo se podía comprender.** Los primeros indicios de este hecho se produjeron en la Antigua Grecia. **Los astrónomos griegos** descubrieron que, mediante una cuidadosa observación de los cielos y un posterior razonamiento sobre lo que se había observado, era posible aprender algo de la forma en la que funcionaba el universo. **Fueron capaces, por ejemplo, de medir el tamaño de la Tierra y de llegar a comprender, y así predecir, los eclipses.** La astronomía moderna es descendiente directa de estos precursores griegos.

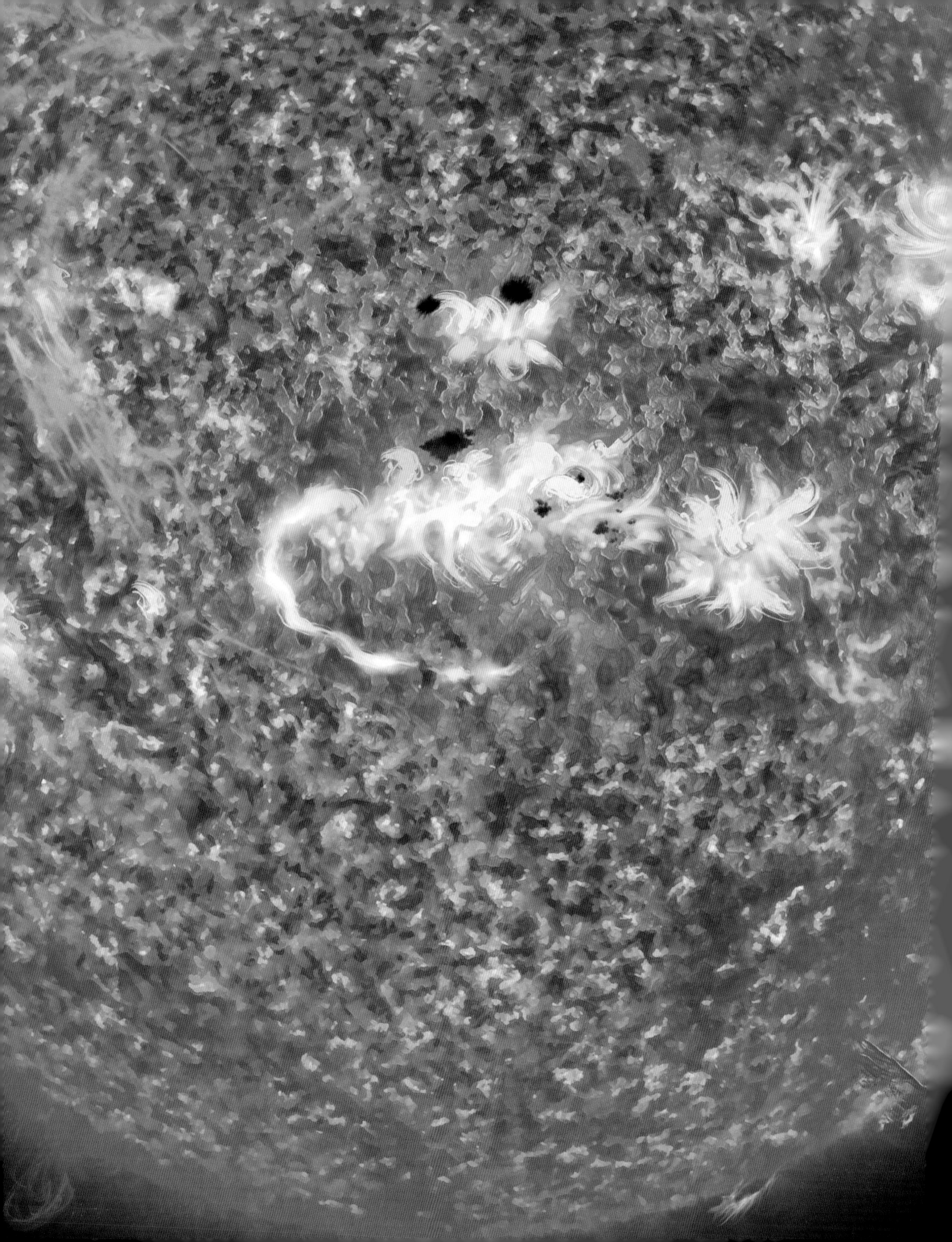

LAS ESTRELLAS

Los antiguos pobladores de nuestro planeta debieron de sentirse atemorizados al mirar al cielo y ver un techo plagado de estrellas cuya naturaleza desconocían. Los primeros astrónomos dieron distintas interpretaciones sobre la esencia de las estrellas, pero fueron los pensadores griegos los que apuntaron que debían de estar formadas por un «quinto elemento», totalmente distinto de cualquier cosa existente en la Tierra. Hoy sabemos que **las estrellas están compuestas por los mismos elementos químicos que existen en la Tierra,** y que no son sino «soles muy lejanos», similares al nuestro.

LAS ESTRELLAS
Fuentes de luz y calor
Enormes esferas incandescentes

Cuando miramos el cielo por la noche desde un lugar oscuro, vemos multitud de estrellas, que son soles muy, muy lejanos. Y las vemos porque brillan. Además, si observamos la estrella más cercana a nosotros, el Sol, vemos que también emite calor. Por tanto, podemos afirmar que **las estrellas son fuentes de luz y calor.**

Las estrellas que observamos a simple vista pertenecen **únicamente** a nuestra galaxia, y desde un lugar muy oscuro y con muy buena vista no seremos capaces de observar más allá de unas 2.000 estrellas de los, aproximadamente, 100.000 millones que estimamos que contiene la Vía Láctea.

¿QUÉ SON REALMENTE LAS ESTRELLAS?

Las estrellas son **enormes esferas de gas incandescente, con temperaturas tan altas que llega a formarse un cuarto estado de la materia al que denominamos «plasma».** A esas temperaturas nada puede existir en estado sólido o líquido.

¿TIENEN TODAS LAS ESTRELLAS LA MISMA TEMPERATURA?

La temperatura de las estrellas varía de unas a otras. Existen desde estrellas «frías», con temperaturas superficiales del orden de 2.225 °C, hasta estrellas muy calientes, con **temperaturas superficiales que pueden llegar hasta los 50.000 °C.**

¿Y POR QUÉ TIENEN LAS ESTRELLAS DISTINTAS TEMPERATURAS?

Porque emiten distintas cantidades de energía. Cuanto mayor es su masa, mayor es la fuerza de la gravedad que comprime su núcleo y, por lo tanto, más rápidas e intensas son las reacciones de fusión. Así, **cuanto mayor es la cantidad de materia original de una estrella, más alta será su temperatura.** La masa es el parámetro fundamental que definirá no solo el tipo de estrella, sino también cuál será su evolución.

¡ATENCIÓN!

EL QUE UNA ESTRELLA SEA MUY **MASIVA** NO SIGNIFICA QUE TENGA QUE SER MUY GRANDE. **EXISTEN ESTRELLAS PEQUEÑAS EXTRAORDINARIAMENTE MASIVAS,** MIENTRAS QUE, EN GENERAL, LAS ESTRELLAS MÁS GRANDES SON POCO MASIVAS.

ES UNA CUESTIÓN DE **DENSIDAD**, ES DECIR, DE LA CANTIDAD DE MATERIA QUE HAY EN UN VOLUMEN DETERMINADO.

VV Cephei

LAS ESTRELLAS

El ORIGEN

Nacimiento de una estrella

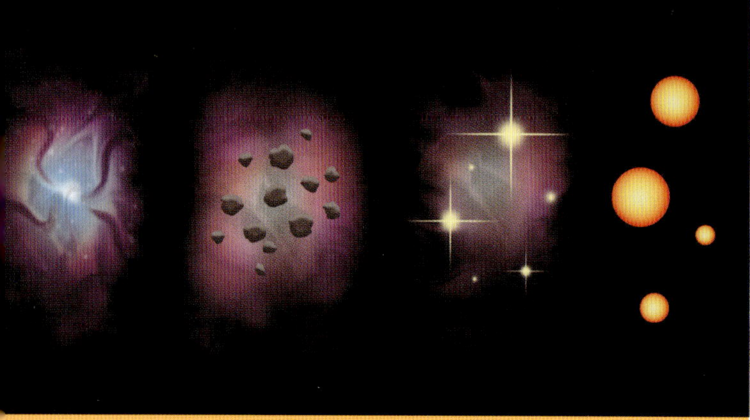

△ Cúmulos de estrellas

A medida que la nebulosa se va contrayendo, y dependiendo de varias condiciones, como la masa, la temperatura o la densidad, **distintas regiones de la nebulosa comenzarán a contraerse de manera independiente,** en un proceso conocido como «fragmentación».

Y cada uno de estos fragmentos seguirá comprimiéndose hasta dar lugar a la formación de una estrella. Por eso, **las estrellas nacen en grupos, en cúmulos.**

◁ ¿Cómo gira la nebulosa al contraerse?

Al igual que una patinadora sobre hielo gira más despacio cuando abr[e] los brazos y lo hace más rápido cua[ndo] los cierra, cuanto más se comprime [la] nebulosa, **más rápidamente gira**

de las estrellas

En el espacio existe materia en forma de gas y polvo que se agrupa en nubes de muy baja densidad que denominamos **nebulosas.** Si estas nebulosas tienen la masa suficiente, pueden contraerse por acción de la gravedad y dar lugar a la formación de conjuntos de estrellas que reciben el nombre de **cúmulos.**

¡QUÉ CURIOSO!

EXISTEN **MÁS SISTEMAS FORMADOS POR DOS O MÁS ESTRELLAS** QUE ESTRELLAS INDIVIDUALES COMO NUESTRO SOL.

Nebulosa de Carina NGC 3372

▷ Disco protoplanetario

Así, cada una de las estrellas que se están formando en el cúmulo **girará cada vez más rápido según se van contrayendo.** Y llegará un momento en que girarán tan rápido que, debido a la fuerza centrífuga, la materia comenzará a expandirse formando un disco alrededor de su ecuador, llamado «disco protoplanetario».

Disco protoplanetario alrededor de una estrella en formación

◁ ¿Dónde se forman los planetas?

Ese disco alrededor de la estrella es el lugar donde supuestamente podrán formarse **planetas en el futuro.** Una vez que las estrellas del cúmulo han alcanzado este estado, se separan, bien como estrellas individuales, bien como sistemas formados por dos o más estrellas.

LAS ESTRELLAS

La ENERGÍA de las ESTRELLAS

Todo nace en ellas

Todos los elementos químicos del universo, todo aquello de lo que estamos hechos los seres humanos, **se produce en el núcleo de las estrellas,** a excepción del elemento más simple y ligero, el hidrógeno. **Sin estrellas, no existiría el universo tal y como lo conocemos.**

Cuando un gas se contrae, se calienta (por eso cuando se infla la rueda de una bicicleta, la bomba se calienta). Del mismo modo, cuando la nube de gas de la que se forman las estrellas se contrae por efecto de la gravedad, aumenta su temperatura, pero no lo suficiente como para producir el **brillo** que observamos en las estrellas. Entonces ¿cómo aumentan las estrellas tanto su temperatura?

LA FORMACIÓN DE LOS ÁTOMOS

A medida que la nube estelar se contrae, la presión en su núcleo aumenta y, si hay suficiente masa de gas, aumenta tanto que puede hacer que los átomos de hidrógeno **se fusionen** entre sí, dando átomos de helio.

❶ Dos protones se fusionan para crear deuterio (emitiendo un positrón y un neutrino).

❷ El deuterio se fusiona con otro protón para crear un núcleo de helio ligero (emitiendo un rayo gamma).

❸ Dos núcleos de helio ligero se fusionan para dar helio (liberando dos protones).

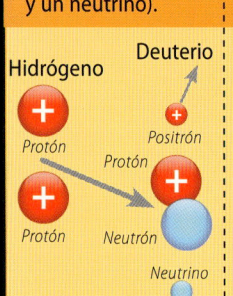
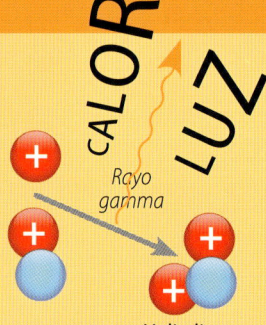
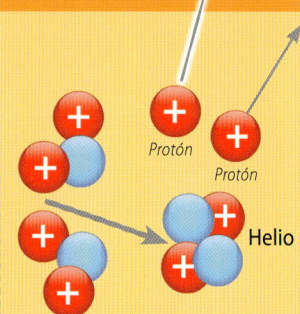

FUSIÓN NUCLEAR

Cuando los núcleos de cuatro átomos de hidrógeno se fusionan para dar un núcleo de un átomo de helio, se libera una gran cantidad de energía en forma de **rayos gamma.** El proceso que da lugar a esta enorme producción de energía se denomina «fusión nuclear».

Nuestra estrella, el Sol, al lado de la estrella gigante roja Arturo. En algún momento de su evolución, y debido a los procesos de fusión que sucederán en su interior, el Sol se hinchará tanto que llegará a tener el tamaño de Arturo.

Elementos químicos en nuestro cuerpo

El **carbono** forma la base misma de la vida tal y como la conocemos. El **hierro** «forma» el núcleo de nuestros glóbulos rojos: no hay hemoglobina sin hierro. El **calcio** forma nuestros huesos y dientes. El **oxígeno** produce los procesos energéticos más eficientes necesarios para la vida superior y, junto al **hidrógeno,** forma parte del agua de nuestro cuerpo. El **fósforo** proporciona energía a nuestras células.

MÁS LUMINOSIDAD

La energía liberada en la fusión nuclear presiona sobre las capas exteriores de la estrella, por lo que esta **aumenta lentamente su tamaño** al tiempo que su superficie se enfría. Al aumentar su superficie, su luminosidad también aumenta.

BERILIO, CARBONO Y OXÍGENO

Cuando todo el hidrógeno que hay en el núcleo de una estrella se ha transformado en helio, comienza a fusionarse el hidrógeno contenido en la capa contigua. Las regiones centrales se han calentado tanto (cien millones de grados) que, por fin, **el helio comienza a fusionar,** dando berilio, carbono y oxígeno.

LAS FÁBRICAS DEL UNIVERSO

Dependiendo de la masa inicial de la estrella, **los procesos de fusión nuclear serán cada vez más complejos,** llegando a fusionarse hasta el silicio y el hierro. Los elementos más pesados se producirán en procesos estelares más avanzados, como las explosiones de supernova. **Todos los elementos químicos del universo se han producido en las estrellas.**

17

Estrellas de todos los

Enanas blancas, estrellas tipo Sol, gigantes rojas...

Las características de cada estrella vienen definidas por su masa inicial. Cuanto mayor es su masa original, mayor es la presión gravitatoria que comprime su núcleo y más intensas las reacciones de fusión nuclear; así se produce una mayor cantidad de energía y la temperatura aumenta. **Y, en una estrella, color y temperatura están íntimamente ligados.**

LOS COLORES QUE NO VEMOS

La luz visible, aquella que nuestros ojos son capaces de ver, supone tan solo una pequeñísima parte del espectro electromagnético. Cuanta más **energía** emite el espectro, más se desplaza hacia el color azul en la zona visible, y cuanto menos energía, más se desplaza hacia el color rojo.

DEL ROJO FRÍO AL AZUL CALIENTE

Contradiciendo nuestra intuición, una estrella será más fría cuanto más se aproxime a la zona roja del espectro y más caliente cuanto más se aproxime al azul. **Las estrellas más frías son rojas y las más calientes azules.**

O	B	A	F	G	K	M
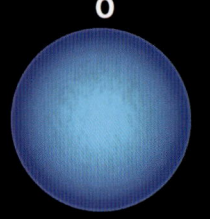						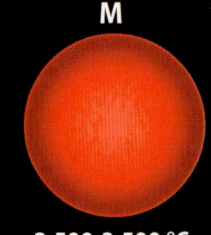
28.000-50.000 °C	10.000-28.000 °C	7.500-10.000 °C	6.000-7.500 °C	5.000-6.000 °C	3.500-5.000 °C	2.500-3.500 °C

LAS CLASES ESPECTRALES DE LAS ESTRELLAS

En este gráfico vemos las diferentes clases de estrellas de la **Secuencia Principal** (se dice que una estrella pertenece a la Secuencia Principal cuando está fusionando hidrógeno en su núcleo), ordenadas por las llamadas Clases Espectrales O, B, A, F, G, K, M. Debajo de cada una se indica su temperatura superficial. Nuestro **Sol es Clase Espectral G.**

Comparativa del tamaño del Sol con una estrella supergigante roja

Gigantes y supergigantes rojas

Una vez que el hidrógeno del núcleo de la estrella se agota, la fusión del hidrógeno continúa fuera de este (en ese momento decimos que la estrella abandona la Secuencia Principal). **Las estrellas comienzan entonces a aumentar de tamaño y su superficie se enfría,** ya que la misma cantidad de energía se tiene que repartir por una superficie mayor. Así, las estrellas gigantes y supergigantes, fuera de la Secuencia Principal, ocupan toda la zona roja del espectro.

ENANAS BLANCAS

Fuera de la Secuencia Principal también quedan restos estelares muy pequeños, y **muy densos,** con la masa que tiene el Sol contenida en un tamaño similar al que tiene la Tierra. Serían estrellas tan densas que una cuchara de café llena de materia de una de esas estrellas pesaría, en la Tierra, varias toneladas. Y al tener una superficie muy pequeña, su temperatura sería muy alta. Son las enanas blancas.

Enana blanca, del tamaño de la Tierra, junto al Sol

COLORES

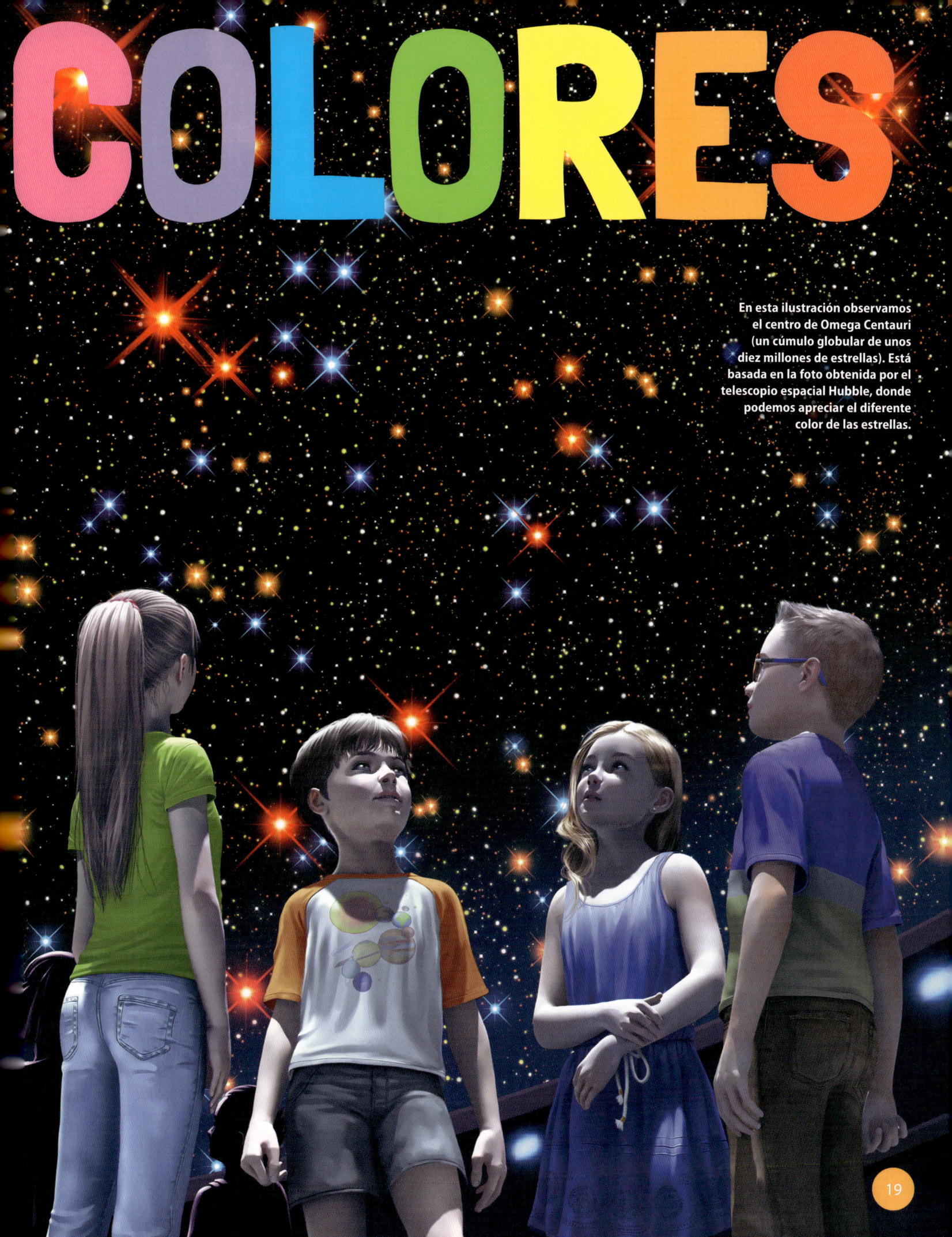

En esta ilustración observamos el centro de Omega Centauri (un cúmulo globular de unos diez millones de estrellas). Está basada en la foto obtenida por el telescopio espacial Hubble, donde podemos apreciar el diferente color de las estrellas.

LAS ESTRELLAS

La MUERTE de las estrellas
Nebulosas planetarias y supernovas

La evolución y muerte de una estrella dependen de su masa inicial. Las más masivas tienen una vida muy corta y mueren en grandes explosiones a las que llamamos «**supernovas**». Las menos masivas vivirán cientos de miles de millones de años antes de finalizar su ciclo vital. Las de masa parecida a la de nuestro Sol vivirán unos diez mil millones de años y morirán como **nebulosas planetarias**.

ESTRELLAS DE 1 MASA SOLAR

Las estrellas con una **masa similar a la del Sol** van aumentando de tamaño según evolucionan, convirtiéndose en gigantes rojas, tan grandes como la órbita de Marte e incluso mayores. En este estadio van liberando las capas exteriores de gas hacia el espacio, formando lo que conocemos como «nebulosas planetarias». La duración de su vida se mide en decenas de millones de años.

> CUANDO EL HELIO EN EL NÚCLEO DE LA ESTRELLA COMIENZA A FUSIONAR, FORMANDO BERILIO, CARBONO Y OXÍGENO, **LA TEMPERATURA DEL NÚCLEO PUEDE SUBIR HASTA LOS 350.000.000 °C.**

◁ **Gigante roja**
Cuando todo el hidrógeno del núcleo de la estrella se ha transformado en helio, la **fusión del hidrógeno** continúa en la capa en contacto con el núcleo, aumentando la presión sobre las capas exteriores de la estrella, por lo que esta aumenta su tamaño hasta llegar al estadio de gigante roja.

FORMAS Y COLORES DE LAS NEBULOSAS PLANETARIAS

Las nebulosas planetarias tienen muchas formas diferentes. Depende de la velocidad a la que gire la estrella, la densidad del medio interestelar, la velocidad de expulsión de las capas de la estrella, etc.

También los colores varían, dependiendo de la abundancia de los diferentes elementos químicos que las compongan.

Pero esta expansión de la estrella hace que la presión disminuya, deteniéndose la fusión del hidrógeno en la capa en contacto con el núcleo y provocando la contracción de la estrella.

Al contraerse, la presión aumenta de nuevo, y el hidrógeno en la capa en contacto con el núcleo vuelve a fusionar, expandiendo nuevamente la estrella.

△ **Estrellas que laten**
Así, la estrella inestable se expande y se contrae, se expande y se contrae... Es como si latiera. Son las **estrellas variables**.

◁ **Nebulosa planetaria**
Estos latidos se van haciendo cada vez más intensos y, **en cada latido**, la estrella lanza al espacio parte de s materia, creando lo que conocemos como «nebulosa planetaria».

ESTRELLAS MASIVAS

Son estrellas con una **masa superior a ocho veces la del Sol.** Consumen el hidrógeno muy rápido y tienen una vida muy corta: entre millones y cientos de millones de años. Pasan de ser blancas o azules durante la mayor parte de su vida, a crecer y enrojecerse con la edad. Cuando llegan a supergigantes rojas estallan en una supernova.

▽ Supernova

Esta gigantesca explosión se produce tras generarse una monumental «**onda de choque**» desde el núcleo que se encuentra con las capas exteriores que caen hacia el centro de la estrella. Es como si presionáramos una pelota de goma y la soltásemos repentinamente. Entonces, las capas exteriores de la estrella se expanden por el espacio, mientras que el núcleo sigue contrayéndose, hasta implosionar y dar lugar a una estrella de neutrones o un agujero negro, dependiendo de su masa.

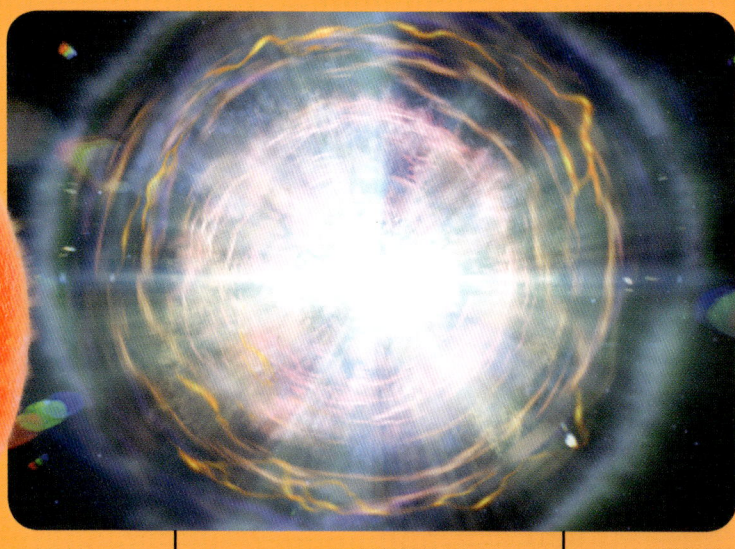

△ Supergigante roja

Cuando una estrella es muy masiva, la fuerza de la gravedad es lo suficientemente intensa como para que siga fusionando elementos, hasta llegar al hierro, que es el elemento más estable de todos. Cuando el núcleo se ha **convertido totalmente en hierro,** las reacciones nucleares en la supergigante roja absorben energía en lugar de producirla, así que colapsa repentinamente y explota en una supernova.

▽ Estrella de neutrones

Si el núcleo que queda tiene una masa que está **entre 1,4 y 3 veces la del Sol,** se contraerá en una estrella de neutrones del tamaño de una ciudad.

▽ Agujero negro

Si el núcleo restante tiene una **masa superior a 3 veces la del Sol,** se contrae hasta ser menor que una partícula elemental y forma un agujero negro.

LAS ESTRELLAS DE HASTA 8 MASAS SOLARES MUEREN COMO NEBULOSAS PLANETARIAS, Y LAS DE MÁS DE 20 MASAS SOLARES LO HACEN COMO SUPERNOVAS. **HAY DIFERENTES INTERPRETACIONES PARA LO QUE OCURRE ENTRE 8 Y 20 MASAS SOLARES.**

▽ Enana blanca

Es el **resto del núcleo** que queda después de expulsar las capas exteriores en forma de nebulosa planetaria. Es muy pequeña, muy densa y muy caliente; por eso emite radiación en la longitud de onda correspondiente al color blanco (la totalidad del espectro visible). Al cabo de muchos millones de años se enfriará y terminará como una enana negra.

 — Enana **roja**

ESTRELLAS POCO MASIVAS

Las estrellas poco masivas (enanas rojas) tienen como **máximo un cuarto de la masa del Sol.** Son las que viven más años y no sabemos cómo evolucionan, ya que el universo no es aún lo bastante viejo como para que alguna de ellas haya podido completar su ciclo evolutivo.

 Enana **blanca**

   Enana **negra**

LAS ESTRELLAS

Los cadáveres ESTELARES

Enanas blancas, estrellas de neutrones, agujeros negros

Una vez que una estrella finaliza su ciclo vital, deja un resto, un «cadáver estelar». El tipo de resto depende de la **masa inicial** de la estrella. Para las estrellas con masas similares a nuestro Sol, el residuo será una **enana blanca**; para aquellas con masas mayores, el resto será una **estrella de neutrones**. Y las estrellas muy masivas producirán **agujeros negros**.

Así sería el tamaño de una estrella de neutrones, comparado con la ciudad de Barcelona.

¡SORPRENDENTE!

LAS ÚLTIMAS SIMULACIONES INDICAN QUE LA SUPERFICIE DE UNA ESTRELLA DE NEUTRONES ESTÁ COMPUESTA POR MATERIA 10.000 MILLONES DE VECES MÁS RESISTENTE QUE EL ACERO.

ESTRELLAS DE NEUTRONES

Cuando una estrella tiene masa suficiente (20 veces la del Sol), puede iniciar la fusión del carbono y continuar fusionando elementos hasta llegar al hierro, pero no podrá fusionar elementos más allá de este, así que su núcleo colapsará por acción de la gravedad. Sin embargo, a diferencia del caso de una enana blanca, el colapso no se detendrá cuando las partículas ya no puedan aproximarse más unas a otras. La **presión** será tan intensa que los electrones se verán obligados a unirse con los protones, formando **neutrones**. Así nacerá una estrella de neutrones, muchísimo más densa que una enana blanca.

▽ La estrella de neutrones y la Tierra

- La Tierra gira sobre su eje una vez cada 24 horas; una estrella de neutrones lo hace varias veces cada segundo.
- La densidad media de la Tierra es de 5,5 toneladas/m³; la de una estrella de neutrones, de 100 billones de toneladas/m³ (10^{14}).
- El radio de la Tierra es de 6.378 km; el de una estrella de neutrones, de 10 km.

Comparación de tamaños entre **la Tierra**, una **enana blanca** y una **estrella de neutrones**. La enana blanca tendría una masa aproximada de 1,2 a 1,4 veces la masa del Sol, mientras que la masa de la estrella de neutrones sería de unas 2 veces la masa del Sol.

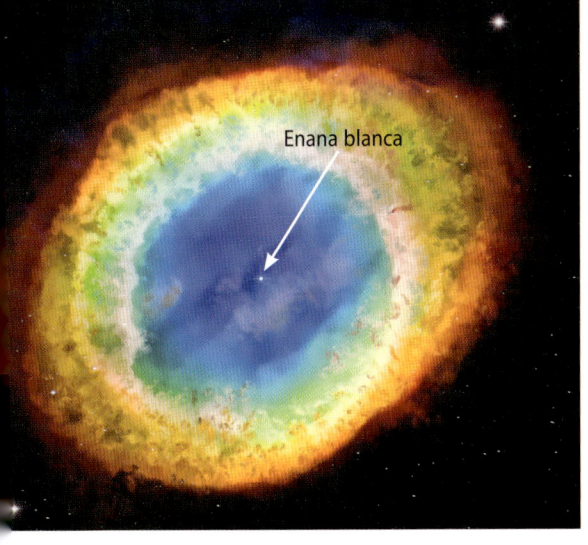
Enana blanca

ENANAS BLANCAS

En el núcleo de una estrella comienza a producirse la fusión nuclear, transformándose unos elementos en otros cada vez más pesados. Pero en una estrella como el Sol, el núcleo no tiene la masa suficiente como para iniciar la fusión del carbono, así que colapsa hasta que las partículas que lo forman ya no pueden aproximarse más unas a otras y aumenta extraordinariamente la **densidad.**

¡ASOMBROSO!
LA DENSIDAD DE UNA ENANA BLANCA AUMENTA TANTO QUE **UNA CUCHARADITA DE MATERIA** DE SU NÚCLEO PUESTA EN LA SUPERFICIE DE LA TIERRA PODRÍA LLEGAR A PESAR **100 TONELADAS**.

La nebulosa del anillo (M 57) en la constelación de la Lira, en la que se observa el «residuo estelar» como una **enana blanca** de 1,2 masas solares en su centro.

PÚLSARES

Una estrella de neutrones y un púlsar son el mismo objeto. La diferencia es la **orientación con respecto a la Tierra.** Una estrella de neutrones tiene un campo magnético extraordinariamente intenso, que hace que **emita dos chorros** de partículas cargadas. Si la Tierra está alineada con esos chorros se verá un destello cada vez que la estrella de neutrones gire, y la veremos como un púlsar.
Los **púlsares** pueden emitir entre 5 y 700 pulsaciones por segundo.

Un púlsar mostrando la emisión de sus dos chorros de partículas cargadas, alineados y con la misma orientación (colimados), por el intenso campo magnético de la estrella.

Imagen teórica de un agujero negro supermasivo. El anillo y el halo iluminados son enormes masas de gas a altísimas temperaturas que giran a su alrededor debido a su intenso campo gravitatorio y a su enorme velocidad de giro.

AGUJEROS NEGROS

Los agujeros negros son objetos muy extraños. Cuanto más intenso es un **campo gravitatorio**, mayor es la velocidad necesaria para escapar de él. El de un agujero negro es tan intenso que para que algo pueda escapar de él tiene que ir **a mayor velocidad que la luz,** así que ni tan siquiera la luz puede escapar de ellos.
Cuando una estrella es muy masiva, nada puede detener el colapso del núcleo, que colapsará hasta desaparecer como entidad física, concentrándose toda su masa en un punto sin dimensiones, una «**singularidad**».

¡INCREÍBLE!
SE ESPECULA SOBRE LA POSIBILIDAD DE QUE LA INTENSA DEFORMACIÓN DEL ESPACIO-TIEMPO PROVOCADA POR LOS AGUJEROS NEGROS PUDIERA DAR LUGAR A LA APARICIÓN DE «**AGUJEROS DE GUSANO**», ATAJOS ENTRE DIFERENTES ÉPOCAS O LUGARES DEL ESPACIO.

◁ Como un espagueti
Si un astronauta se acercara a un agujero negro sería absorbido por él como un espagueti. La intensidad gravitatoria sobre los pies sería mayor si están más próximos al agujero negro, mientras que la cabeza notaría menos la «atracción», al encontrarse más alejada. Los pies se estirarían más que la cabeza.

LAS ESTRELLAS

Sistemas formados por varias estrellas
Unidas por la gravedad

Las estrellas nacen en racimos, formando los **cúmulos abiertos** que, con el tiempo, se separan. Sin embargo, algo más de la mitad de las estrellas quedan ligadas gravitatoriamente formando grupos, generalmente de dos estrellas y, en algunos casos, de tres o más. Los grupos más comunes, los de dos estrellas ligadas gravitatoriamente, se denominan «sistemas binarios».

Cuando dos estrellas con masas similares a la del Sol (pero algo diferentes entre sí) están unidas gravitatoriamente, la más masiva evolucionará más rápidamente y terminará como una nebulosa planetaria, dejando como remanente una enana blanca. Cuando eso suceda, la menos masiva habrá evolucionado solo hasta la fase de gigante roja.

△ **Racimos de estrellas**
Cúmulo abierto de las Pléyades, en la constelación de Tauro. Se puede observar los restos de gas alrededor de las estrellas recién formadas.

Estrella de neutrones formando a su alrededor un disco de acreción a partir de la masa «robada» a su compañera.

El rozamiento de la materia de este disco eleva mucho la temperatura, emitiendo en la zona más energética del espectro rayos gamma y rayos X.

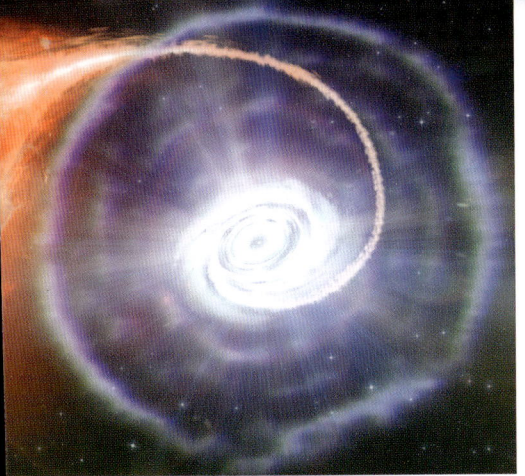

NACE UNA ESTRELLA NOVA

Un sistema binario formado por una enana blanca y una gigante roja evoluciona así:
La estrella en fase de gigante roja transfiere parte de su masa a su compañera enana blanca. Cuando el incremento de masa hace que la temperatura supere los 20 millones de grados, se produce una violenta explosión, **menos brillante que una supernova**: nace una estrella nova.

LA CHICA SE COME A LA GRANDE

Si una estrella como nuestro Sol queda gravitatoriamente unida a otra de 20 masas solares, la estrella más masiva evolucionará más rápidamente, explotará como una supernova y dejará como remanente una estrella de neutrones. La estrella compañera es lo bastante fuerte como para superar la explosión de supernova, pero no para resistir la **atracción gravitatoria** de una estrella de neutrones próxima.

La intensidad gravitatoria de la estrella de neutrones es tan grande que atrae las capas externas de su compañera. Pero la estrella de neutrones gira con extraordinaria rapidez, por lo que la materia de la compañera no cae directamente sobre ella, sino que lo hace girando, formando un disco de acreción a su alrededor.

DOS ESTRELLAS DE NEUTRONES

En un sistema formado por dos estrellas de 20 masas solares, después de estallar como supernovas, dejarán como remanentes dos estrellas de neutrones. Estas girarán una alrededor de la otra en órbitas espirales, hasta que, después de muchísimo tiempo, terminen chocando. El resultado será la formación de una estrella de neutrones mucho más masiva o de un agujero negro, y la emisión de una gran cantidad de **ondas gravitacionales.**

La intensa emisión de ondas gravitacionales de dos estrellas de neutrones, que giran en espiral una alrededor de otra, puede ser captada por observatorios como el LIGO.

LAS ESTRELLAS
CURIOSIDADES

EN UN FUTURO, LA VIDA EN LA TIERRA SERÁ IMPOSIBLE

Debido a la evolución del Sol, en el futuro la **temperatura de la Tierra** seguirá incrementándose, incluso sin necesidad de que nosotros contribuyamos a ello. En algunos miles de millones de años la vida en la Tierra será, sencillamente, imposible.

¿CÓMO SE FORMA EL POLVO INTERESTELAR?

Una enorme nube de polvo cósmico en la nebulosa del Águila

Las estrellas supergigantes rojas son tan enormes que sus **capas exteriores** están muy alejadas del núcleo (que es su fuente de calor) y los vientos solares hacen que estas capas comiencen a mezclarse con el medio interestelar. La temperatura baja tanto en estas zonas que los diferentes elementos químicos comienzan a **condensarse formando granos de polvo.** Se cree que es aquí donde se forma el polvo interestelar.

En nuestra galaxia hay unos 100.000 millones de estrellas.

Sirio es la estrella más brillante que vemos en el firmamento.

Las manchas del Sol son sus zonas más frías, pero están ¡a 4.000 °C!

Jocelyn Bell descubrió el primer púlsar.

EL DESCUBRIMIENTO DEL PRIMER PÚLSAR
HOMBRECILLOS VERDES

En el año 1967, Jocelyn Bell, estudiante de doctorado, buscaba fuentes de radio lejanas cuando encontró una fuente que emitía pulsaciones muy rápidas y precisas. Se llegó a pensar que podía tratarse de señales procedentes de una **civilización extraterrestre;** así que, medio en serio, medio en broma, llamaron a la fuente «Hombrecillos verdes 1» (Little Green Men 1). Poco después vieron que esa fuente procedía de una estrella muy densa en rápida rotación. Jocelyn Bell había descubierto **el primer púlsar.**

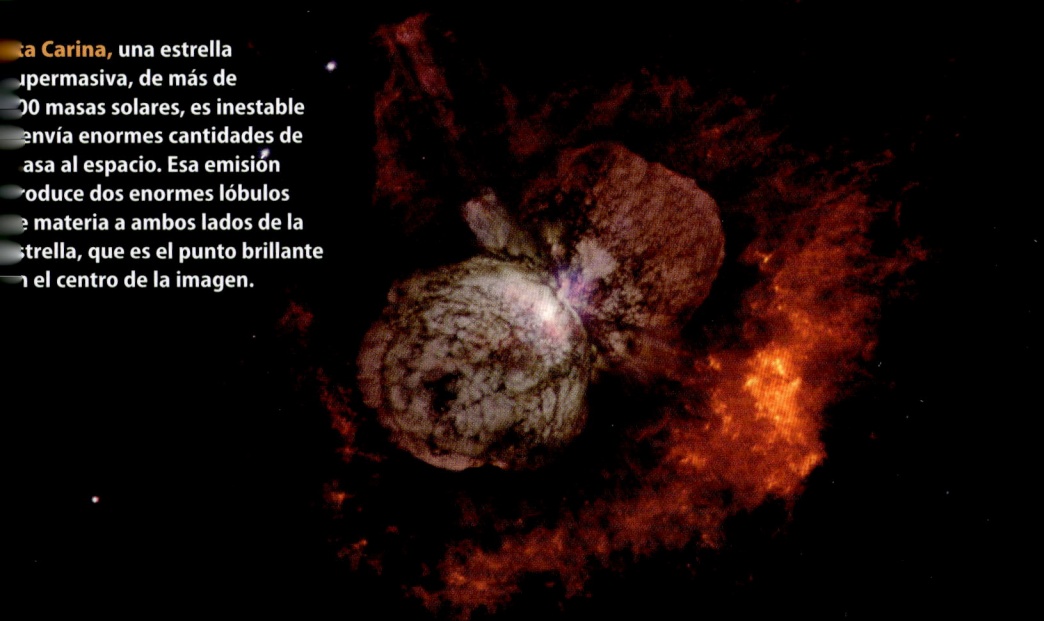

ta Carina, una estrella supermasiva, de más de 00 masas solares, es inestable envía enormes cantidades de asa al espacio. Esa emisión oduce dos enormes lóbulos e materia a ambos lados de la strella, que es el punto brillante n el centro de la imagen.

INESTABLES CUANDO SE PASAN DE MASA

La cantidad de masa que forma una estrella es limitada. Se sospecha que una estrella con una **masa superior a unas 70 masas solares** comienza a ser inestable, pierde masa a través del viento solar hasta llegar a las **60-65 masas solares,** donde se estabiliza.

ENANAS BLANCAS, COMO TERMOS

En las enanas blancas ya no se produce fusión nuclear. Entonces, ¿por qué están tan calientes? Es calor residual que, debido por un lado a su extraordinaria **densidad** y, por otro, a las características **aislantes** de la materia de la que están hechas, tarda mucho en dispersarse. Cuando al fin se enfríen, dejarán de brillar y, con el tiempo, terminarán su vida como **enanas negras.**

EN EL PASADO EL SOL CALENTABA MENOS

Como todas las estrellas, el Sol evoluciona con el tiempo. En el pasado, el Sol producía menos energía y, a pesar de ello, la vida evolucionó sobre la Tierra. Esto significa que tuvo que haber **más gases de efecto invernadero** en la atmósfera que en la actualidad, con el fin de poder atrapar el calor del Sol de una manera más eficiente.

EL SISTEMA SOLAR

Hace tan solo 60 años sabíamos muy poco sobre los planetas. Ni siquiera los mayores telescopios conseguían obtener imágenes claras de ellos. Y todavía sabíamos menos de los satélites, los asteroides o los cometas. Hoy, **diferentes misiones han sobrevolado todos los planetas, mostrándonos detalles extraordinarios.** Algunas se han posado sobre Venus y han recorrido la superficie de Marte; otras misiones han dejado caer módulos en la densa atmósfera de Júpiter o han descendido a mundos tan lejanos como Titán, el gran satélite de Saturno. Otras han llegado tan lejos como Plutón y los límites del sistema solar.

EL SISTEMA SOLAR

La NEBULOSA
Origen de nuestro sistema

El sistema solar se formó hace unos 4.500 millones de años a partir de una enorme nube de gas y polvo en rotación a la que llamamos **«nebulosa solar».** El universo tenía entonces, aproximadamente, 9.150 millones de años.

¿CÓMO SE ORDENARON LOS DISTINTOS ELEMENTOS?

Las zonas centrales de la nebulosa tuvieron que estar más calientes que las exteriores, pues se hallaban más próximas al futuro Sol, así que aquellos **materiales que mejor soportaban las altas temperaturas** debieron de predominar en la **zona interna,** mientras que los que peor soportaban el calor, como los hielos, debieron de situarse en la zona externa.

FORMACIÓN del SOL en la NEBULOSA SOLAR

Por acción de la gravedad, la nebulosa solar se fue **contrayendo,** con lo cual aumentó la velocidad a la que giraba y **el Sol comenzó a formarse en el centro.** Alrededor del Sol se creó el **disco protoplanetario** y fue en este disco, hace unos 4.500 millones de años, donde se formaron los planetas y demás objetos (cometas, satélites, asteroides) del sistema solar.

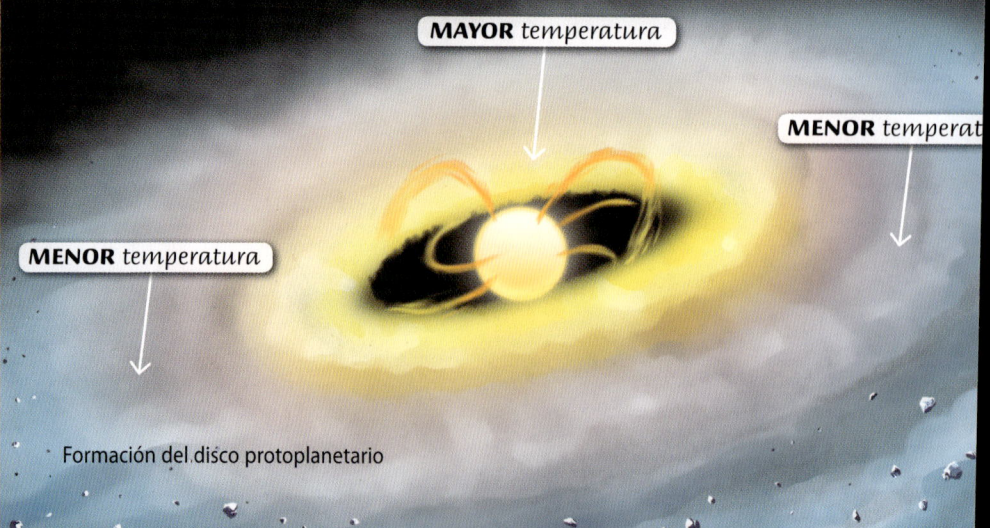

MAYOR temperatura

MENOR temperatura

MENOR temperatura

Formación del disco protoplanetario

SOLAR

DESCUBRIDORES DE LA NEBULOSA SOLAR

A finales del siglo XVIII, el filósofo alemán Immanuel Kant y el científico francés Pierre Simon de Laplace propusieron que el sistema solar se había formado a partir de una nebulosa solar.

Immanuel Kant

Pierre Simon de Laplace

Choque de planetesimales para formar los planetas.

DE GRANOS DE POLVO A PLANETAS

Al enfriarse la nebulosa solar, los diferentes elementos debieron de empezar a **condensarse, formando granos de polvo.** Estos pequeños granos de polvo comenzaron a unirse unos a otros a partir de colisiones a baja velocidad. Así se formaron poco a poco agrupaciones de **planetesimales,** que a su vez chocaban entre ellos y terminaron generando los **planetas.**

¡QUÉ CURIOSO!

TODOS LOS OBJETOS DEL SISTEMA SOLAR —PLANETAS, ASTEROIDES Y COMETAS— **GIRAN ALREDEDOR DEL SOL EN EL MISMO SENTIDO:** ES EL SENTIDO EN EL QUE GIRABA LA NUBE ORIGINAL DE GAS Y POLVO DE LA QUE SE FORMÓ NUESTRO SISTEMA SOLAR.

31

EL SISTEMA SOLAR

El orden del SISTEMA SOLAR

Sol, planetas, satélites...

En el centro del sistema solar se sitúa el **Sol.** Además del Sol, el sistema solar se compone de los planetas, docenas de satélites, sistemas de anillos planetarios y miles de asteroides y cometas.

Todos los planetas dan vueltas alrededor del Sol en la misma dirección y casi en el mismo plano.

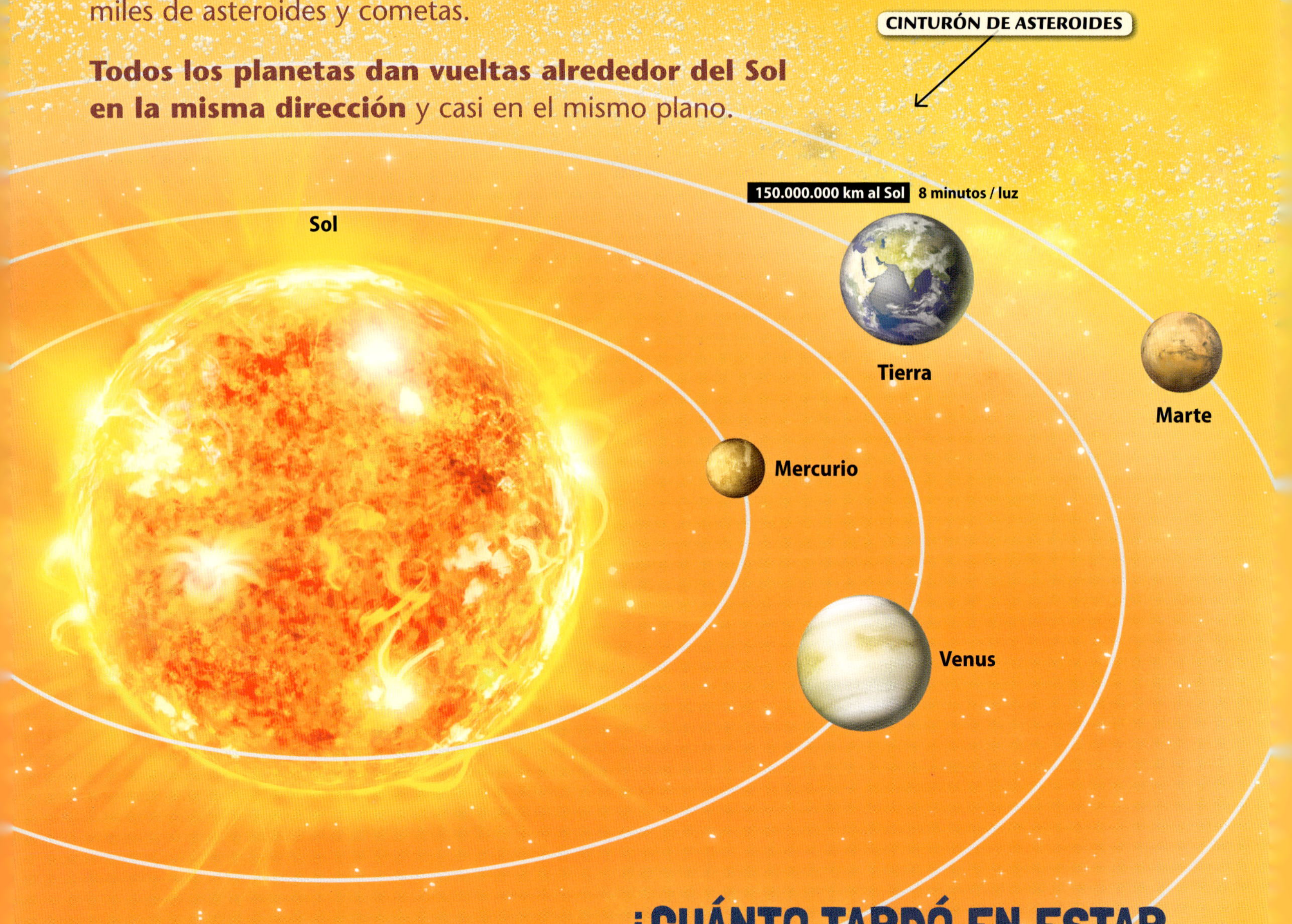

Saturno

CINTURÓN DE ASTEROIDES

150.000.000 km al Sol   8 minutos / luz

Sol

Tierra

Marte

Mercurio

Venus

¿CUÁNTO TARDÓ EN ESTAR FORMADO EL SISTEMA SOLAR?

Después de un periodo de **entre 10 y 100 millones de años**, el sistema solar quedó formado por varios planetas situados en órbitas estables, así como algunos restos sobrantes (los asteroides y los cometas).

LOS PLANETAS TERRESTRES, MÁS PRÓXIMOS AL SOL. LOS JOVIANOS, MÁS ALEJADOS

Debido a las diferentes temperaturas en la nebulosa solar, los **minerales rocosos y los metales** debieron de existir en estado sólido **próximos al Sol,** mientras que los **compuestos volátiles** (que se evaporan, como metano, amoniaco y hielo de agua) se situaron **en las zonas más externas.** Eso explica por qué los planetas terrestres (de roca y hierro) se sitúan próximos al Sol, mientras que los formados por materiales más ligeros (los planetas jovianos) se encuentran más alejados de este.

Comparación de tamaños entre los diferentes planetas. Los planetas mayores son los más alejados del Sol, pasada la «frontera» Marte-Júpiter marcada por el cinturón de asteroides. Se llaman planetas «jovianos» por derivación del latín *Iovis* ('de Júpiter'), forma de la palabra *Iuppiter* ('Júpiter').

LA DIFERENCIA DE TAMAÑO DE LOS PLANETAS

La gran diferencia de tamaño de los planetas a partir de la «frontera» Marte-Júpiter se debe a que **había mayor cantidad de material en esa zona más externa.** La nebulosa solar contenía una proporción mucho mayor de **elementos ligeros** que de metales y silicatos, y como los ligeros se situaban en la zona exterior del sistema solar, era más fácil que ahí se formaran protoplanetas más grandes.

Planetas TERRESTRES y JOVIANOS

¡Proceden de los «escombros» solares!

Una parte de los **«escombros» sobrantes de la formación del Sol se unió para formar los planetas.** El resto de estos escombros quedó repartido por el sistema y formó los planetas enanos, los asteroides y los cometas.

PLANETAS TERRESTRES

A partir del Sol se encuentran Mercurio, Venus, la Tierra y Marte. Todos estos planetas tienen tamaños similares, superficies sólidas y están formados principalmente por **roca y hierro**.

Los planetas terrestres: Mercurio, Venus, la Tierra y Marte. Se puede ver que Venus y la Tierra tienen tamaños similares, mientras que Marte y Mercurio son algo más pequeños.

PLANETAS JOVIANOS

Después del **cinturón de asteroides** se hallan cuatro planetas: Júpiter, Saturno, Urano y Neptuno. Estos planetas son mucho mayores que los planetas terrestres; no tienen una superficie sólida, pues son, fundamentalmente, **esferas gaseosas** formadas sobre todo por hidrógeno y helio. Todos ellos tienen sistemas de anillos y una gran cantidad de satélites.

Los planetas jovianos: Júpiter, Saturno, Urano y Neptuno. Júpiter es el mayor de ellos, pero muy parecido en tamaño a Saturno. Sin embargo, Urano y Neptuno (ambos de un tamaño muy similar) son más pequeños.

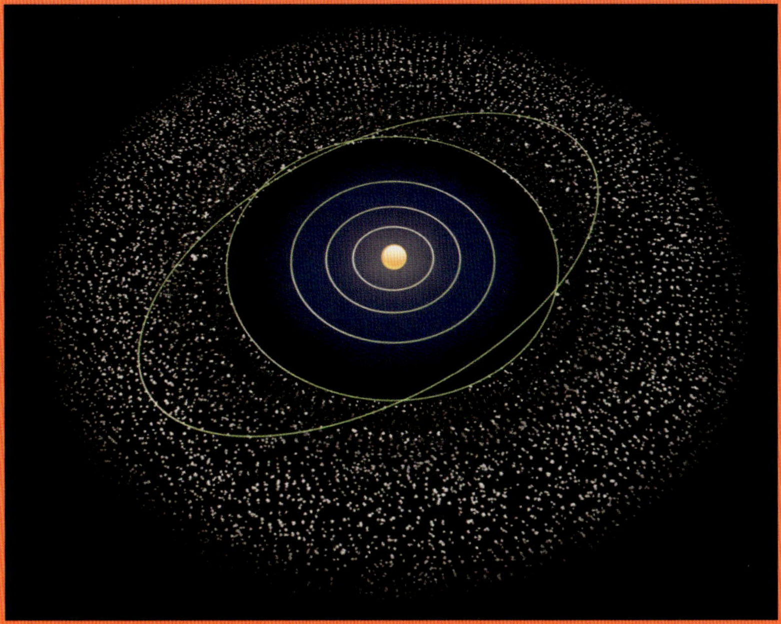

El cinturón de Kuiper ocupa una superficie mayor que el que ocupan todos los planetas juntos.

MÁS ALLÁ DE LOS PLANETAS...

Más allá de los planetas se empiezan a detectar objetos formados por roca y hielo, en una región denominada **cinturón de Kuiper**. Aquí se sitúan los **planetas enanos**, el principal de los cuales es **Plutón**, y es a partir de esta zona de donde se cree que provienen los **cometas de corto periodo**, aquellos que regresan a la Tierra cada poco tiempo.

DESPUÉS DEL CINTURÓN DE KUIPER, ¿QUÉ HAY?

Todavía más allá se sospecha que existe **una nube esférica de miles de millones de «bolas de nieve sucia»**, denominada **nube de Oort**, de donde se piensa que proceden los cometas de largo periodo, aquellos que tardan millones de años en regresar o no lo hacen nunca más.

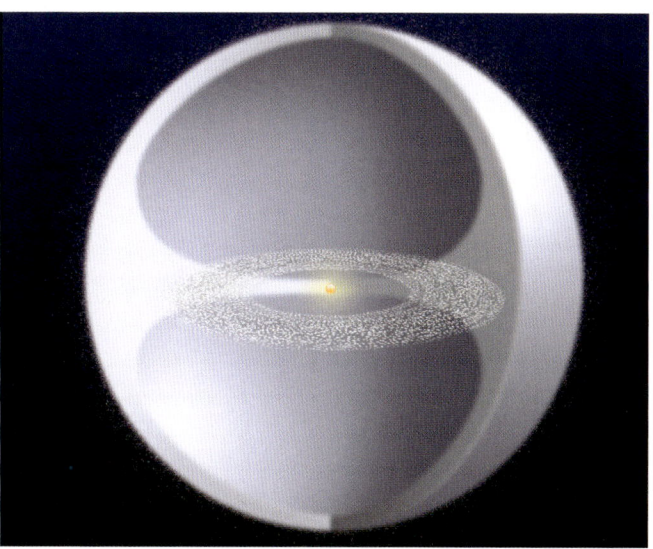

La nube de Oort, cuya existencia aún no está totalmente demostrada, sería muchísimo mayor que el resto del sistema solar, además de tener forma esférica en lugar de forma de disco.

El Sol, nuestra estrella

¡INCREÍBLE!

EL SOL CONTIENE EL **99,8 %** DE LA **MASA TOTAL DEL SISTEMA SOLAR.** TODOS LOS DEMÁS OBJETOS (PLANETAS, SATÉLITES, SISTEMAS DE ANILLOS PLANETARIOS, ASTEROIDES Y COMETAS) SUPONEN **TAN SOLO** EL 0,2 % DE LA MASA TOTAL DEL SISTEMA.

EL SISTEMA SOLAR

El Sol
Nuestra estrella

El Sol es una estrella corriente, abundante en el universo, con **una temperatura superficial de unos 5.500 °C.** Como el resto de las estrellas, está compuesto en su mayor parte por hidrógeno (72%), helio (26%) y, aproximadamente, un 2% del resto de los elementos.

Fotosfera
«Fotosfera» significa **'esfera de luz'**, y es de esta zona desde donde nos llega la luz del Sol. Espesor: unos 500 km. Temperatura: unos 5.800 °C.

Zona convectiva
Ocupa un 30 % del resto del radio solar. Bolsas de gas caliente ascienden, se enfrían y vuelven a hundirse. Con este movimiento, llamado **convección,** se transporta la energía del núcleo a la superficie. Temperatura: unos 500.000 °C.

Zona radiativa
Ocupa hasta un 70 % del radio del Sol y transmite la energía procedente del núcleo por **radiación.** Temperatura: llega a los 8.000.000 °C.

LA CANTIDAD DE HIDRÓGENO CONTENIDA EN EL NÚCLEO DEL SOL ES TAN ENORME QUE PUEDE HABER ESTADO BRILLANDO DURANTE LOS ÚLTIMOS 4.550 MILLONES DE AÑOS Y QUEDARLE AÚN COMBUSTIBLE PARA SEGUIR BRILLANDO DURANTE OTROS 5.000 MILLONES DE AÑOS.

DATOS
Diámetro: 1.392.684 km
Masa (Tierra = 1): 333.000
Temperatura superficial: 5.500 °C
Temperatura del núcleo: 15.000.000 °C

Cromosfera
Es una capa que se halla por encima de la fotosfera, con una temperatura de entre 4.000 °C en la zona más próxima a la fotosfera y 400.000 °C en la más alejada. Puede ser observada en los eclipses como un **anillo rosado** que rodea la fotosfera.

Corona
Muy grande e inestable tanto en su forma como en su espesor. Temperatura: entre 1 y 2 millones °C.

Núcleo
El núcleo del Sol ocupa un 25 % del radio solar. Es aquí donde se producen los procesos de **fusión nuclear,** por los que cuatro átomos de hidrógeno se unen para formar un átomo de helio, liberando una gran cantidad de energía. Temperatura: unos 15.000.000 °C.

TAMAÑO DE LA TIERRA CON RESPECTO AL SOL

Prominencias
Las **gigantescas erupciones de gas caliente** que surgen del Sol, llamadas «prominencias», adoptan la forma de arco debido al invisible campo magnético solar.

¿CÓMO EMITE EL SOL SU ENERGÍA?
Desde hace muy poco tiempo sabemos que la fuente energética del Sol es la **fusión nuclear.** Cuando se unen cuatro átomos de hidrógeno para obtener un átomo de helio, se libera una enorme cantidad de energía, tanta que con **un solo kilo de hidrógeno** se obtiene la energía equivalente a quemar **20.000 toneladas de carbón.**

LA ACTIVIDAD DEL SOL

AURORAS BOREALES Y AUSTRALES
El campo magnético terrestre nos protege de la radiación y de las partículas cargadas, procedentes, fundamentalmente, del Sol. Cerca de los polos tienen lugar espectaculares **emisiones de luz**, llamadas «auroras» (boreales, en el norte y australes, en el sur).

CAMPO MAGNÉTICO
El Sol posee un intenso campo magnético, unas **trescientas veces** mayor que el de la Tierra. Parece generarse a partir de las violentas corrientes de partículas cargadas que ocurren en la **zona convectiva.** Este campo magnético es el origen de diferentes fenómenos que podemos observar en nuestra estrella.

LAS MANCHAS SOLARES
Son zonas más oscuras sobre la superficie del Sol. Su menor brillo se debe a que son áreas más frías, con una temperatura de unos 4.000 °C. **Las manchas solares son consecuencia de los intensos campos magnéticos del Sol.** En las zonas donde aparecen, el campo magnético es 40 veces más intenso que en el resto de la fotosfera.

Espículas
Toda la superficie del Sol está cubierta por unos **chorros de gas** llamados «espículas».

EL SISTEMA SOLAR

Mercurio
Un planeta extremo

Mercurio es el planeta más próximo al Sol y recibe **siete veces más radiación solar que la Tierra**, lo que hace que las temperaturas de su superficie sean extremas, pudiendo llegar a alcanzar los +427 °C, suficiente como para fundir el plomo. Sin embargo, en su zona nocturna las temperaturas pueden alcanzar los −183 °C, frío suficiente como para congelar el dióxido de carbono.

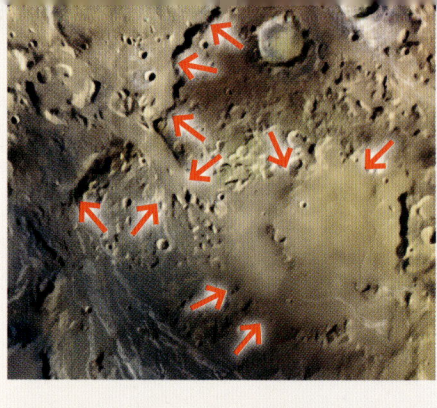

Mercurio posee grandes planicies entre los cráteres, probablemente formadas por **flujos de lava** producidos por colisiones que debilitaron la corteza, lo que permitió que la lava fluyese desde el manto. Las flechas indican el curso de la lava.

Al igual que la de la Luna, la superficie de Mercurio está cubierta por **cráteres** de todos los tamaños, aunque en número inferior al de la Luna.

¡QUÉ CURIOSO!
A PESAR DE LAS TEMPERATURAS EXTREMAS DE MERCURIO, EN EL INTERIOR DE ALGUNOS CRÁTERES CERCA DE LOS POLOS HAY ZONAS PERMANENTEMENTE EN SOMBRA ¡DONDE PUEDE HABER HIELO!

En los lugares opuestos a los mayores cráteres de impacto existen **colinas** que se cree que son «arrugas» producidas por las ondas sísmicas desencadenadas por el impacto.

DATOS
- **Gravedad superficial** (Tierra = 1): 0,38
- **Periodo de rotación:** 59 días terrestres
- **Año:** 88 días terrestres
- **Satélites:** 0

Núcleo
Mercurio es un 60 % más denso que la Luna, de donde se deduce que ha de poseer un **gran núcleo metálico.** Hoy sabemos que ese núcleo ocupa un 85 % del radio del planeta.

Manto
El manto de Mercurio debe de ser **muy delgado** en comparación con su enorme núcleo, y está formado por silicio, magnesio y aluminio.

LOS BARRANCOS SON COMUNES EN MERCURIO

Mercurio posee un gran núcleo de hierro, y el hierro se contrae o expande de manera importante con los cambios de temperatura. Al enfriarse Mercurio, **el núcleo ferroso comenzó a contraerse**, por lo que disminuyó el radio del planeta; así se rompió la corteza y se formaron los barrancos. Este proceso continúa en la actualidad.

Corteza
La superficie de Mercurio posee una gran semejanza con la de la Luna, aunque muestra dos diferencias significativas: no existen «mares» oscuros y sí **multitud de barrancos.**

Atmósfera
Por su baja gravedad Mercurio **no puede retener una atmósfera.** Sin embargo, el intenso viento solar puede modificar la química de la superficie del planeta y hacer que se desprendan distintos gases.

GRANDES IMPACTOS
La mayor **hondonada** conocida sobre la superficie de Mercurio se denomina Caloris. Tiene un diámetro aproximado de 1.300 km, y su origen se debió a un impacto que esparció material hasta una distancia de 600-800 km.

EL SISTEMA SOLAR

Venus
El invernadero sulfuroso

A primera vista Venus es muy parecido a la Tierra: tiene prácticamente la misma masa, el mismo tamaño, la misma gravedad… Sin embargo, al estar Venus más próximo al Sol, recibe mucha más radiación. Esto ha transformado un planeta parecido a la Tierra en **un mundo inhabitable,** con una **atmósfera extremadamente densa,** una **temperatura extrema,** una **casi total falta de agua** y una densa capa de nubes.

¡UN HORNO!
LA COMPOSICIÓN DE LA ATMÓSFERA DE VENUS (95,5 % DE DIÓXIDO DE CARBONO) PROVOCA UN INTENSO **EFECTO INVERNADERO** QUE HACE SUBIR LA TEMPERATURA DE LA **SUPERFICIE DEL PLANETA A 472 °C,** SUFICIENTE COMO PARA FUNDIR EL PLOMO O EL ZINC.

La superficie de Venus es en su mayor parte **plana.** Incluso la diferencia máxima entre las tierras altas y las bajas es de tan solo unos 12 km, en comparación con los 20 km de la Tierra.

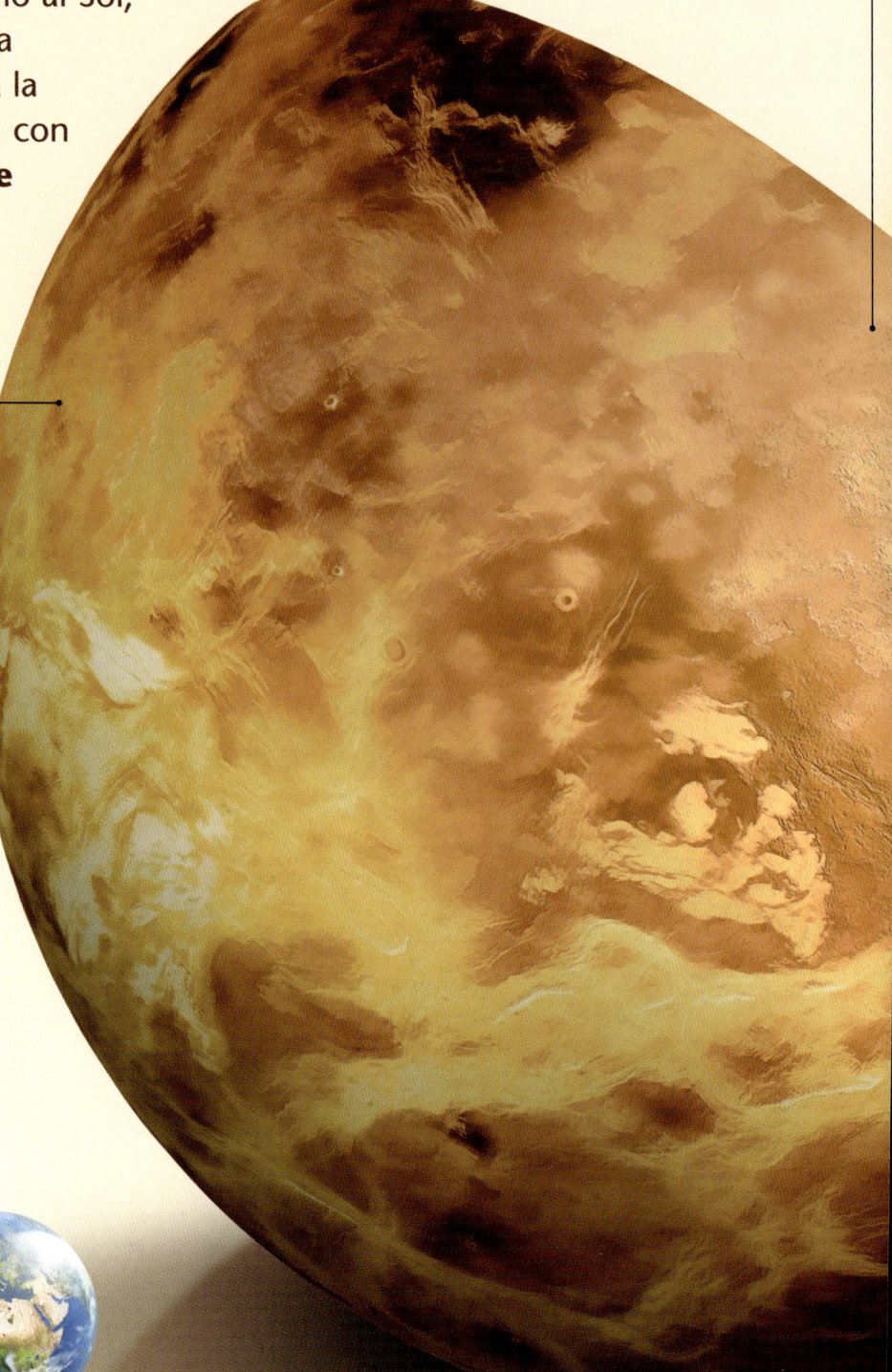

Los **volcanes** de la superficie de Venus son **muy extensos.** Sus cráteres pueden cubrir superficies de más de 25 km de diámetro.

MUCHOS VOLCANES

Por lo que sabemos, la superficie de Venus está dominada en gran parte por la **actividad volcánica.** Miles de volcanes se distribuyen por su superficie, en la que se aprecian flujos de lava de miles de kilómetros de longitud.

DATOS
Gravedad superficial (Tierra = 1): 0,91
Periodo de rotación: 243 días terrestres
Año: 225 días terrestres
Satélites: 0

Núcleo
Nos basamos en la similitud entre la Tierra y Venus para suponer que el núcleo de Venus debe de estar compuesto fundamentalmente por **hierro y níquel;** sin embargo, debido a la menor densidad de Venus, debe de existir algún otro elemento más ligero en su composición, **posiblemente azufre.**

Manto
Al igual que la Tierra, Venus debe de poseer un manto de **roca en estado fluido** debido al intenso calor del interior del planeta. Las corrientes de convección hacen que este manto se mueva lentamente arriba y abajo, dando lugar al intenso vulcanismo del planeta.

ATERRIZAJES en VENUS

Las dos primeras naves en llegar a la superficie de Venus fueron las Venera 9 y 10. **Solo pudieron enviar una imagen cada una,** pues debido a la enorme presión (90 atmósferas) y a la altísima temperatura de la superficie del planeta, su electrónica se averió en menos de una hora.

Corteza
La corteza está formada por **basaltos y silicatos.** En algunos lugares, las presiones interiores del manto han roto la corteza formando **volcanes** por donde fluye la lava al exterior.

Atmósfera
Venus está permanentemente cubierto por **nubes de ácido sulfúrico,** inmersas en una atmósfera formada básicamente por **dióxido de carbono.** A diferencia de lo que sucede con el resto de los planetas terrestres, la **densa atmósfera** de Venus lo domina todo, incluida la evolución de la superficie planetaria.

EL SISTEMA SOLAR

La Tierra
Nuestro hogar

A unos 150 millones de kilómetros del Sol, se encuentra un pequeño planeta rocoso, el único planeta conocido con grandes **océanos de agua líquida** en su superficie, con una densa atmósfera de nitrógeno y oxígeno y **capaz de albergar vida.** En ningún otro lugar del universo explorado se ha encontrado aún evidencia alguna de vida.

El «PLANETA AZUL» lleno de vida

A lo largo de 3.800 millones de años la vida se ha diversificado y ocupado todos los lugares imaginables en nuestro planeta: desde los polos al ecuador, desde la atmósfera a las profundidades marinas, desde los lugares más secos a los más húmedos.

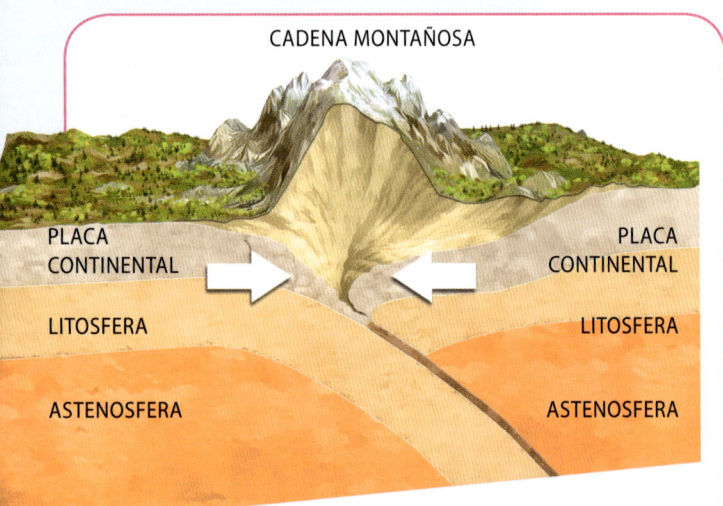

CADENA MONTAÑOSA
PLACA CONTINENTAL — PLACA CONTINENTAL
LITOSFERA — LITOSFERA
ASTENOSFERA — ASTENOSFERA

Formación de las cadenas montañosas

LAS PLACAS TECTÓNICAS

Las corrientes de convección de la **astenosfera** hacen que ciertas regiones de la **litosfera**, incluyendo la delgada corteza, se muevan muy lentamente. Estas regiones se denominan **«placas tectónicas».** Cuando las placas tectónicas chocan se producen plegamientos, dando lugar a las **cadenas montañosas.**

DATOS
- **Gravedad superficial:** 9,8 m/s^2
- **Periodo de rotación:** 24 horas
- **Año:** 365,2425 días
- **Satélites:** 1, la Luna
- **Diámetro:** 12.742 km 

En este pequeño planeta llamado Tierra, en esta «nave» que surca el espacio a grandes velocidades, nos encontramos nosotros, junto a millones de otras especies de seres vivos. Es **nuestro hogar, el único** que tenemos.

¡AURORAS!

ALGUNAS DE LAS **PARTÍCULAS CÓSMICAS DESVIADAS POR EL CAMPO MAGNÉTICO** DE LA TIERRA, AL ALCANZAR LAS CAPAS ALTAS DE LA ATMÓSFERA SOBRE LOS POLOS, DAN LUGAR AL ESPECTACULAR FENÓMENO DE LAS AURORAS (BOREALES O AUSTRALES).

GIGANTESCA BRÚJULA

Al girar el denso núcleo de la Tierra **crea un campo magnético** que desvía las brújulas en dirección norte. El eje de este campo magnético está inclinado 12° con respecto al eje de rotación de la Tierra. La mayor parte de los rayos cósmicos son desviados por el campo magnético de la Tierra, que actúa como un escudo protector para la vida.

Núcleo interior sólido

El radio del núcleo interno supone, aproximadamente, un 20 % del radio total del planeta. Es **sólido** y tiene una densidad de unas 4,6 veces la de la corteza. Su temperatura es de unos 5.000 °C.

Núcleo exterior líquido

Se extiende hasta casi un tercio del radio total de la Tierra, y su densidad disminuye hacia el exterior. Este núcleo metálico está muy caliente y en estado **líquido**.

Manto

Está compuesto por **silicatos**, con una densidad que disminuye hacia el exterior hasta llegar casi a igualar la de la corteza terrestre. Se extiende hasta casi la superficie de la Tierra. En su parte superior se encuentra la **astenosfera***, decisiva para el desarrollo de la vida en nuestro planeta.

Corteza

La corteza de la Tierra tiene un **espesor** de tan solo 35 km bajo los continentes y 5 km bajo los océanos, pero junto con la atmósfera soporta todas las formas de vida conocidas.

Océano

Casi **tres cuartas partes** de la superficie terrestre están cubiertas de agua salada, con profundidades que llegan hasta los 11 km.

Troposfera

La troposfera es la capa más baja y **más densa** de la atmósfera, la que está en contacto directo con la corteza terrestre. Tiene unos 12 km de espesor.

Estratosfera

Se encuentra a continuación de la troposfera, y va desde los 12 a los 50 km de altura. En la estratosfera, a unos 25 km de altura, se halla situada la **capa de ozono**, que absorbe la mayor parte de la radiación ultravioleta del Sol.

Mesosfera

Se encuentra situada entre los 50 y los 80 km de altura. El estudio de la mesosfera nos permite entender cómo los cambios de la atmósfera afectan al **clima global**.

Termosfera

Es la zona de la atmósfera que va desde los 80 a unos 700 km de altura. Es una **capa caliente**, ya que la radiación y las partículas energéticas provenientes del Sol rompen las moléculas de nitrógeno y oxígeno produciendo calor.

Exosfera

Es la capa **menos densa** y más externa de la atmósfera terrestre. Vista desde el espacio forma un **halo azul** alrededor de la Tierra.

* Está muy caliente (con temperaturas que oscilan entre los 1.200 y 2.200 °C), lo bastante como para tener una consistencia dúctil, plástica, de tal manera que se mueve con corrientes convectivas como las que ocurren con el agua hirviendo, pero mucho más lenta.

EL SISTEMA SOLAR

El sistema TIERRA-LUNA
La inseparable y necesaria pareja

De todos los planetas conocidos, ninguno posee un satélite tan grande con respecto al planeta como la Tierra. **La Luna tiene el tamaño de los mayores satélites de Júpiter, pero el radio de Júpiter es once veces y media mayor que el de la Tierra.** Por lo tanto, podemos decir que la Luna es un satélite poco habitual, peculiar, y que sus efectos sobre la Tierra deberán ser, asimismo, inusuales.

El 83 % de la superficie de la Luna consiste en regiones montañosas con abundancia de **cráteres.** Las mayores cordilleras lunares parecen haberse formado a partir del impacto de grandes objetos.

¿Qué son los «mares» de la Luna?

El 17 % de la superficie de la Luna consiste en **planicies** de color gris oscuro llamadas **«mares»,** formadas por basaltos (flujos de lava solidificada).

LA FORMACIÓN DE LA LUNA

Según la hipótesis generalmente aceptada, la Luna se formó por el **impacto de un objeto** del tamaño de Marte sobre la Tierra hace unos 4.500 millones de años. La mayor parte del material arrancado en la colisión pertenecería a la corteza y al manto de ambos objetos, lo que explicaría el pequeño núcleo de la Luna y su baja densidad.

DATOS
- **Gravedad superficial** (Tierra = 1): 0,17
- **Periodo de rotación:** 29,7 días terrestres
- **Año:** 1 año (gira alrededor del Sol al mismo tiempo que la Tierra)

Siempre vemos la misma cara

Al ser la Tierra mucho mas masiva que la Luna, la gravedad de la primera actúa muy intensamente sobre la segunda, «frenándola». Por eso la Luna tiene una **rotación síncrona,** lo que significa que emplea el mismo tiempo en orbitar alrededor de la Tierra que en girar alrededor de su eje, de ahí que siempre veamos la misma cara.

LAS FASES LUNARES

La Luna sigue una órbita casi circular alrededor de la Tierra, e inclinada 5° con respecto a la eclíptica. Según pasan los días, la Luna presenta fases, que son debidas a las diferentes proporciones de luz y sombra que aparecen sobre la Luna **por efecto del Sol** desde el punto de vista de la Tierra.

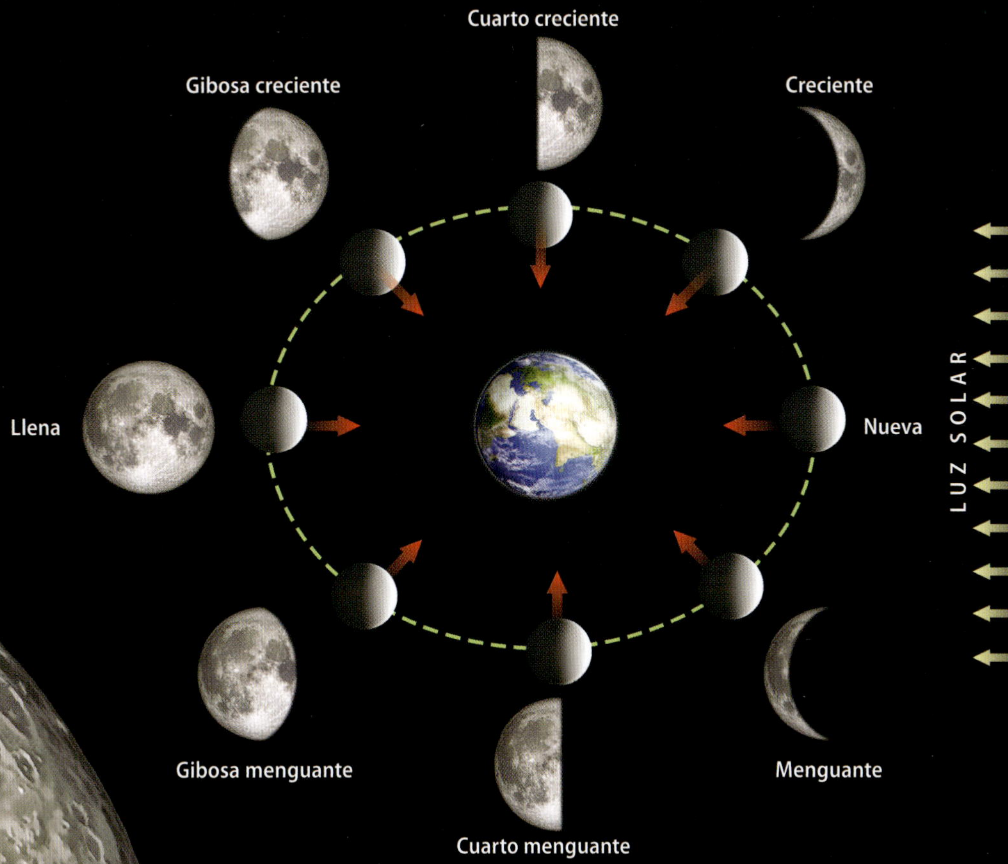

Los cráteres de impacto

Sobre la superficie de la Luna existe una enorme cantidad de cráteres de impacto de todos los tamaños, producidos por el **intenso bombardeo de objetos** procedentes de la formación del sistema solar.

¡GRAVEDAD!

LA GRAVEDAD DE LA LUNA MANTIENE FIJA LA INCLINACIÓN DEL EJE DE ROTACIÓN DE LA TIERRA. SI NO EXISTIERA LA LUNA, ESTA INCLINACIÓN VARIARÍA ENTRE 0° Y 90°, LO QUE DESESTABILIZARÍA EL CLIMA DE NUESTRO PLANETA.

La Luna deforma a la Tierra

La corteza terrestre se encuentra distorsionada gravitatoriamente por la Luna, produciendo una **protuberancia** de unos 20 cm de altura que recorre su superficie con la rotación.

Las FUERZAS de MAREA

La fuerza de gravedad mantiene a la Luna en una órbita estable alrededor de la Tierra. Esta fuerza de la gravedad actúa con mayor intensidad sobre la cara más próxima a la Tierra y con menor intensidad sobre la cara más alejada, lo que **distorsiona** la forma de la Luna.

Las MAREAS en la TIERRA

Las fuerzas de marea actúan simultáneamente sobre la Tierra. Es en los océanos donde las fuerzas gravitatorias se notan más, produciendo las mareas altas y las mareas bajas.

EL SISTEMA SOLAR

Marte
El planeta rojo

Marte es un planeta muy parecido a la Tierra, aunque mucho más pequeño (su radio es un 53 % del de la Tierra), con una superficie de **color rojizo por la abundancia de óxidos.**

Debido a su **escasa atracción gravitatoria,** Marte solo ha conseguido retener una **tenue atmósfera,** con una presión atmosférica del 1 % de la de la Tierra.

Por este motivo **no puede existir en la actualidad agua líquida sobre la superficie de Marte,** pues se evaporaría inmediatamente.

VALLES MARINERIS

Cerca del ecuador se encuentra un enorme sistema de profundos cañones denominado *Valles Marineris*, que se extiende a lo largo de 4.000 km, casi la cuarta parte del planeta.

Los hemisferios norte y sur de Marte son muy diferentes: la parte norte es una gran depresión con suelo muy liso, pocos cráteres de impacto y grandes volcanes, mientras que la sur está formada por tierras altas con muchos cráteres de impacto.

MONTE OLIMPO

Es el mayor volcán del sistema solar, con una altura de más de 20 km y un diámetro de 500 km. Si este volcán de Marte se colocase en la Tierra, la corteza no soportaría su peso y se hundiría.

*Comparativa de **tamaño** del monte Olimpo de Marte con el Everest de la Tierra.*

← Monte Everest

DATOS

Gravedad superficial (Tierra = 1): 0,38
Periodo de rotación: 24,6 horas
Año: 687 días terrestres
Satélites: 2

Núcleo

El núcleo de Marte tiene un radio de entre 1.300 y 2.000 km. Se cree que existe **un núcleo interno sólido y uno externo líquido,** de hierro y azufre, pero aún no hay datos suficientes para confirmarlo.

Manto

El manto de Marte parece **enfriarse dos veces más despacio** que el de la Tierra, posiblemente por el mayor espesor de la corteza y la ausencia de placas tectónicas.

TEMPERATURAS ¡GRANDES CAMBIOS!

Debido a su tenue atmósfera, a su falta de océanos y a su distancia al Sol (un 50 % más alejado que la Tierra), la temperatura superficial de Marte varía entre +20 °C y –140 °C.

Corteza

La corteza de Marte tiene, al menos, **el doble de espesor** que la de la Tierra, por lo que puede soportar el peso de enormes volcanes.

Fobos

Deimos

DOS PEQUEÑOS SATÉLITES

Marte posee dos pequeños satélites: Fobos y Deimos. Probablemente se trate de asteroides que fueron sacados de su órbita por la marea gravitatoria de Júpiter y capturados por la menor gravedad de Marte.

LA NAVE MARS ODYSSEY DESCUBRIÓ UNA SERIE DE GRANDES AGUJEROS EN LA SUPERFICIE DE MARTE QUE PODRÍAN SER **ENTRADAS A ENORMES CAVERNAS.** TIENEN DIÁMETROS DE ENTRE 100 Y 250 M Y SE CREE QUE MÁS DE 100 M DE PROFUNDIDAD.

LA INCLINACIÓN DEL EJE DE ROTACIÓN ES PRÁCTICAMENTE LA MISMA EN MARTE Y EN LA TIERRA, LO QUE HACE QUE LOS DOS PLANETAS TENGAN ESTACIONES CON CARACTERÍSTICAS SIMILARES. LA DIFERENCIA ES QUE EN MARTE DURAN EL DOBLE QUE EN LA TIERRA.

Atmósfera

Al igual que la de Venus y la atmósfera primigenia de la Tierra, la tenue atmósfera de Marte está compuesta, en su mayor parte, por **dióxido de carbono.**

EL SISTEMA SOLAR

Júpiter
El gigante gaseoso

El mayor de los planetas del sistema solar, **dos veces y media más masivo que todos los demás planetas juntos**, nos muestra una espectacular «superficie» multicolor. Júpiter es un planeta gaseoso, por lo que carece de una superficie sólida como los planetas terrestres, y está formado por, aproximadamente, un 71 % de hidrógeno, un 24 % de helio y un 5 % de elementos más pesados.

LA PRESENCIA DE LA **GRAN GAMA DE COLORES** QUE PODEMOS OBSERVAR EN LA ATMÓSFERA DE JÚPITER SE DEBE TANTO A LA VARIACIÓN DE TEMPERATURA EXISTENTE A DIFERENTES PROFUNDIDADES, COMO A LA PRESENCIA DE ALGUNAS MOLÉCULAS FORMADAS POR ELEMENTOS TALES COMO EL AZUFRE Y EL FÓSFORO.

LOS SATÉLITES DE JÚPITER

Júpiter tiene 79 satélites conocidos. Los mayores son los cuatro «galileanos», denominados así en honor de su descubridor, Galileo Galilei. Se llaman: **Io**, **Europa**, **Ganimedes** y **Calisto**. Su tamaño es parecido al de nuestra Luna, pero estructuralmente son muy diferentes entre sí, desde Io, el cuerpo con más volcanes activos en el sistema solar, hasta Europa, que puede que oculte un gran océano en su interior.

Las TEMPERATURAS de Júpiter

Aunque la temperatura en la parte superior de las nubes de Júpiter es de unos −110 °C, el planeta posee una **fuente interna productora de calor,** ya que emite aproximadamente el doble de radiación de la que recibe del Sol.

DATOS
- **Gravedad superficial** (Tierra = 1): 2,52
- **Periodo de rotación:** 9,9 horas
- **Año:** 11,8 años terrestres
- **Satélites:** 79

La Gran Mancha Roja

La Gran Mancha Roja es una **gran tormenta anticiclónica** de unos 20.000 km de longitud que ha permanecido así desde hace más de 300 años. Gira situada entre dos chorros de viento que soplan en sentidos opuestos a más de 600 km/h. Es una región realmente turbulenta...

Núcleo

Probablemente en el centro del planeta se sitúe un **núcleo rocoso de unos 20.000 km** de diámetro (el diámetro de la Tierra es de 12.756 km).

¡DINAMO!

Debido a la gran velocidad con la que gira el planeta, el hidrógeno metálico de su interior actúa como una dinamo, creando un **intenso campo magnético, unas 14 veces más intenso que el de la Tierra.**

Capa de hidrógeno metálico líquido

Alrededor del núcleo rocoso se situaría una capa de hidrógeno con un espesor de entre 40.000 y 50.000 km, sometido a **presiones tan altas** (como mínimo 1.400.000 atmósferas) que, además de encontrarse en estado líquido, **se comportaría como un metal.**

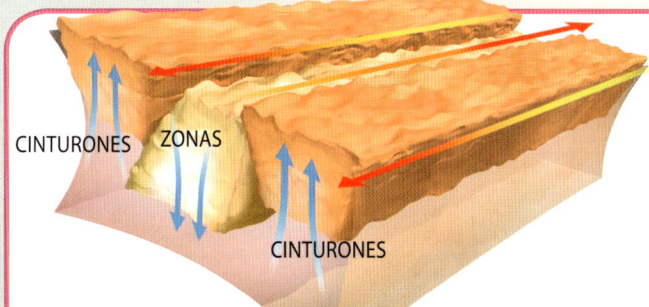

COMO UN HORNO DE CONVECCIÓN*

La superficie de Júpiter se caracteriza por bandas horizontales claras (llamadas **zonas**) y oscuras (llamadas **cinturones**). Se producen por las corrientes de convección que ocurren en el interior del planeta. Los cinturones son las regiones por las que el gas caliente sale al exterior, y las zonas, las regiones por las que el gas frío se hunde.

Capa de hidrógeno molecular

Sobre la capa de hidrógeno metálico, se situaría una capa de entre 10.000 y 20.000 km de espesor de hidrógeno molecular, que iría disminuyendo su **densidad** según nos desplazásemos hacia el exterior.

«Superficie» visible (atmósfera)

Júpiter carece de superficie sólida, así que la «superficie» multicolor que observamos a través de los telescopios, de unos 100 km de espesor, **es la parte superior de la capa de hidrógeno molecular.**

Los anillos

En 1979 la nave Voyager 1 descubrió un sistema de **tres anillos muy tenues** alrededor de Júpiter: un anillo principal, un segundo anillo de halo, perturbado por el campo magnético del planeta, y el más tenue de todos, llamado «de gasa».

* La nave Cassini pasó a 10.000.000 km de Júpiter en el año 2000 y pudo tomar datos que respaldan el comportamiento de estos gases.

EL SISTEMA SOLAR

Saturno
El señor de los anillos

Saturno, el segundo planeta en tamaño del sistema solar, es un mundo único y espectacular, que destaca entre todos los demás por su **extraordinario sistema de anillos.** Su superficie muestra una serie de bandas paralelas que son el resultado de los enormes vientos que soplan en el planeta (de unos 1.800 km/h) y del calor que emite desde el interior.

«Superficie» visible (atmósfera)
Al ser un planeta gaseoso **carece de superficie sólida,** así que la «superficie» visible es la parte superior de la capa de hidrógeno molecular. Los fenómenos atmosféricos se producen en un espesor de unos 1.000 km, diez veces más que en el caso de Júpiter.

Capa de hidrógeno molecular
Se situaría a continuación de la capa de hidrógeno metálico, y tendría un **espesor de unos 25.000 km.** Su densidad iría disminuyendo hacia el exterior.

NUBES HELADAS
La temperatura en la parte superior de las nubes de Saturno es de unos –180 °C. Saturno posee una **fuente interna productora de calor,** ya que emite casi tres veces más energía de la que recibe del Sol.

¡DINAMO!
Al igual que Júpiter, Saturno gira a una gran velocidad, y el hidrógeno metálico de su interior actúa como una dinamo, creando un **campo magnético** con una intensidad algo menor que la de la Tierra, pero cuatro veces más amplio.

Anillos
En 1610, **Galileo vio por primera vez los anillos** de Saturno, pero fue incapaz de reconocerlos, algo que sí que consiguió Huygens en 1655, con un telescopio mejor que el utilizado por Galileo.

DATOS
- **Gravedad superficial** (Tierra = 1): 1,065
- **Periodo de rotación:** 10,6 horas
- **Año:** 29,4 años terrestres
- **Satélites:** 82

EL SISTEMA SOLAR

Planetas ENANOS, ASTEROIDES y COMETAS
Los límites del sistema solar

Además del Sol y los planetas, el sistema solar se compone de otros cuerpos menores. Entre Marte y Júpiter se sitúa un «cinturón» compuesto por pequeños cuerpos rocosos, los **asteroides;** y más allá de Neptuno, a partir de unos 4.500 millones de kilómetros del Sol, encontramos los **planetas enanos,** como Plutón, Eris o Makemake, que marcan el paso al sistema solar exterior, poblado por los pequeños cuerpos helados del cinturón de Kuiper y de la nube de Oort, que darán lugar a los **cometas.**

CÓMO SE FORMA UN PLANETA

Un planeta se forma mediante la agregación de objetos parecidos a asteroides. Cuando todos los objetos que había en la órbita del planeta han pasado a formar parte de este, podemos decir que el planeta se ha formado, **porque ha limpiado su órbita.**

La Tierra, a escala

LOS MAYORES PLANETAS ENANOS

Los planetas enanos son más pequeños que los planetas, sensiblemente esféricos, giran alrededor del Sol, por lo que **NO son satélites,** y **NO han limpiado su órbita** porque, al ser tan poco masivos, su fuerza de gravedad no es suficiente como para atraer a todos los objetos que están en su órbita. Por eso no son planetas, sino planetas enanos. Los de mayor tamaño son estos que se muestran abajo.

Eris · Plutón · Haumea · Makemake · 2007 OR10 · Caronte · Quaoar · Sedna · Ceres · 2002 MS4 · Orco · Salacia · 2002 AW197 · 2003 AZ84 · 2004 GV9 · Varda · 2005 UQ513 · 2005 RN43 · 2002 UX25 · Ixión · 2006 QH181 · 2007 JJ43 · Caos

GÉISERES EN TRITÓN

En Tritón, satélite de Neptuno, se observan penachos oscuros, posiblemente **volcanes de hielo** (criovulcanismo). Se producirían al calentar el Sol la superficie helada del satélite.

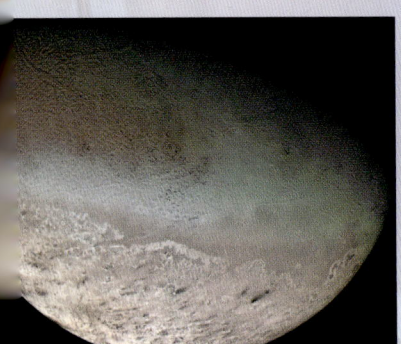

TRITÓN, EL MAYOR SATÉLITE DE NEPTUNO

Con un diámetro de 2.700 km, Tritón es el mayor satélite de Neptuno y el objeto **con la temperatura más baja de todo el sistema solar: –236 °C.** Lo más probable es que Tritón se formase en algún otro lugar del sistema solar y fuese posteriormente capturado por la gravedad de Neptuno.

Agua comprimida, metano y amoniaco
Alrededor del núcleo rocoso se situaría una capa de agua comprimida, con algo de metano y amoniaco, con un **espesor de unos 11.000 km.**

Hidrógeno molecular y helio
Sobre la capa de agua comprimida, se situaría una capa de unos 7.500 km de espesor de hidrógeno molecular y helio con algo de metano, y algún otro elemento no identificado que da al planeta su intenso **color azul.**

NEPTUNO

Núcleo
Probablemente en el centro del planeta se sitúe un **núcleo rocoso de unos 12.000 km** de diámetro, mayor que el de Urano.

Anillos
Se descubrieron al paso de la nave Voyager 2 en 1989. Al igual que los anillos de Urano, son **muy delgados y oscuros.**

John Couch Adams

Urbain Le Verrier

DESCUBRIR NEPTUNO

EL DESCUBRIMIENTO DE NEPTUNO NO FUE OBSERVACIONAL, SINO MATEMÁTICO. LOS ASTRÓNOMOS ADAMS Y LE VERRIER COMPROBARON QUE LA ÓRBITA DE URANO, RECIENTEMENTE DESCUBIERTO, MOSTRABA UNA PERTURBACIÓN CON RESPECTO A LA ÓRBITA TEÓRICA DESCRITA POR LAS LEYES DE NEWTON, Y ASÍ DEDUJERON LA EXISTENCIA DE OTRO PLANETA.

DATOS
Gravedad superficial (Tierra = 1): 1,12
Periodo de rotación: 16,1 horas
Año: 165 años terrestres
Satélites: 14

EL SISTEMA SOLAR

Urano y Neptuno
Planetas helados

A más del doble de distancia del Sol que Saturno, en una zona fría y distante, poco iluminados por el lejano Sol, encontramos los planetas helados: Urano y Neptuno. **Los dos tienen un tamaño similar y los dos disponen de un sistema de anillos.** La superficie de Urano es la más homogénea de todos los planetas, mientras que la de Neptuno presenta características parecidas a las de Júpiter.

Anillos
Son diferentes a los de Júpiter y Saturno, pues están **compuestos por bloques de hielo.** A pesar de que el planeta está inclinado 98°, los anillos se mantienen en el plano ecuatorial.

Hidrógeno molecular y helio
Sobre la capa de agua comprimida, se situaría una capa de unos 10.000 km de espesor de hidrógeno molecular y helio con algo de metano, que le da al planeta **su color característico azul-verdoso.**

Agua comprimida, metano y amoniaco
Alrededor del núcleo rocoso se situaría una capa de agua comprimida, con algo de metano y amoniaco, con un **espesor de unos 12.000 km.**

ROTACIÓN
Urano está inclinado 98° con respecto a su plano orbital, probablemente debido a la interacción gravitatoria con algún cuerpo que pasó muy próximo durante la formación del sistema.

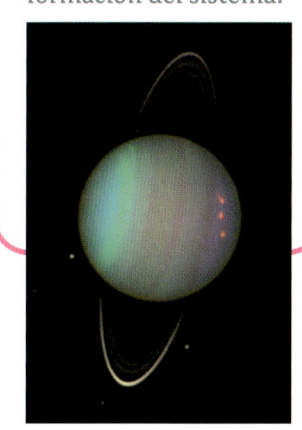

URANO NO PRODUCE ENERGÍA
Urano es el único planeta del sistema solar que emite menos energía de la que recibe del Sol.

Núcleo
Probablemente en el centro del planeta se sitúe un **núcleo rocoso de unos 7.500 km** de diámetro, más pequeño que el de Neptuno.

URANO

SATÉLITES DE URANO
Existen 17 pequeños satélites muy próximos al planeta antes de los cinco mayores: Miranda, Ariel, Titania, Umbriel y Oberón

 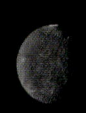  

DATOS
- **Gravedad superficial** (Tierra = 1): 0,89
- **Periodo de rotación:** 17,2 horas
- **Año:** 84 años terrestres
- **Satélites:** 27

Núcleo

Los cálculos sugieren que aproximadamente **el 26 % de la masa** de Saturno está contenida **en su núcleo sólido,** una proporción mucho mayor que en Júpiter, donde es de tan solo el 4 %.

Capa de hidrógeno metálico líquido

Alrededor del núcleo rocoso se situaría una capa de hidrógeno en estado líquido y con propiedades de metal debido a las altísimas presiones que soporta. Tendría **unos 15.000 km de espesor.**

Titán

Titán posee una atmósfera de nitrógeno y metano más densa que la de la Tierra, y en su superficie se observan multitud de **ríos y lagos de hidrocarburos.**

LOS SATÉLITES DE SATURNO

Saturno tiene 82 satélites conocidos, de los cuales los más interesantes son Titán y Encélado. Ambos satélites podrían ser candidatos a albergar **alguna forma elemental de vida.**

El satélite Encélado, donde se aprecian los **géiseres** de agua saliendo al exterior.

Encélado

Encélado muestra una curiosa superficie, con grandes grietas por las que son expulsados al exterior aerosoles de agua, por lo que **parece que podría tener un océano templado en su interior.**

LOS ANILLOS DE SATURNO

Los espectaculares anillos de Saturno están probablemente formados por materia que, debido a las intensas fuerzas gravitatorias del planeta, no pudo fusionarse para formar un satélite. Por lo tanto, **no pueden formar un disco de una pieza,** ya que las fuerzas gravitatorias lo rasgarían.

Los anillos están compuestos por **piedras de diferentes tamaños** formadas por una mezcla **de hielo y roca.**

ASTEROIDES CON FORMAS MUY IRREGULARES

Son cuerpos rocosos de diferentes tamaños, pero siempre más pequeños que los planetas enanos, por lo que **no tienen forma esférica**, sino que son muy irregulares. La mayoría se encuentran situados entre las órbitas de Marte y Júpiter formando un cinturón. En este **cinturón de asteroides** hay un planeta enano, Ceres, que es, probablemente, un «proyecto de planeta», pero la gravedad conjunta de Marte y Júpiter impidió que llegara a formarse como tal.

Eros

Ida y Dactyl

Lutecia

¡MUCHO CUIDADO!

EN MUCHAS **PELÍCULAS DE CIENCIA-FICCIÓN**, APARECE EL CINTURÓN DE ASTEROIDES COMO UN «CAMPO DE MINAS» DE ROCAS, A TRAVÉS DEL CUAL TIENE QUE PASAR UNA NAVE ESPACIAL. **ESTA IMAGEN ES TOTALMENTE FALSA,** YA QUE LA DISTANCIA MEDIA ENTRE DOS ASTEROIDES PRÓXIMOS ES MILES DE VECES MAYOR QUE LA DISTANCIA ENTRE LA TIERRA Y LA LUNA.

LA COLA DE LOS COMETAS

Los cometas forman dos tipos diferentes de cola, la **cola de polvo,** blanca o amarillenta, y la **cola de plasma,** de color azul, que contiene moléculas ionizadas arrancadas del cometa por los campos magnéticos del viento solar.

LOS COMETAS: MISTERIOSOS E IMPREDECIBLES

Los cometas son objetos misteriosos que aparecen de manera impredecible desde más allá de los bordes exteriores del sistema solar. Pocos cometas se aproximan: sus órbitas los hacen girar y regresar a la oscuridad de la que vinieron. Sin embargo, algunos penetran en el sistema solar interior. Para entonces ya han desarrollado **una cola que siempre señala en dirección opuesta al Sol.**

EL SISTEMA SOLAR
CURIOSIDADES

SATURNO, UN PLANETA QUE FLOTA EN EL AGUA

La densidad de Saturno es tan baja (687 kg/m^3) que, si existiese una piscina lo suficientemente grande y lo introdujéramos en ella, ¡flotaría!

UNA COLOSAL NEBULOSA DIO ORIGEN AL SISTEMA SOLAR

La nebulosa originaria del sistema solar debía de tener un **diámetro de unos 65 años luz.** Y el fragmento que se separó de ella para formar el sistema solar, más de 3 años luz de diámetro. ¡Piensa que un año luz son más de nueve millones de millones de kilómetros!

La luz del Sol tarda en llegar a la Tierra 8 minutos.	**A la velocidad de la luz daríamos siete vueltas a la Tierra en 1 segundo.**	**La Tierra gira sobre su eje a una velocidad de unos 1.670 km/h.**

VENUS: el PLANETA que gira «AL REVÉS»

Venus gira alrededor de su eje en sentido contrario al resto de los planetas. Probablemente se deba a que **chocó con otro objeto que le hizo dar la vuelta,** con lo que su «polo sur» se encuentra ahora en donde debería estar el «polo norte».

La «regla de la mano derecha»

La NASA indica el polo norte siguiendo la «regla de la mano derecha». Con esta regla, sabiendo que **el dedo pulgar hacia arriba indica 0°**, Venus está inclinado 177° (estaría boca abajo) y, aunque gire como el resto de los planetas, parece que lo hace al revés.

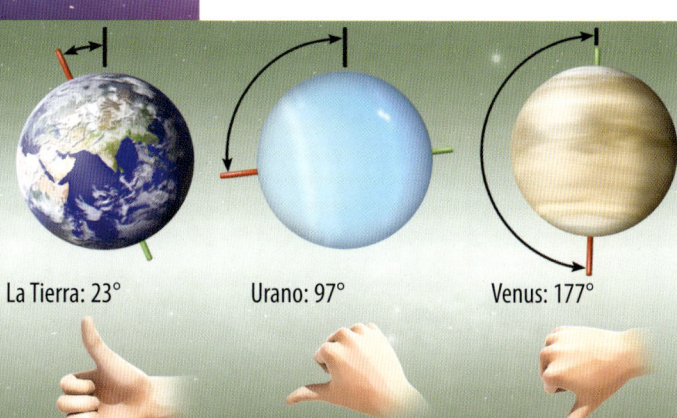

La Tierra: 23°   Urano: 97°   Venus: 177°

MONTE OLIMPO, EL VOLCÁN MÁS ALTO (más de 20 km) DEL SISTEMA SOLAR

El mayor volcán que podemos encontrar en el sistema solar se llama monte Olimpo, está en Marte y es tres veces más alto que el Everest; tiene más de 20 km de altitud. **En la Tierra no podría existir un volcán tan alto, ya que su enorme peso haría que se hundiese,** pero la corteza de Marte es mucho más gruesa que la de la Tierra y puede soportar el peso.

¡LA ABRASADORA SUPERFICIE DE VENUS!

La temperatura en la superficie de Venus es de **470 °C** (el horno de casa funciona a unos 200-250 °C). ¡Es una temperatura suficiente como para derretir el plomo!

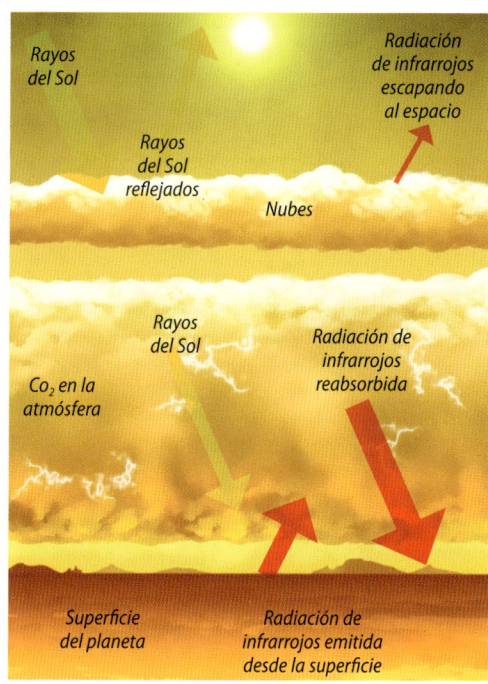

Rayos del Sol · Radiación de infrarrojos escapando al espacio · Rayos del Sol reflejados · Nubes · Rayos del Sol · CO_2 en la atmósfera · Radiación de infrarrojos reabsorbida · Superficie del planeta · Radiación de infrarrojos emitida desde la superficie

¿Por qué está tan caliente la superficie de Venus?

Porque su densa atmósfera contiene una gran cantidad de **dióxido de carbono** que atrapa la mayor parte de la radiación solar, **lo que produce un intenso efecto invernadero.** ¡Cuidemos la Tierra para evitar que haya tanto dióxido de carbono que se caliente demasiado nuestro planeta!

LAS GALAXIAS

Encontramos galaxias de diferentes formas y tamaños. Algunas tienen forma de disco, con enormes brazos espirales: es el caso de nuestra galaxia. Otras son elípticas, formadas por miles de millones de estrellas y prácticamente libres de gas y polvo. **Algunas galaxias tienen tan solo la centésima parte del tamaño de la Vía Láctea, mientras que otras son cinco veces más grandes.** Son los «universos isla», tal y como afirmara Kant en el siglo XVIII, que conforman nuestro universo.

LAS GALAXIAS

¿Qué es una galaxia?
Todas interconectadas entre sí

Las galaxias son **enormes estructuras, con tamaños que pueden llegar a decenas de miles de años luz,** formadas por gas, polvo, estrellas, planetas y otros objetos, como cometas y asteroides, además de un agujero negro en el centro.

M 82

GALAXIAS CONECTADAS ENTRE SÍ GRAVITATORIA Y FÍSICAMENTE

Las galaxias M81 y M82, situadas en la Osa Mayor, se ven, a través de un **telescopio visual,** como dos galaxias independientes (imagen izquierda). Sin embargo, vistas en **longitudes de onda de radio,** se aprecia claramente que son mucho mayores de lo que parecen y, además, están físicamente unidas (imagen derecha).

M 81

TELESCOPIO VISUAL | ONDAS DE RADIO

60

LOS «UNIVERSOS ISLA» DE KANT

Kant, en el siglo XVIII, definió las galaxias como «universos isla». Con ello pretendía explicar que cada galaxia **contiene todos los elementos que conforman el universo:** estrellas, planetas, agujeros negros..., y que cada una se encuentra aislada de las demás.

Immanuel Kant

¡NO ESTÁN AISLADAS!

HOY PODEMOS DECIR QUE, EN GENERAL, LA IDEA DE KANT ES CORRECTA, SALVO POR EL PEQUEÑO DETALLE DE QUE **TODAS LAS GALAXIAS QUE CONFORMAN EL UNIVERSO ESTÁN INTERCONECTADAS GRAVITATORIAMENTE ENTRE SÍ**, Y ALGUNAS, FÍSICAMENTE.

M 82

M 81

LAS GALAXIAS

Un UNIVERSO de GALAXIAS

Gas, polvo, estrellas

En el siglo XVIII se planteó que nuestro Sol estaba inmerso en un disco formado por estrellas, la Vía Láctea, nuestra galaxia, y que las pequeñas «nubes espirales» que se podían observar a través de los telescopios de la época eran otras galaxias como la nuestra. Cuando en 1924 pudo, por fin, demostrarse esta teoría, quedó probado que vivimos en un universo de galaxias.

M 81

¿Y SON IGUALES TODAS LAS GALAXIAS?

Las galaxias tienen diferentes tamaños, formas e incluso colores. Por lo tanto, es necesario clasificarlas de alguna manera. En primer lugar podríamos suponer dos grandes grupos: las **galaxias «normales»** y las **galaxias «peculiares».**

M 101

ESTRELLAS

POLVO *

¡FÍJATE EN LOS BRAZOS!

EN LOS BRAZOS DE LAS GALAXIAS ESPIRALES HAY GRANDES CANTIDADES DE GAS Y POLVO, Y ES AHÍ DONDE SE FORMAN LAS ESTRELLAS. LAS GALAXIAS ELÍPTICAS SON MUY ANTIGUAS Y HAN AGOTADO SU HIDRÓGENO, POR LO QUE YA NO FORMAN NUEVAS ESTRELLAS.

* El polvo se concentra en estas manchas, que aparecen oscuras porque tapan la luz emitida por la materia situada detrás.

GALAXIAS NORMALES

Son galaxias normales aquellas galaxias individuales que presentan a la vista un **aspecto simétrico y no son activas,** es decir, emiten una cantidad moderada de energía. Las galaxias normales pueden ser:

Espirales

Espirales barradas

Elípticas

Irregulares

GALAXIAS PECULIARES

Son aquellas galaxias que **no muestran un aspecto simétrico,** pueden no ser individuales y pueden ser activas, es decir, pueden emitir grandes cantidades de energía.

NGC 4038-4039, «Las antenas»

◁ **Choque de dos galaxias**
Una galaxia peculiar formada por el choque de dos galaxias espirales.

M 82

◁ **Galaxia activa**
Una galaxia activa que está enviando grandes cantidades de hidrógeno hacia el espacio exterior (el hidrógeno se ve de color rojo).

UGC 10214, «El renacuajo»

◁ **Galaxia deforme**
Una galaxia deforme que va dejando tras de sí una larga cola de estrellas.

LAS GALAXIAS

¿CÓMO se FORMARON las galaxias?

En torno a un agujero negro

A raíz de los experimentos COBE, WMAP y PLANCK se piensa que la explosión primordial que dio lugar al universo —el Big Bang— no fue totalmente homogénea, sino que **en determinados lugares habría más densidad de materia** que en otros y **su evolución daría lugar a las galaxias.**

«Grumos» o zonas de mayor densidad observadas por la sonda PLANCK en el fondo cósmico de microondas proveniente del Big Bang.

△ Agujeros negros a partir de «grumos»

Las enormes nubes de gas formadas por los primeros elementos —hidrógeno y helio— tendrían **«grumos» o zonas de mayor densidad.** Estos grumos, al ser más densos, ejercerían una gravedad mayor y atraerían la masa circundante, creando enormes acumulaciones de materia que terminarían formando **agujeros negros.**

△ Discos de acreción que emiten muchísima energía: cuásares o blázares

Debido a la enorme atracción gravitatoria, los agujeros negros supermasivos primigenios formarían inmensos **discos de acreción (o crecimiento)** a su alrededor, es decir, harían que se fuera acumulando cada vez más materia en torno a ellos. Y como **los agujeros negros giran a enormes velocidades,** la materia más próxima giraría también muy rápidamente, rozando unas capas con otras, con lo cual su temperatura subiría extraordinariamente y emitiría muchísima energía. Es lo que conocemos como **cuásares o blázares.**

¿NACEN COMO ESPIRALES?

La materia del disco de acreción, al caer en el agujero negro atraída por él, lo hace girando en **espiral** a velocidades próximas a la de la luz, con lo que, al rozar las partículas que la componen, produce unas enormes cantidades de energía que sale al espacio en forma de potentes chorros de luz (cuásares o blázares). Dado que las galaxias actuales se formaron a partir de estos discos de acreción de los agujeros negros, hoy se piensa que **posiblemente todas las galaxias nacen como espirales.**

M82, MUY ACTIVA

La galaxia M82, en la constelación de la Osa Mayor, es una galaxia con un **núcleo activo** debido a la interacción gravitatoria de su compañera más masiva M81. Se observan los **enormes chorros de hidrógeno** (de color rojo) que salen de su centro, donde se están formando grandes cantidades de **estrellas.**

◁ Se forman estrellas, planetas, asteroides y cometas

La materia acumulada en las zonas más externas del disco de acreción se contraería por acción de la gravedad en una «**segunda generación» de grumos,** que daría lugar a las **estrellas.** Cada una de estas estrellas seguiría contrayéndose y con ello aumentaría la velocidad de su giro, hasta un momento en que por la fuerza centrífuga la materia de cada estrella se expandiría creando un **disco protoplanetario** alrededor, donde después se formarían los planetas, asteroides y cometas.

¡NACE UNA GALAXIA!

QUEDARÍA ASÍ CONSTITUIDA LA GALAXIA, COMPUESTA POR UN NÚCLEO (EL AGUJERO NEGRO), NUBES DE GAS Y POLVO Y MILES DE MILLONES DE ESTRELLAS, ALREDEDOR DE LAS CUALES GIRAN LOS PLANETAS, ASTEROIDES Y COMETAS.

LAS GALAXIAS

EVOLUCIÓN

El agujero negro que hay en el centro de las galaxias puede estar activo o no, todo depende de que tenga materia suficiente en sus proximidades para absorberla. Si esa materia cae engullida en el agujero negro, lo hará en un rapidísimo giro a una temperatura enorme y emitirá muchísima energía. Este fenómeno recibe el nombre de **cuásares** o **blázares** (según la orientación del agujero negro con respecto a la Tierra) e indica que el agujero negro está activo y la galaxia será, por tanto, una **galaxia activa.**

MUY POCAS galaxias activas

SE PIENSA QUE LOS **CUÁSARES** Y **BLÁZARES** QUE PODEMOS VER POR TELESCOPIO SON PROPIOS DE LAS PRIMERAS FASES DE EVOLUCIÓN DE LAS GALAXIAS; DE AHÍ QUE VEAMOS LAS **GALAXIAS ACTIVAS** MUY LEJOS EN EL ESPACIO Y, POR LO TANTO, EN EL TIEMPO. ANTES HABÍA MUCHAS; EN LA ACTUALIDAD, CASI NINGUNA.

¿Qué los diferencia? Únicamente la orientación. Si ese eje de giro está orientado hacia la Tierra, veremos uno de los dos chorros de frente en todo su esplendor y diremos que vemos un blázar. En caso contrario, si lo vemos de lado, observaremos un cuásar.

Blázar
La visión **frontal** de su eje de giro hace que llamemos blázar a esa materia incandescente que emite tanta energía por estar tan próxima al agujero negro.

CHORRO ENERGÉTICO de partículas cargadas

AGUJERO NEGRO

CHORRO ENERGÉTICO de partículas cargadas

Cuásar
La visión **lateral** hace que hablemos de cuásar. Los dos chorros energéticos los vemos de lado siguiendo el eje de giro.

DISCO DE ACRECIÓN
Disco de crecimiento alrededor del agujero negro por acumulación de materia

BLÁZAR o CUÁSAR

Los cuásares y los blázares son **dos visiones distintas de un mismo fenómeno:** la parte de materia que escapa en forma de chorro de altas energías a lo largo del eje de giro de estos agujeros negros lo hace así por ser el camino más directo y fácil.

DE LAS GALAXIAS
La actividad de cuásares o blázares

La galaxia de **Andrómeda (M31) es la galaxia espiral más próxima.** Se encuentra a 2,3 millones de años luz y es algo mayor que la Vía Láctea. En un lejano futuro, **nuestra galaxia colisionará con M31,** debido a la interacción gravitatoria existente entre ambas.

COLISIONES DE GALAXIAS

Por lo que sabemos hasta ahora, **cuando dos galaxias espirales colisionan** no surge una galaxia espiral mayor, sino que **se origina ¡una galaxia elíptica!** ¿Y cuando colisionan dos galaxias elípticas? Entonces sí se formará una galaxia elíptica de mayor tamaño. Sin embargo, en muy raras ocasiones, de la colisión de dos o más galaxias resulta una galaxia atípica, de forma extraña. Otra consecuencia de la colisión entre galaxias es la formación de estrellas.

GALAXIA «NORMAL»: SIN ACTIVIDAD

Según pasa el tiempo y se va agotando la materia en las proximidades del agujero negro, la cantidad de energía emitida va siendo cada vez menor, con lo que llega un momento en que el **agujero negro deja de estar activo** y la galaxia pasa a ser una **galaxia «normal».**

La galaxia elíptica M87 se encuentra en el cúmulo de Virgo.

El primer agujero negro fotografiado (para ser exactos, su disco de acreción) es el que se encuentra, precisamente, en el núcleo de M87.

ELÍPTICAS AGOTADAS

Las galaxias elípticas son galaxias que han agotado su hidrógeno, por lo que ya no forman nuevas estrellas.

¿CÓMO IDENTIFICAR UNA GALAXIA ACTIVA?

Cuando **miramos muy lejos en el espacio** por el telescopio, podemos observar el núcleo o centro de una galaxia activa. Veremos la materia extraordinariamente caliente que hay alrededor de los agujeros negros primigenios y cómo **la materia que está más cercana a ese núcleo emite enormes cantidades de energía** en forma de potente chorro; es decir, veremos el **cuásar o blázar.**

LAS GALAXIAS

CURIOSIDADES

COLISIÓN
La GALAXIA del REMOLINO (M51)

La galaxia del Remolino colisionó hace unos 300 millones de años con una galaxia enana (NGC 5195) que ahora se sitúa al borde de uno de los brazos espirales. En noches despejadas **es posible observar esta colisió galáctica** con un telescopio pequeño.

GALAXIA RUEDA DE CARRO

Esta extraña galaxia, posiblemente fruto de una colisión hace 200 millones de años, se creó en el choque de una galaxia espiral con una menor. **La onda de choque fue tan enorme** que hoy se compone de una región central luminosa y un anillo azulado.

CÚMULOS DE GALAXIAS: EL GRUPO LOCAL

La Vía Láctea pertenece a un cúmulo de galaxias llamado Grupo Local. Además de la nuestra, este grupo consta de dos grandes galaxias espirales más (Andrómeda y el Triángulo) y más de 50 galaxias pequeñas e irregulares. Configuran una región de **unos 10 millones de años luz de diámetro**.

El 95 % de la masa de la mayoría de las galaxias es materia oscura.

En el universo observable hay 150.000 millones de galaxias.

Un cuásar puede emitir 10.000 veces más luz que la Vía Láctea.

PRIMERA FOTO de un AGUJERO NEGRO

Mediante la **tecnología denominada «interferometría de base»**, con la unión de ocho radiotelescopios, se ha obtenido una imagen equivalente a la que se conseguiría con un solo disco gigantesco con un diámetro igual a la distancia entre las antenas más alejadas (el diámetro de la Tierra).

El primer agujero negro fotografiado (para ser exactos, su disco de acreción) **se encuentra en el núcleo de M87.**

El logro de obtener la primera foto de un agujero negro ha sido posible **gracias a una red de ocho telescopios,** la Event Horizon Telescope (EHT). Se recogieron y unificaron cuatro millones de gigabytes de datos capturados a través de distintas antenas ubicadas en EE. UU., México, Chile, España y la Antártida. Un **equipo internacional** de más de 200 científicos analizó los datos durante dos años hasta obtener la foto de un agujero negro que se encuentra **a 53,5 millones de años luz de la Tierra,** en el corazón de la galaxia M87.

LENTE GRAVITATORIA

Hay cúmulos de galaxias que contienen tanta materia que **su enorme gravedad desvía la luz** que pasa cerca de ella y hace de lente gigantesca que distorsiona la forma de otras galaxias vistas desde la Tierra.

¿QUÉ HAY ENTRE GALAXIAS?

El espacio intergaláctico no está vacío, sino que se encuentra lleno de **plasma intergaláctico** formado por partículas elementales (principalmente protones y electrones, provenientes del viento estelar), con una densidad extremadamente baja, mucho menor que un átomo por metro cúbico. Aunque la temperatura del plasma es muy elevada, al tener una densidad tan baja, la temperatura media del espacio intergaláctico es de unos −270 °C.

MATERIA OSCURA

Ignoramos la naturaleza de la materia oscura, pero midiendo cómo giran las galaxias podemos suponer que forma una parte muy importante de ellas **situada en su zona externa.** La cantidad de materia oscura en las galaxias tiene que ser mucho mayor que la que vemos, la materia bariónica.

HÉRCULES A: RADIOGALAXIAS CON LÓBULOS

Algunas galaxias, vistas a través de un radiotelescopio, aparecen acompañadas de dos gigantescas **nubes brillantes llamadas lóbulos,** situadas diametralmente opuestas y con la galaxia como centro del conjunto. Estos lóbulos **son producto de las emisiones del agujero negro** existente en el núcleo de la galaxia.

AGUJEROS NEGROS SUPERMASIVOS

La galaxia Hércules A tiene en su núcleo un agujero negro con una masa estimada **equivalente a la de 2.500 millones de soles.**

LA VÍA LÁCTEA

En una noche clara, lejos de la luz de nuestras ciudades, se puede observar una banda luminosa que cruza el cielo: es la Vía Láctea. Fue Galileo el primero en dirigir un telescopio hacia esta banda luminosa y comprobar que estaba formada por estrellas. Hoy sabemos que **la Vía Láctea es un disco de cien mil años luz de diámetro que contiene, como mínimo, cien mil millones de estrellas,** una de las cuales es nuestro Sol, además de grandes cantidades de gas y polvo. Es nuestra galaxia, una más entre los miles de millones de galaxias que pueblan el universo.

LA VÍA LÁCTEA

Conocer la

Demócrito
ENORME MASA DE ESTRELLAS

Demócrito, antiguo filósofo y astrónomo griego (460-370 a. C.), propuso que la **banda lechosa** que se observaba por las noches cruzando el cielo no era sino una **enorme masa de estrellas** que estaban demasiado lejos como para poder resolverlas (distinguir las estrellas que la componen).

Galileo Galilei
MILLONES DE ESTRELLAS EN EL TELESCOPIO

No fue hasta 1609 cuando Galileo Galilei miró hacia la Vía Láctea a través de su **telescopio** y pudo constatar que, efectivamente, esa mancha de luz blanquecina que cruzaba los cielos era un **conglomerado de millones de estrellas.**

Galileo enseñando al dux de Venecia el uso del telescopio.

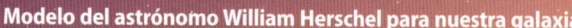

Modelo del astrónomo William Herschel para nuestra galaxia

Immanuel Kant
LOS UNIVERSOS ISLA

A mediados del siglo XVIII, el filósofo Immanuel Kant (1724-1804) propuso, por vez primera, que las **«nebulosas espirales»** que podían verse a través de los telescopios de la época eran **universos isla** (zonas aisladas que contenían todos los elementos, en principio, presentes en el universo). **Nuestra galaxia era un universo isla más.**

William Herschel
UN ENORME DISCO

Hacia 1785, el astrónomo William Herschel (1738-1822) adoptó el modelo de Kant y propuso la teoría de disco para nuestra galaxia: **nuestra galaxia tenía la forma de un disco en cuyo centro se encontraba el Sol.**

Vía Láctea

Lo que sabíamos de ella hasta principios del siglo XX

En la Antigüedad, muchos se preguntaban qué era esa **mancha blanquecina** que podía verse atravesando el cielo por la noche.

LA VÍA LÁCTEA

Edwin Hubble en el telescopio de 100 pulgadas de monte Wilson

EDWIN HUBBLE
La Vía Láctea es solo una galaxia más

En el año 1920, todavía se discutía si nuestra galaxia era una más entre innumerables galaxias o, por el contrario, era la totalidad del universo.

No fue hasta 1924, gracias al entonces mayor telescopio, el de monte Wilson, cuando **Edwin Hubble pudo calcular a qué distancia se encontraba M31 (la galaxia espiral más próxima a la Vía Láctea)**, después de observar Cefeidas en ella. Y esa distancia era mucho mayor que el tamaño de nuestra galaxia. Así pudo demostrar que M31 tenía que ser una galaxia independiente de la nuestra.

Edwin Hubble
UNIVERSO DE GALAXIAS
De esta forma Edwin Hubble demostró, de una vez por todas, que vivimos en un universo de galaxias.

Henrietta S. Leavitt, astrónoma, descubridora de las variables Cefeidas

Henrietta S. Leavitt
LAS CEFEIDAS: MUY ÚTILES PARA CALCULAR LAS DISTANCIAS

En el año 1907, la astrónoma Henrietta S. Leavitt descubrió en ciertas estrellas variables, denominadas Cefeidas, que **cuanto más tiempo necesitan para alcanzar su mayor brillo, mayor es su luminosidad.**

Posteriormente pudo calcular una relación matemática que relacionaba el periodo de estas estrellas con su luminosidad.

Esta particularidad hace de las Cefeidas instrumentos muy útiles a la hora de calcular la distancia a estas estrellas, ya que **podemos saber cuál es su brillo real midiendo el tiempo que tardan en alcanzarlo,** y una vez que conocemos su brillo, podemos **saber la distancia a la que se encuentran.**

Walter Baade
LAS DOS POBLACIONES ESTELARES

En la década de 1940, observando varias galaxias, y especialmente M31, Walter Baade pudo comprobar que existían dos poblaciones estelares diferentes, a las que denominó **Población I,** en su mayoría estrellas azules jóvenes situadas en los brazos de la galaxia, y **Población II,** formada por estrellas rojas viejas situadas en su núcleo.

Galaxia espiral M31, la espiral más próxima a la Vía Láctea
Tal y como definió Walter Baade, pueden observarse los brazos de la galaxia en color azulado y el centro en color rojizo, debido a las distintas poblaciones de estrellas existentes en cada zona. Fue en esta misma galaxia donde, años antes, Edwin Hubble descubrió variables Cefeidas, gracias a lo cual pudo calcular a qué distancia se encontraba.

LA VÍA LÁCTEA

ASÍ ES la Vía Láctea

¿Dónde vivimos en la galaxia?

Nuestra galaxia parece ser una **espiral barrada de 2+2 brazos.** La parte mas brillante de la Vía Láctea es nuestra vista del brazo de Sagitario, entre el Sol y el centro galáctico.

Los **brazos espirales** representan el lugar donde las estrellas pasan la mayor parte de su tiempo, más que en cualquier otra área equivalente de la galaxia.

Las estrellas siguen su órbita alrededor de la galaxia, entran en los brazos espirales, pasan a través de ellos, y vuelven a salir.

A pesar de los problemas aún sin solucionar, el modelo de «**ondas de densidad**» es el generalmente aceptado para explicar la formación de los brazos espirales.

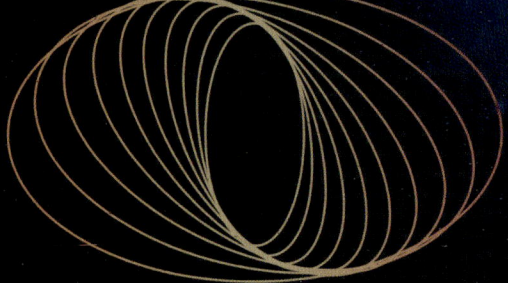

¿CÓMO SE FORMAN LOS BRAZOS ESPIRALES?

La materia que gira alrededor de una galaxia en órbitas elípticas con un lento movimiento de precesión (como el de una peonza cuando gira inclinada) produce regiones de mayor densidad. Si dibujamos una elipse y la hacemos rotar (en este caso de 10 en 10 grados) a partir de la elipse inicial, comenzará a aparecer un **efecto espiral producido por áreas de densidad creciente,** representadas, en el caso de una galaxia, por las órbitas de las estrellas, el gas y el polvo.

Brazo de SAGITARIO

Bandas de POLVO

Existen diferentes **indicadores** que facilitan a los astrónomos la «reconstrucción» de los brazos espirales, como las estrellas brillantes agrupadas en cúmulos, las nebulosas de hidrógeno doblemente ionizado, con un característico color rojo, y las bandas de polvo.

Nuestra posición en la Vía Láctea, **muy alejados del núcleo galáctico**. Nuestro Sol es solo una estrella más entre los, aproximadamente, cien mil millones que contiene la galaxia.

Sistema **SOLAR**

Brazo de **PERSEO**

Brazo de **ORIÓN**

Estrellas brillantes en **CÚMULOS**

Brazo de **NORMA**

Brazo de **CENTAURO**

Nebulosas de **HIDRÓGENO DOBLEMENTE IONIZADO**

△ Cúmulo globular de estrellas M13

Este cúmulo se encuentra en la constelación de Hércules. Los cúmulos globulares son **agrupaciones de cientos de miles e incluso millones de estrellas ligadas gravitacionalmente** que rodean los centros de las galaxias.

△ Nebulosa de la Roseta

La nebulosa de la Roseta se halla en la constelación de Monoceros. En esta imagen puede observarse el característico **color rojo emitido por el hidrógeno doblemente ionizado.**

LA VÍA LÁCTEA

¡SIN PELIGRO!

AFORTUNADAMENTE, EL **SISTEMA SOLAR** SE ENCUENTRA A MUCHA DISTANCIA DEL **CENTRO DE LA GALAXIA**, PUES LA ENORME ACTIVIDAD QUE OCURRE EN ESE LUGAR HARÍA **IMPOSIBLE LA EXISTENCIA DE VIDA EN SUS PROXIMIDADES**.

Región central: 300 pc de diámetro

En la imagen completa de la región central (en ondas de radio), se observan **diversas estructuras**, como restos de supernova en forma de concha o filamentos perpendiculares al plano de la galaxia que se extienden a lo largo de decenas de parsecs.

Pc es la abreviatura de parsec, medida de distancia que equivale a 3,26 años luz.

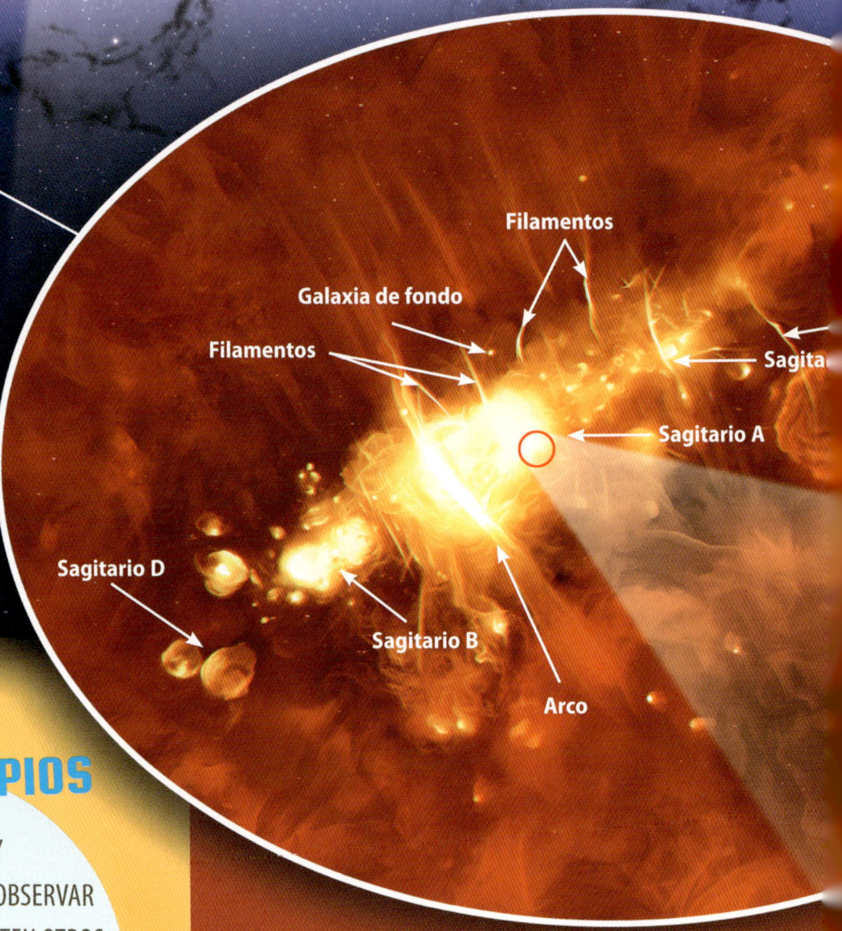

Filamentos
Galaxia de fondo
Filamentos
Sagita
Sagitario A
Sagitario D
Sagitario B
Arco

Uno de los mayores radiotelescopios móviles del mundo se encuentra en **Robledo de Chavela (Madrid).** Forma parte de la Red de Espacio Profundo (Deep Space Network) de la NASA.

RADIOTELESCOPIOS

AL IGUAL QUE HAY TELESCOPIOS PARA PODER OBSERVAR VISUALMENTE EL CIELO, EXISTEN OTROS TELESCOPIOS PARA PODER **OBSERVAR LAS ONDAS DE RADIO** QUE EMITEN LOS OBJETOS CELESTES: SON LOS **RADIOTELESCOPIOS**.

△ Región central de la galaxia

La región central de la galaxia emite continuamente en longitudes de onda de radio, lo que nos muestra una serie de fuentes distintas.

De estas fuentes, la más intensa es Sagitario A (Sgr A), seguida por Sagitario B (Sgr B).

También se observa una enorme cantidad de estructuras diferentes; entre otras, varios restos de supernova, lo que nos indica lo **enormemente activo que es el núcleo de nuestra galaxia,** a pesar de ser una galaxia extremadamente «tranquila».

Esta imagen de la Vía Láctea ha sido obtenida por un radiotelescopio.

Very Large Array (VLA), conjunto de radiotelescopios situados en Nuevo México (Estados Unidos).

Un AGUJERO NEGRO en la Vía Láctea

¿Cómo es el centro de la galaxia?

El núcleo de nuestra galaxia es un lugar extraordinario. Es muy difícil de observar debido a las enormes cantidades de polvo que lo ocultan. Por eso **hay que utilizar longitudes de onda distintas a la visible: el infrarrojo y las ondas de radio,** ya que estas pueden «atravesar» esas nubes de polvo (al igual que podemos escuchar la radio dentro de casa porque las ondas de radio «atraviesan» las paredes).

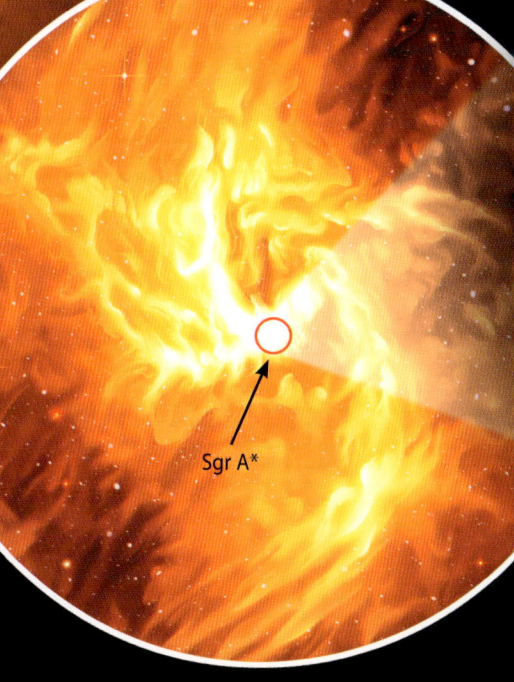

culebra

El ratón

Corazón de la galaxia: 3 pc de diámetro

Sgr A*

△ Núcleo de la galaxia

En el núcleo de la galaxia las estructuras **giran con mucha rapidez alrededor de un objeto muy masivo** denominado Sagitario A estrella (Sgr A*).

△ Agujero negro masivo

Todas las observaciones señalan hacia la existencia de objetos masivos encerrados en un radio muy pequeño del centro galáctico. La evidencia de agujeros negros en los núcleos de otras galaxias apoya la hipótesis de que el centro de la galaxia encerraría **un agujero negro masivo situado en Sgr A*,** con una masa del orden de 4.000.000 de masas solares.

LA VÍA LÁCTEA
CURIOSIDADES

La Vía Láctea se acerca a su galaxia más cercana, Andrómeda, a 400.000 km/h.

LA VÍA LÁCTEA CHOCARÁ CON ANDRÓMEDA

En un futuro muy, muy lejano (miles de millones de años), la Vía Láctea y la galaxia de Andrómeda colisionarán para formar una única galaxia elíptica. Pero la colisión de dos galaxias no es catastrófica para las estrellas que las forman, ya que, al igual que si fueran dos enjambres de abejas, **las estrellas están tan separadas entre sí que pasarán unas junto a otras a través del espacio interestelar** sin colisionar en casi ningún caso.

La estructura de las dos galaxias se verá seriamente modificada debido a las intensas interacciones gravitatorias dispersándose muchas estrellas por el espacio.

Hay 100.000 millones de estrellas en nuestra galaxia, o quizá más.

El sistema solar gira alrededor del centro de la galaxia a unos 200 km/s.

Nuestra galaxia tiene unos 100.000 años luz de diámetro.

TODA UNA ETERNIDAD

Si pretendiésemos llegar al núcleo de la galaxia **a la velocidad de un avión** comercial, podríamos tardar unos 30.000.000.000 de años.

100.000 MILLONES DE ESTRELLAS

Se estima que la Vía Láctea tiene unos 100.000 millones de estrellas, aunque otras estimaciones llegan incluso hasta los 400.000 millones. Es una cantidad tan enorme que somos incapaces de imaginarla. Si pudiésemos contar las estrellas de la galaxia una a una, a una velocidad de dos estrellas por segundo, sin parar nunca, ¡tardaríamos 1.600 años en contarlas todas!

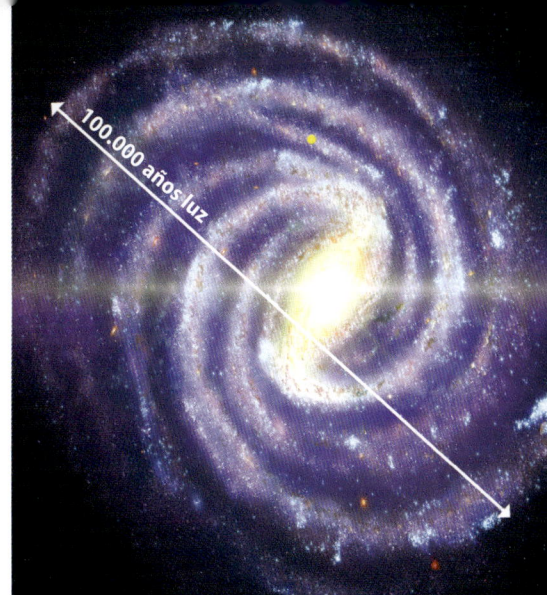

OBSERVANDO EL PASADO

La galaxia tiene unos 100.000 años luz de diámetro. Así, si nos situásemos en un punto de su borde y mirásemos hacia el punto situado en el lado opuesto (suponiendo que pudiésemos verlo), no lo veríamos como es en la actualidad, sino **como era hace 100.000 años.**

EXPLOSIONES DE SUPERNOVAS Y UN AGUJERO NEGRO

Afortunadamente, **el sistema solar se encuentra a mucha distancia del centro de la galaxia** (aproximadamente a 27.000 años luz), pues la enorme cantidad de energía que se produce en ese lugar (explosiones de supernovas, existencia de un agujero negro supermasivo) haría imposible la vida en sus proximidades.

UNA VUELTA A LA VÍA LÁCTEA CADA 225 MILLONES DE AÑOS

La Tierra, con nuestro sistema solar, da una vuelta alrededor del centro de la galaxia cada 225 millones de años. Hasta ahora **hemos dado 23 vueltas al centro de la Vía Láctea.**

La velocidad a la que giramos es de unos 200 km/s.

EL UNIVERSO: ORIGEN, EVOLUCIÓN Y FINAL

Uno de los mayores descubrimientos del siglo XX fue comprender el tamaño del universo. Hasta la década de 1920 muchos astrónomos pensaban que la Vía Láctea componía la totalidad del universo y que las pequeñas nubes espirales que se veían a través de los telescopios pertenecían a ella. Hoy sabemos que **la Vía Láctea no es sino una más entre miles de millones de galaxias** que se reparten a lo largo y ancho del universo: vivimos, pues, en un universo de galaxias.

EL UNIVERSO: ORIGEN, EVOLUCIÓN Y FINAL

La Tierra, centro del universo

¿Cómo creían nuestros antepasados que era el universo?

Los griegos fueron los primeros en dar una visión científica del universo. Ya en el siglo VI a. C., el matemático Pitágoras planteó que todos los cuerpos celestes se movían en órbitas circulares perfectas, en cuyo centro se hallaba inmóvil la Tierra. Esta **idea geocéntrica del universo,** que entonces se limitaba al sistema solar, la compartieron otros griegos: Eudoxo, Aristóteles, Hiparco, Ptolomeo.

En el modelo geocéntrico, alrededor de la Tierra giraban en esferas concéntricas la Luna, Mercurio, Venus, el Sol, Marte, Júpiter, Saturno y las estrellas fijas.

Cada astro se situaba en una esfera y en la más exterior estaban las estrellas. Eran las esferas las que se movían alrededor de una Tierra inmóvil.

Modelo geocéntrico del universo (centrado en la Tierra), según Aristóteles y Ptolomeo

EL MODELO GEOCÉNTRICO

Durante una gran parte de la historia occidental hasta muy avanzado el Renacimiento, se mantuvo el **modelo aristotélico** (siglo IV a. C.), en el que la Tierra ocupaba el centro del universo y este era perfecto e inamovible (la «morada de Dios»). En ese **universo perfecto,** las órbitas de los cuerpos celestes debían ser perfectas, y la figura perfecta era el círculo; por lo tanto, todas las órbitas tenían que ser circulares.

Ptolomeo
ÓRBITAS EXCÉNTRICAS

Los conocimientos del mundo antiguo se recogieron en una gran obra, conocida como *Almagesto,* escrita en el siglo II d. C. por el astrónomo grecoegipcio Ptolomeo. Este siguió el modelo geocéntrico de Aristóteles pero aplicó a los planetas el movimiento que Hiparco había descrito para la Luna: los planetas se movían en pequeñas órbitas circulares (epiciclos) que a su vez se movían en otras órbitas circulares más grandes (deferentes) alrededor de la Tierra, pero con el centro en un punto excéntrico (ecuante). Esto intentaba explicar el movimiento de los planetas vistos desde la Tierra.

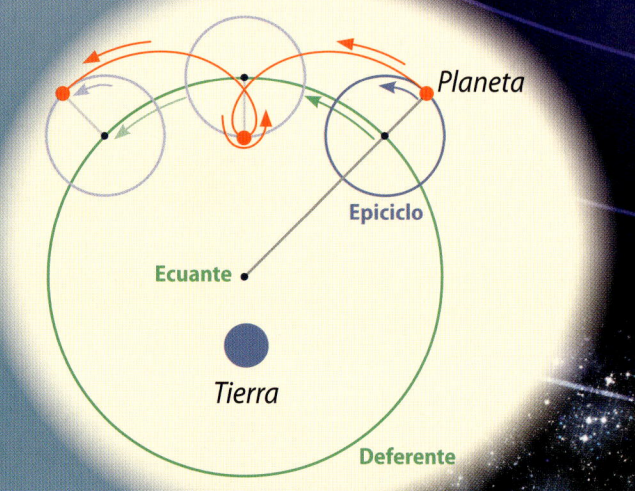

Astrolabio de Ibrahim ibn Said al-Sahli (Toledo, 1067)

El astrolabio: instrumento árabe para localizar con precisión los astros

Ptolomeo había mostrado la necesidad de ajustar los datos de observación con la mayor precisión posible, así que los árabes fabricaron instrumentos cada vez más precisos. Su mayor aportación fue el astrolabio, el instrumento más sofisticado **utilizado durante toda la Edad Media**, que resultó fundamental para precisar la situación de los objetos celestes. Unos siglos después, su uso fue también esencial en la navegación oceánica de la era de los descubrimientos.

CONTINUOS ERRORES

AL REALIZAR LAS MEDICIONES DE LAS ÓRBITAS PLANETARIAS, **LO OBSERVADO NO COINCIDÍA CON EL MODELO TEÓRICO**, POR LO QUE CONTINUAMENTE HABÍA QUE INTRODUCIR MODIFICACIONES EN LA TEORÍA PARA PODER AJUSTAR ESTA A LO OBSERVADO, SIN CONSEGUIR UN AJUSTE PERFECTO. ESTA SITUACIÓN SE MANTENDRÍA ASÍ HASTA EL SIGLO XVII.

La idea de **UN UNIVERSO CON LA TIERRA EN EL CENTRO Y LOS CUERPOS CELESTES GIRANDO A SU ALREDEDOR EN ÓRBITAS CIRCULARES** *fue una imagen que permanecería inalterada durante 15 siglos.*

EL UNIVERSO: ORIGEN, EVOLUCIÓN Y FINAL

El Sol, centro del universo

La demostración matemática, empírica y razonada

En 1543, días antes de morir Nicolás Copérnico, apareció publicada su obra *De revolutionibus orbium coelestium,* en la que situaba al Sol en el centro del universo y consideraba la Tierra como un planeta más. Ya en el siglo III a. C. el griego Aristarco propuso esta **idea heliocéntrica**.

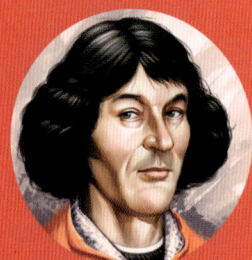

Copérnico
LA REVOLUCIÓN COPERNICANA

La propuesta de este astrónomo polaco que situaba al Sol en el centro del universo cambió la manera de ver el mundo, pues **la Tierra dejó de ser el centro de todo,** en contra del modelo aristotélico que durante siglos había defendido la Iglesia. Otra aportación suya fue que la Tierra giraba sobre su eje una vez al día. Aun así, Copérnico mantuvo que todo se movía en círculos concéntricos y esto creaba serias discrepancias entre la teoría matemática y lo realmente observado.

Uraniborg, el observatorio astronómico de Tycho Brahe

Tycho Brahe
OBSERVACIONES SIN TELESCOPIO

El danés Tycho Brahe (1546-1601) fue el mejor astrónomo observacional de la época pretelescópica, pues **mejoró las técnicas de observación** y obtuvo datos muy precisos con instrumentos mejor calibrados, en su mayor parte fabricados por él. Calculó así la distancia y el movimiento de varios planetas, estrellas y cometas. Estos datos superaban en precisión los transmitidos desde la Antigüedad.

Johannes Kepler
LAS ÓRBITAS SON ELIPSES

Después del fallecimiento de Tycho Brahe, en 1601, su ayudante durante los últimos tiempos, Johannes Kepler, utilizó los datos obtenidos por Brahe, tal y como este le había pedido, para realizar sus cálculos matemáticos y llegó a una importante conclusión: **las órbitas de los cuerpos celestes NO eran círculos**, como había mantenido la astronomía oficial hasta entonces, sino elipses.

Galileo Galilei
EL TELESCOPIO DA PRUEBAS

En el año 1609, Galileo Galilei construyó su propio telescopio y descubrió que podía ver muchas estrellas invisibles al ojo humano, así como que la banda lechosa que cruzaba el cielo (la Vía Láctea) era un enorme conjunto de estrellas. Al enfocar el telescopio hacia Júpiter, descubrió sus cuatro satélites mayores, **demostrando que no todo giraba en torno a la Tierra.** De Saturno vio los anillos pero no supo interpretarlos por la poca resolución del telescopio.

SIN ERRORES
EL DESCUBRIMIENTO DE LAS **ÓRBITAS ELÍPTICAS** DIO UN VUELCO ESPECTACULAR A LA ASTRONOMÍA, YA QUE, **CON EL MODELO HELIOCÉNTRICO** (EL SOL EN EL CENTRO), **DESAPARECÍAN LAS DISCREPANCIAS** ENTRE LA TEORÍA Y LO OBSERVADO.

Galileo Galilei abrazó las ideas de Copérnico, lo cual le causó serios problemas con la todopoderosa Iglesia católica. El mantener que era el Sol el que ocupaba el centro del universo y no la Tierra, en contra de la doctrina de la Iglesia, le hizo ir a juicio y ser condenado por ello. Debido a su avanzada edad, fue encarcelado en su domicilio, sin poder abandonarlo, hasta su muerte. Pero el modelo del universo ya había cambiado.

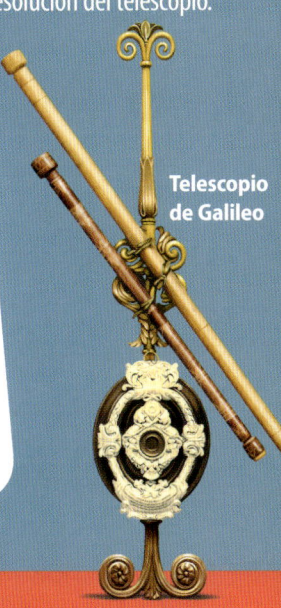

Telescopio de Galileo

UNIVERSO HELIOCÉNTRICO
EN LA SEGUNDA MITAD DEL SIGLO XVII, TENÍAMOS UN **UNIVERSO HELIOCÉNTRICO**, CON LOS PLANETAS **GIRANDO ALREDEDOR DEL SOL** SEGÚN **ÓRBITAS ELÍPTICAS** Y MANTENIDOS EN ELLAS POR LA **GRAVITACIÓN UNIVERSAL.**

Newton
LA GRAVITACIÓN UNIVERSAL

Kepler había dado indicaciones a los astrónomos de cómo se movían los cuerpos celestes, pero NO de POR QUÉ se movían así. ¿Qué fuerzas impulsaban esos movimientos?

El físico, filósofo y matemático inglés Isaac Newton publicó en 1687 sus *Principia*, donde describe la Ley de Gravitación Universal, con la que define la **mutua atracción de los cuerpos celestes.** Esta es la fuerza que impulsa sus movimientos.

EL UNIVERSO: ORIGEN, EVOLUCIÓN Y FINAL

El origen del universo
Estado estacionario o expansión

Para explicar el origen del universo aparecieron, en la primera mitad del siglo XX, dos teorías opuestas: la teoría del Big Bang o «expansión» y la del «estado estacionario». Mientras que la primera hablaba de expansión del universo **a partir de una singularidad**, la otra decía que el universo no había tenido principio ni tendría final. Hoy día pensamos que el universo se originó con una violenta expansión hace unos 13.730 millones de años, y que sigue expandiéndose.

Expansión (Big Bang)

Edwin Hubble
EL UNIVERSO SE EXPANDE

En 1924, Edwin Hubble demostró que vivimos en un universo de galaxias. Él y Milton Humason midieron la distancia a diferentes galaxias y concluyeron que **cuanto más alejada está una galaxia más deprisa se aleja de nosotros;** por tanto, el universo se está expandiendo.

Georges Lemaître
REBOBINAR HACIA ATRÁS

En el año 1927, Georges Lemaître, basándose en el descubrimiento de Hubble, pensó que si el universo se está expandiendo y «rebobinamos» hacia atrás en el tiempo, llegará un momento en que todas las galaxias se concentrarán **en un solo punto o singularidad.**

George Gamow
EL UNIVERSO NACIÓ CON EL TIEMPO

George Gamow recogió esta idea de Lemaître y desarrolló una teoría según la cual el universo nació con el tiempo (hoy sabemos que fue hace unos 13.730 millones de años), momento en que **la temperatura fue tan alta** que se produjo una intensa expansión que envió partículas en todas direcciones a velocidades próximas a la de la luz.

Estado estacionario

Fred Hoyle
SIN PRINCIPIO NI FINAL

En la década de 1940, Hoyle desarrolló una teoría paralela que afirmaba que el universo no había tenido principio ni tendría final y que, **según iban separándose las galaxias, nueva materia ocupaba su lugar.** La denominó «estado estacionario».

¡BIG BANG!

FRED HOYLE, QUE NO ESTABA DE ACUERDO CON LA TEORÍA DE LA EXPANSIÓN DEL UNIVERSO, LA RIDICULIZÓ LLAMÁNDOLA LA «**GRAN EXPLOSIÓN**» O «BIG BANG», PERO EL NOMBRE SE HIZO POPULAR Y ES ASÍ COMO SE CONOCE AHORA.

No es correcto imaginar el Big Bang como una explosión tal y como las conocemos, que parten de un punto y se expanden por el espacio circundante. Más bien hay que considerarla como una violenta **expansión que se produjo simultáneamente en todas partes**, en la totalidad del universo. Si el universo es todo lo que hubo, hay y habrá, no podemos «ver» esta expansión «desde fuera», ya que no hay «fuera del universo», sino desde el propio universo.

El «eco» del Big Bang

Fue la confirmación del «Big Bang», pues mostraba un **origen** para el universo.

En 1963, Arno Penzias y Robert Wilson, dos ingenieros de telecomunicaciones de los laboratorios Bell, trataban de estudiar las emisiones de radio procedentes de la Vía Láctea con un nuevo tipo de antena. Mientras trabajaban encontraron **una extraña señal** que parecía provenir de todos lados. Acababan de descubrir la radiación de fondo cósmico de microondas (CMBR), un fósil proveniente del origen del universo.

1965: Penzias y Wilson

1992: satélite COBE

2003: misión WMAP

Arno Penzias y Robert Wilson junto a la antena con la que encontraron la radiación de fondo cósmico de microondas.

Imágenes del fondo cósmico de microondas tomadas con diferentes medios técnicos en distintas fechas.

Cuásares remotos

El descubrimiento de los cuásares es **una de las pruebas de que el universo evoluciona**, se expande con el tiempo y no está en un «estado estacionario» como mantenía Fred Hoyle.

En el año 1963, Allan Sandage y Thomas Matthews encontraron una extraña fuente de radio con aspecto estelar cuando se observa en la zona visible del espectro, que recibió el nombre de 3C48. A partir de ese momento se hallaron otras fuentes similares a las que se denominó «**cuásares**»; su principal característica es que se hallan a enormes distancias. Se comprobó que existían en grandes cantidades en épocas tempranas del universo pero que no existen en absoluto en el universo actual.

Radiación de fondo cósmico de microondas

En los primeros instantes del universo **la densidad de la materia-energía era tan grande que los fotones** (partículas de luz) **no podían escapar.** Según se expandía el universo, la densidad fue disminuyendo. Así, cuando el universo cumplió 380.000 años, la densidad era lo suficientemente baja como para permitir que los fotones escapasen.

Estos fotones son los que **han llegado hasta nosotros en forma de microondas,** ya que durante miles de millones de años han viajado a través de un universo en expansión. Esta es la razón por la que nos es físicamente imposible observar nada anterior a ese momento. Es el famoso fondo cósmico de microondas, el «eco» del Big Bang, del que tanta información podemos sacar.

Los datos anteriores a 380.000 años que manejamos se han obtenido de los **aceleradores de partículas,** en los que se han reproducido, hasta donde se ha podido, las condiciones extremas de densidad y temperatura que se supone que existían en el universo primitivo.

EL UNIVERSO: ORIGEN, EVOLUCIÓN Y FINAL

El BIG BANG

De los primeros segundos del universo a la actualidad

El universo comenzó con una **extraordinaria expansión** y, a partir de ese instante, su aceleración fue disminuyendo debido a la acción de la gravedad. Sin embargo, los últimos datos obtenidos nos muestran que **¡la expansión del universo ha ido acelerándose!** Por tanto, suponemos que existe una **«constante cosmológica»** desconocida (se la ha denominado «energía oscura») cuya intensidad hace que la expansión del universo se acelere.

Nacimiento del universo

Todo comienza como un punto de energía sin dimensiones e inimaginablemente caliente.

10^{-36} segundos
Periodo inflacionario

El universo se expande 10^{50} veces o tal vez más, durante 10^{-24} segundos. La temperatura es de 10^{28} K.

BIG BANG con INFLACIÓN

A principios de la década de 1980, Alan Guth, Andrei Linde y Paul Steinhardt plantearon, de manera independiente, que después del Big Bang el universo debió de experimentar un periodo de **inflación,** o expansión extraordinariamente rápida, poco después del **tiempo de Planck.**

El diminuto tiempo de Planck
Se llama así al intervalo temporal más pequeño posible en el que las leyes de la física pueden ser utilizadas. Equivale a 10^{-43} segundos (¡la 0,0000000000000000000000000000000000000000001 parte de un segundo!).

ÉPOCA OSCURA

INFLACIÓN

ESPACIO

TIEMPO

Big Bang

Fondo cósmico de microondas
El fondo cósmico de microondas es una reliquia de esta época.

380.000 años
Recombinación

El universo se hace transparente a la radiación. La temperatura ya es de 10^4 K, con lo que se pueden formar los primeros átomos de hidrógeno y helio.

500.000 años
Concentraciones de materia

Se comienzan a formar las primeras concentraciones de materia. La temperatura es de 10^3 K.

400 millones de años
Primeras estrellas

En las nubes de gas (nebulosas) de hidrógeno y helio se forman las primeras estrellas.

600 millones de años
Primeras galaxias

Se forman las primeras galaxias alrededor de agujeros negros supermasivos (cuásares). Son pequeñas e irregulares, con muchas estrellas en formación.

La expansión del universo
Como hornear un pastel con pasas

Al meter un pastel con pasas en el horno, el bizcocho se expande, arrastrando con él a las pasas, por lo que se incrementa el espacio entre ellas. De forma similar, no son las galaxias las que se separan unas de otras, sino que **es el espacio intermedio el que se expande.**

> Si fuese la materia la que se separase, los diferentes «trozos» estarían VIAJANDO A VELOCIDADES MUCHO MAYORES QUE LA VELOCIDAD DE LA LUZ, lo cual contradice la relatividad.

EXPANSIÓN

LA ENERGÍA OSCURA HACE QUE EL UNIVERSO SE EXPANDA.

8.000 millones de años
Se acelera la expansión
La expansión del universo se acelera.

9.000 millones de años
Se forma el sistema solar
El Sol y sus planetas conforman el sistema solar.

13.730 millones de años
El universo sigue expandiéndose
Con los datos actuales, el universo continuará expandiéndose siempre y se volverá cada vez más frío y oscuro.

EL UNIVERSO: ORIGEN, EVOLUCIÓN Y FINAL

¿CÓMO SERÁ

Expansión, congelación y evaporación

Hoy en día, con los datos que tenemos, la teoría más aceptada sobre el final del universo es la que nos dice que se seguirá expandiendo aceleradamente (enfriándose el espacio), **todo será engullido por agujeros negros supermasivos** y finalmente estos se «evaporarán».

Teorías anteriores a 2006

Antes de 2006 (cuando la misión WMAP aportó sus nuevos y relevantes datos) se planteaban tres escenarios diferentes para el final del universo:

BIG CRUNCH

Si la cantidad total de materia del universo es suficiente como para contrarrestar gravitacionalmente la expansión inicial del universo, este se expandiría cada vez más lentamente hasta que la expansión acabara deteniéndose. A partir de ese momento se contraería aceleradamente hasta terminar **de nuevo en una singularidad** similar a la que dio origen al Big Bang.

SE DETIENE LENTAMENTE

Si la fuerza gravitatoria producida por la cantidad total de materia en el universo iguala la fuerza de expansión inicial, esta expansión iría deteniéndose lentamente **sin llegar a detenerse del todo nunca** (asintóticamente).

ETERNAMENTE EN EXPANSIÓN

Si la cantidad de materia existente en el universo no fuera suficiente como para que su fuerza gravitatoria contrarrestase la expansión inicial del universo, este **se mantendría eternamente en expansión**.

¡Solo conocemos de qué esta hecho el 4 % del universo!

A partir de 2006, gracias a los datos obtenidos por la misión WMAP, la misión PLANCK y por las mediciones sobre un tipo particular de supernova denominado «Ia», se concluye que: el universo está compuesto por un **75 % de energía oscura,** cuya naturaleza desconocemos; un **21 % de materia oscura,** que tampoco sabemos lo que es, y un **4 % de materia bariónica,** que es la que vemos y conocemos. Esto quiere decir que ¡únicamente sabemos de qué está hecho el 4 % del universo y desconocemos el 96 % restante!

WMAP: UNA IMPORTANTE MISIÓN

El objetivo de la misión WMAP fue comprobar las teorías sobre el origen y evolución del universo. Esta sonda de la NASA tenía como finalidad estudiar el cielo y medir las diferencias de temperatura que se observan en la radiación de fondo cósmico de microondas (fósil del Big Bang).

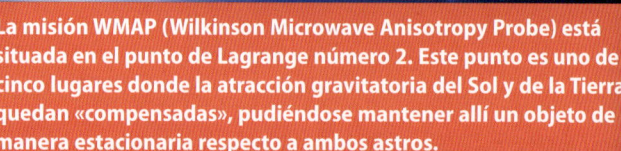

La misión WMAP (Wilkinson Microwave Anisotropy Probe) está situada en el punto de Lagrange número 2. Este punto es uno de cinco lugares donde la atracción gravitatoria del Sol y de la Tierra quedan «compensadas», pudiéndose mantener allí un objeto de manera estacionaria respecto a ambos astros.

EL FINAL DEL UNIVERSO?

Agujero negro supermasivo «engullendo» enormes cantidades de gas incandescente, que se ha calentado al girar a una gran velocidad a su alrededor antes de caer en él.

DESAPARECERÁ EXPANDIÉNDOSE ACELERADAMENTE

Hoy creemos que existe una «constante cosmológica» (cuya naturaleza desconocemos) que hace que la expansión del universo se acelere. Pensamos que el universo se expandirá indefinidamente de manera acelerada, hasta que no exista más que una tenue «niebla» de partículas elementales en un espacio ilimitado. Todas las galaxias desaparecerán, todos los agujeros negros se «evaporarán» en lo que se denomina **«la muerte térmica del universo»**.

¿CÓMO se EVAPORARÁN los AGUJEROS NEGROS?

Stephen Hawking planteó la posibilidad de que cuando en el universo ya no queden más que agujeros negros, estos se evaporarán. Pero ¿cómo puede suceder? A través de un fenómeno mecanocuántico (es decir, en el mundo de lo muy pequeño) al que se denomina **«radiación Hawking»** en su honor.

En su último trabajo, «Una salida suave de la inflación eterna», Stephen Hawking predice que nuestro universo finalmente desaparecerá en la oscuridad cuando las estrellas agoten su energía.

LA MUERTE TÉRMICA DEL UNIVERSO

1 A lo largo de miles de millones de años, las **estrellas menos masivas** enviarán sus envolturas exteriores al espacio y dejarán **enanas blancas** como remanentes.

2 Todas las **estrellas masivas** acabarán sus días como **supernovas.**

3 Todos los restos estelares, junto con el resto del material galáctico e intergaláctico, serán engullidos por **agujeros negros supermasivos** (según vayan «tragando» más y más materia, los agujeros negros incrementarán su masa).

4 Los agujeros negros **se «evaporarán»** a través de la radiación Hawking.

EL UNIVERSO: ORIGEN, EVOLUCIÓN Y FINAL

Nuestra situación en el UNIVERSO

La Tierra, el sistema solar, la Vía Láctea, el Grupo Local...

El universo visible (desde nuestro punto de vista) tiene un radio de unos 13.730 millones de años luz, que es el tiempo transcurrido desde el Big Bang. **La inflación del universo hace que objetos que pueden observarse como eran entonces hoy se encuentren más al del universo visible,** en el llamado «universo observable» (llamado así porque los objetos qu se encuentran en él pudieron observarse en algún momento, pero no en la actualidad), a una distancia estimada de unos 46.000 millones de años luz.

Desde la Tierra podemos contemplar **UN UNIVERSO VISIBLE** hasta una distancia de 13.730 millones de años luz de radio.

La Tierra
Nuestro hogar, el único lugar del universo en donde sabemos que existe la vida.

El sistema solar
El Sol que nos ilumina y calienta es el mismo que orbitan los planetas componentes del sistema solar.

GRAN ATRACTOR
La Vía Láctea y muchas otras galaxias son atraídas por una concentración de masa en el universo llamada «Gran Atractor».

La Vía Láctea
Es nuestra galaxia, un disco giratorio con más de 100.000 millones de estrellas, además de inmensas nubes de gas y polvo.

Vía Láctea

Laniakea

Laniakea está formado por el supercúmulo de Virgo (donde se encuentra el Grupo Local con la Vía Láctea), el supercúmulo de Hidra-Centauro y el supercúmulo meridional. Su tamaño se estima en unos 520 millones de años luz y **es tan solo uno de los seis millones de supercúmulos** que se calcula que existen en el universo observable.

Laniakea
Laniakea es el supercúmulo de galaxias al que pertenece la Vía Láctea.

EL UNIVERSO
CON LOS DATOS ACTUALES, SE PIENSA QUE EL UNIVERSO A GRAN ESCALA TIENE UN ASPECTO «ESPONJOSO», CON «HILOS» QUE UNEN LOS GRANDES CÚMULOS DE GALAXIAS Y GRANDES ESPACIOS VACÍOS INTERMEDIOS.

INOBSERVABLE
CUALQUIER OBJETO SITUADO **MÁS ALLÁ DE 13.730 AÑOS LUZ DE DISTANCIA ES INOBSERVABLE** EN LA ACTUALIDAD, YA QUE, DEBIDO A LA EXPANSIÓN DEL UNIVERSO, SE ALEJA DE NOSOTROS A VELOCIDADES SUPERIORES A LA VELOCIDAD DE LA LUZ.

El Grupo Local
Nuestra galaxia forma parte de un numeroso grupo de galaxias (el Grupo Local), dentro del supercúmulo de Virgo.

CURIOSIDADES

EL UNIVERSO: ORIGEN, EVOLUCIÓN Y FINAL

LHC

El LHC (gran colisionador de hadrones) es un **anillo enterrado** que mide más de 26 km de longitud, y contiene 9.300 imanes capaces de generar campos magnéticos 100.000 veces más potentes que el de la Tierra. Estos imanes se tienen que mantener a temperaturas de −271,3 °C (casi el cero absoluto*). Las partículas que circulan por el LHC se aceleran a velocidades próximas a la velocidad de la luz (99,99 %), y cuando colisionan producen temperaturas 100.000 veces superiores a las que existen en el núcleo del Sol. Para evitar que las partículas interaccionen con alguna no prevista, en el interior del anillo del LHC hay un vacío casi absoluto.

*Temperatura teórica más baja que se puede alcanzar, que equivale a −273,15 °C.

El universo se hizo transparente a la radiación 380.000 años después del Big Bang. Ningún tipo de radiación electromagnética nos puede llegar antes de ese tiempo.

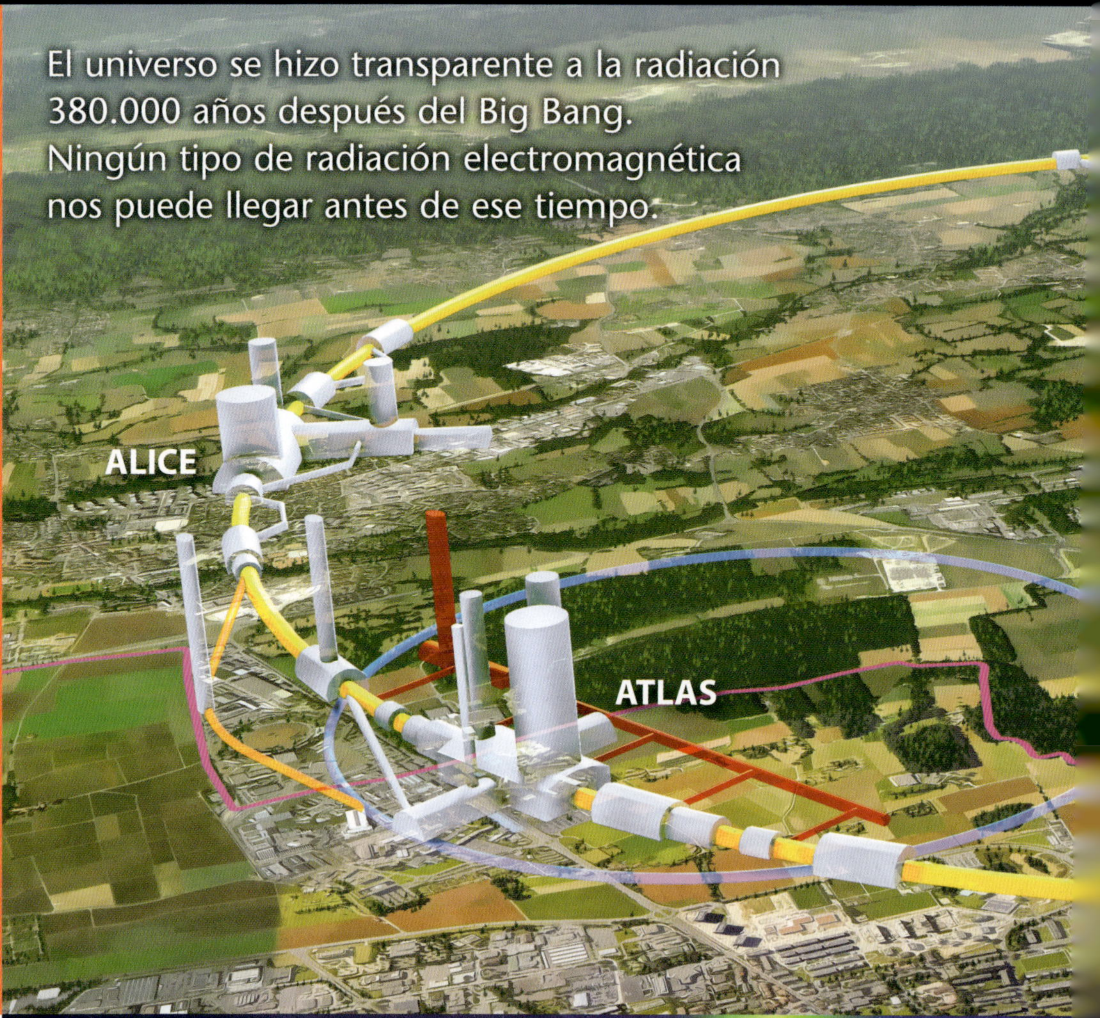

ALICE

ATLAS

VIVIMOS EN UN UNIVERSO ABIERTO

Durante mucho tiempo los cosmólogos han especulado acerca de la **forma del universo,** que dependía de la cantidad total de masa que contuviese. El universo se expande como consecuencia del Big Bang, pero ¿hasta cuándo?

Una vez descubierta la **energía oscura,** que hace que el universo acelere su expansión, hoy pensamos que vivimos en un universo abierto.

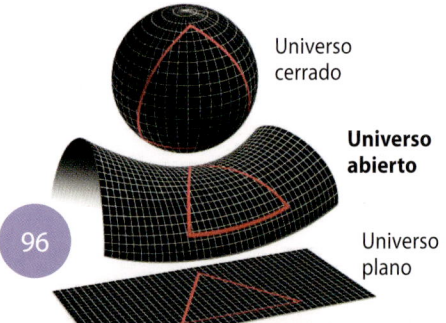

Universo cerrado
Universo abierto
Universo plano

Universos paralelos

LOS MULTIVERSOS

Existen diferentes hipótesis que plantean la existencia de otros universos independientes del nuestro, que se originaron en el momento de la inflación. Suponen la posible existencia de otros universos situados en «otro lugar» al que podemos tener ningún tipo de acceso. Varios cosmólogos (Smolin, Linde o Green) trabajan en teorías similares, pero, hoy por hoy, no deja de ser **una hipótesis má**

> Cuanto más distantes están las galaxias, a mayor velocidad se alejan.

> Hay tantas estrellas en el universo como granos de arena en la Tierra.

> El cráter lunar Ptolomeo lleva el nombre del astrónomo autor del Almagesto.

LOS 3' 46" después del BIG BANG

No podemos mirar el Big Bang y los momentos inmediatamente posteriores, concretamente los tres minutos y cuarenta y seis segundos posteriores al Big Bang, que es el tiempo en que se definió la estructura del universo en el que vivimos.

Uno de los imanes del LHC

CMS

LHCb

El LHC, en la frontera entre Francia y Suiza

TYCHO BRAHE

Tycho Brahe realizó las **observaciones más precisas** de la época pretelescópica gracias al instrumental diseñado por él mismo.

Esfera armilar, empleada hasta 1600 para medir las posiciones de los astros.

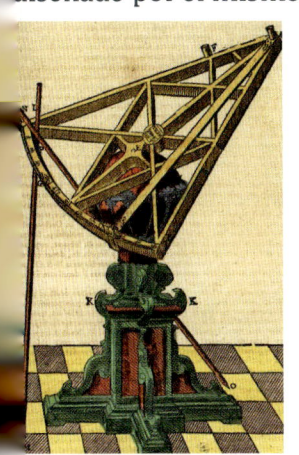

Sextante para medir distancias entre las estrellas.

Cuadrante azimutal (azimut: ángulo medido sobre el horizonte celeste) con una precisión de 1/240 de grado.

La Misión Planck, a 1.500 millones de kilómetros, y el «mapa» del universo obtenido por ella.

LA MISIÓN PLANCK

Después de COBE y WMAP, la Agencia Espacial Europea lanzó la misión PLANCK **en 2009,** con el fin de detectar variaciones (anisotropías) en el fondo cósmico de microondas dejadas por el Big Bang, con una precisión sin precedentes.

EL GRAN COLISIONADOR DE HADRONES

El LHC es un **acelerador de partículas** situado en el CERN (Centro Europeo para la Investigación Nuclear), cerca de Ginebra, a una profundidad de 100 m bajo tierra. En él se ha conseguido reproducir las condiciones de densidad, presión y temperatura que había en los primeros momentos del universo, con el Big Bang, y llegar a conclusiones para conocer cómo se formó y evolucionó la materia.

LA VIDA EN EL UNIVERSO

La idea de que la vida no tiene nada que ver con la Física parece un vestigio de las cosmologías griega y cristiana en las que el cielo y la Tierra estaban hechos de materias diferentes. Gracias a la ciencia del siglo XX hemos sido capaces de comprender que **los seres vivos están construidos con los mismos átomos que conforman las rocas o las estrellas.**

El tránsito entre la materia inerte y la vida biológica parece inmenso, pero puede no serlo. Los datos de los que disponemos nos indican que **la vida surge en cuanto se dan las condiciones necesarias para ello.** Y en el resto del universo, ¿en cuántos lugares han podido darse esas condiciones?

LA VIDA EN EL UNIVERSO

LA VIDA: MATERIA ORGANIZADA

Si, tal como parece, la diferencia entre los seres vivos y la materia inanimada es la organización, **la energía necesaria para autoorganizar la materia inerte en materia viva** en nuestro planeta **sería la luz del Sol.**

La idea de una Tierra cálida y viva dentro de un cosmos frío y muerto es, por lo tanto, incorrecta. Si el universo fuese realmente frío y muerto, si no pudiese contener estrellas, no habría planetas con vida. Así pues, **la existencia de las estrellas es fundamental** para comprender por qué vivimos en un universo que es compatible con la vida.

O, C, H, N

LOS CUATRO ELEMENTOS COMUNES A TODOS LOS ORGANISMOS VIVOS SON EL OXÍGENO (O), EL CARBONO (C), EL HIDRÓGENO (H) Y EL NITRÓGENO (N), QUE EN CONJUNTO FORMAN ALREDEDOR DEL 96 % DEL CUERPO HUMANO.

TODO SE FORMA EN LAS ESTRELLAS

LAS ESTRELLAS NO SOLO SON FUENTE DE LUZ Y CALOR, SINO QUE TAMBIÉN, Y SOBRE TODO, SON EL LUGAR DONDE SE PRODUCEN LOS ELEMENTOS QUÍMICOS QUE CONSTITUYEN LOS SERES VIVOS.

NACE LA VIDA SI SE DAN LAS CONDICIONES NECESARIAS

Una vez que se han producido **los elementos químicos en el núcleo de las estrellas, son enviados al exterior** en forma de nubes de gas y polvo, bien en sucesivas pulsaciones o bien de una sola vez en una enorme explosión a la que llamamos «supernova».

Estas nubes de gas y polvo se contraerán por efecto de la gravedad y **formarán nuevas estrellas y planetas con los elementos químicos necesarios para la vida,** que florecerá si se dan las condiciones necesarias.

Desde la materia inerte hasta la vida

Los átomos son los mismos en todo el universo

Hoy sabemos que los átomos son idénticos en todo el universo, por lo que **los seres vivos y la materia inanimada tienen que estar constituidos por los mismos elementos.** La vida surgió como una transformación evolutiva de la materia mediante un proceso de **autoorganización,** obteniendo la **energía** necesaria a partir de diferentes fuentes externas (una estrella, fuentes hidrotermales, energía gravitatoria, etc.), y su posterior evolución fue posible gracias a unas **determinadas condiciones medioambientales.**

LA VIDA EN EL UNIVERSO

Condiciones para LA VIDA EN LA TIERRA

Agua, tectónica de placas, atmósfera, Sol y Luna

La Tierra es **el único planeta en el que conocemos la existencia de vida**. Sus océanos y sus tierras están poblados por millones de especies vegetales y animales. El origen y mantenimiento de la vida en la Tierra es posible gracias a varios factores.

> La Tierra es **EL ÚNICO PLANETA DEL SISTEMA SOLAR** en el que existe **TECTÓNICA DE PLACAS**.

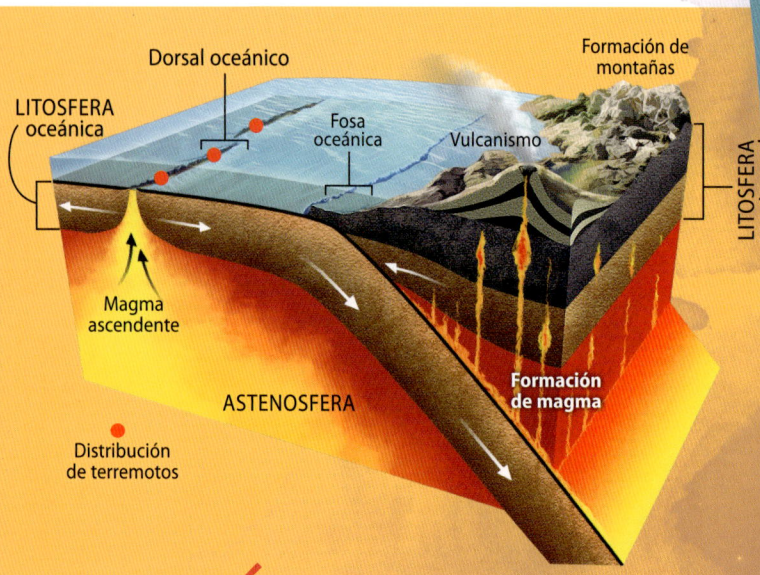

TECTÓNICA DE PLACAS

La parte superior de la corteza terrestre (la litosfera) está dividida en diferentes placas que descansan sobre una base «pastosa» (la astenosfera).

Debido al empuje producido por la emergencia de material fluido del interior del planeta (vulcanismo) en las profundidades del océano, **estas placas se van desplazando**, provocando lo que denominamos «deriva continental» y **proporcionando las fuentes de energía necesarias para la vida (las fuentes hidrotermales)**.

¿Qué se necesita para que se origine y se mantenga la vida en la Tierra?

Esencialmente, **moléculas orgánicas** (aquellas basadas en el carbono) para la estructura, **agua líquida** como medio y una **fuente de energía**.

EL AGUA
UN DISOLVENTE UNIVERSAL

La estructura atómica del agua la capacita para disolver una gran cantidad de sustancias (es un «disolvente universal»). Si a esto unimos que el agua se mantiene en estado líquido en una banda relativamente amplia de temperaturas, tendremos **un medio a través del cual las moléculas básicas para la vida pueden combinarse con relativa facilidad.**

En la actualidad, la Tierra cumple una serie de **condiciones** que la hacen viable para soportar vida:

Gran Luna
La existencia de una Luna anormalmente grande impide que la inclinación del **eje de la Tierra** varíe de manera caótica, manteniéndolo **prácticamente estable,** lo que hace que **su clima también sea estable.**

Masa suficiente
Tiene la masa suficiente como para que **la gravedad pueda conservar una atmósfera** lo bastante densa.

Temperatura
La temperatura de su superficie y la existencia de la atmósfera hacen que pueda existir **agua líquida** en su superficie.

Atmósfera
La capa atmosférica de la Tierra **protege** la vida que hay en ella **de las radiaciones solares y del espacio,** que la matarían.

Agua líquida
Imprescindible como medio para la vida, **gracias a la temperatura** de la superficie terrestre y a la existencia de la **atmósfera.**

Distancia correcta del Sol
Se encuentra a la distancia correcta del Sol, **ni demasiado lejos ni demasiado cerca.**

Fuente de energía
Hay dos fuentes fundamentales de energía en la Tierra, la procedente **del Sol y el calor remanente del interior de la propia Tierra.**

Moléculas orgánicas
Están basadas en el carbono y son necesarias para la estructura de la vida.

LA VIDA EN EL UNIVERSO

CUANDO APARECIÓ LA VIDA...

En la época en la que apareció la vida, la Tierra era muy diferente de como es hoy día. La atmósfera estaba formada, principalmente, por dióxido de carbono y existía una enorme cantidad de volcanes activos.

No es probable que la vida surgiera en la superficie de la Tierra, expuesta a la radiación directa del Sol. Al **no haber entonces capa de ozono que protegiese de la radiación ultravioleta,** esta sería muy nociva para cualquier forma de vida.

¡VIDA EN LOS OCÉANOS!

LA VIDA DEBIÓ DE ORIGINARSE EN ALGÚN LUGAR PROFUNDO Y CÁLIDO, PROTEGIDO POR UNA GRAN CAPA DE AGUA. POR ESO SE CREE QUE FUE EN EL FONDO DE LOS OCÉANOS.

La única vida que conocemos

Origen y evolución de la vida en la Tierra

La vida cubre la superficie de la Tierra y está presente en el aire, el agua e incluso en el interior de la parte más superficial de la corteza terrestre. **La vida apareció muy pronto,** hace aproximadamente 3.800 millones de años, muy cerca de los 4.600 millones de años de edad que tiene nuestro planeta. Así, **la historia de la Tierra y la de la vida aparecen inseparablemente entrelazadas.**

PRIMERAS BACTERIAS

La vida debió de originarse en algún lugar parecido a las actuales fuentes hidrotermales. Las **primeras bacterias elementales (procariotas)** formaron colonias que poblaron nuestro planeta durante los siguientes 2.100 millones de años.

HACE UNOS 1.700 MILLONES DE AÑOS, SURGIERON LAS PRIMERAS BACTERIAS COMPLEJAS (EUCARIOTAS), probablemente a partir de procesos simbióticos de procariotas.

DIVERSIDAD EN LA EVOLUCIÓN

Las eucariotas serían fundamentales para la **posterior aparición de animales y plantas.**
Una gran diversidad de formas de vida han evolucionado y pueblan hoy nuestro planeta.

FUENTES HIDROTERMALES

En 1977 se descubrieron en los fondos marinos unos emisores de agua caliente muy oscura. Son lugares en el suelo oceánico donde las placas tectónicas se separan y el agua entra en contacto con la lava, calentándose a unos 350 °C. Esta agua caliente disuelve los minerales del fondo del océano y crea **altas concentraciones minerales ricas en azufre.**

Alrededor de estas fuentes hidrotermales viven grandes colonias de animales que se alimentan de un tipo de **bacteria capaz de metabolizar esas enormes cantidades de azufre.**

El hallazgo de las fuentes hidrotermales ha permitido EXPLICAR CÓMO PUDO SER EL ORIGEN DE LA VIDA.

105

LA VIDA EN EL UNIVERSO

Los extremófilos
La vida en ambientes extremos

El descubrimiento relativamente reciente de microorganismos en ambientes que se creía que eran incapaces de soportar ningún tipo de vida ha cambiado nuestras ideas respecto a los lugares donde puede existir la vida. **Estos extremófilos habitan en una gran variedad de entornos, desde muy fríos a muy cálidos y desde muy básicos a extremadamente ácidos.** Se han encontrado microorganismos en el interior de rocas, en espacios con una gran concentración de sal y en ambientes de radiación muy elevada.

Gran Fuente Prismática (70 °C), en el Parque Nacional Yellowstone. La lámina verde, amarilla y anaranjada está formada por bacterias capaces de vivir a una temperatura muy elevada.

¡QUÉ CALOR!
En 1970, en los géiseres del Parque Nacional de Yellowstone (EE. UU.) se descubrieron ciertas bacterias capaces de vivir a temperaturas extremadamente elevadas, algunas incluso a 121 °C. Fueron clasificadas como «termófilos».

Calor
Termófilos
Microorganismos que viven en temperaturas muy altas.

Frío
Criófilos
Microorganismos que pueden vivir a temperaturas muy bajas.

Salinidad
Halófilos
Viven en ambientes con presencia de gran cantidad de sales.

El mar Muerto, un lago salado situado a 416,5 m bajo el nivel del mar, se llama así porque tiene una gran concentración de sal en sus aguas. Allí viven bacterias como *Chromohalobacter beijerinckii*.

Presión
Barófilos
Soportan presiones muy altas. Viven normalmente en el fondo oceánico.

Río Tinto, Huelva. En este lugar se llevan a cabo simulaciones para la búsqueda de vida fuera de la Tierra.

¿HABRÁ MÁS VIDA EN EL UNIVERSO?

LA EXISTENCIA DE ESTOS ORGANISMOS EXTREMÓFILOS NOS INDICA QUE **LA VIDA PUEDE EXISTIR EN CONDICIONES MUCHO MÁS ADVERSAS** DE LO QUE SE CREÍA HACE TAN SOLO UNOS AÑOS. POR TANTO, NO RESULTA DESCABELLADO BUSCAR VIDA EN EL UNIVERSO EN LUGARES QUE ANTES NO CREÍAMOS PROPICIOS PARA ELLA.

Interior de un reactor nuclear, donde se han encontrado bacterias resistentes a las altísimas dosis de radiación.

ORGANISMOS EN MEDIOS MUY ÁCIDOS

Existe otro tipo de organismos capaces de vivir en medios muy ácidos (pH 1,7-2,5) y donde existen altas concentraciones de metales pesados; obtienen la **energía únicamente a partir del azufre y del óxido de hierro**. A su vez, los desechos que generan estos organismos mantienen e incluso incrementan aún más la acidez del medio. Un ejemplo es el río Tinto.

ALTAS DOSIS DE RADIACIÓN

Thermococcus gammatolerans y *Deinococcus radiodurans* son extremófilos capaces de soportar **dosis de radiación 10.000 veces superiores** a las que se necesitan para matar a un ser humano, por lo que pueden vivir en ambientes altamente radiactivos, como los reactores nucleares. Sobreviven a la radiación porque son capaces de reparar su ADN dañado.

Acidez
Acidófilos
Son capaces de vivir en condiciones de gran acidez.

Muchas de las bacterias que hay en los yogures son acidófilos, como *L. acidophilus*.

Alcalinidad
Alcalófilos
Se desarrollan en ambientes muy alcalinos.

Radiación
Radiófilos
Capaces de sobrevivir en condiciones de elevada radioactividad.

Sequedad
Xerófilos
Habitan lugares con muy poca humedad, como los desiertos.

107

LA VIDA EN EL UNIVERSO

¿HAY VIDA EXTRATERRESTRE?

Moléculas orgánicas encontradas fuera de la Tierra

A pesar de que, a día de hoy, **no tenemos ninguna prueba objetiva de la existencia de vida fuera de la Tierra,** a partir de los descubrimientos logrados en ambientes extremos no resulta descabellado el intento de buscar vida fuera de nuestro planeta en lugares en los que antes no creíamos posible que esta pudiese existir.

FORMAS DE VIDA

ES PROBABLE QUE EL ORIGEN DE LA VIDA EN LA TIERRA REPRESENT[E] ÚNICAMENTE UNA FORMA EN QU[E] LA VIDA PUEDE APARECER. EN OTR[OS] LUGARES LA VIDA BIOLÓGICA PUEDE SER MUY DIFERENTE A L[A] DE NUESTRO PLANETA.

MARTE

LA MISIÓN VIKING

En el año 1976 se envió la misión Viking a Marte. Fue la **primera misión enviada en busca de vida a otro planeta.** Consistía en dos sondas iguales que aterrizaron en puntos diferentes del planeta para realizar experimentos destinados a hallar vida. Los resultados fueron analizados cuidadosamente y la comunidad científica llegó a la conclusión (no compartida por algunos) de que, a pesar de que ciertos experimentos habían dado resultados positivos, no existía vida en Marte.

Módulo de aterrizaje de la misión Viking a Marte en 1976

Sistema solar

Supuestos cauces de antiguos ríos. Posiblemente el agua fluyera por ellos en un pasado muy lejano.

¿VIDA EN EL SISTEMA SOLAR?

En el sistema solar, existen posibilidades de encontrar vida en **Marte** (aunque la búsqueda aún no haya dado resultados), en **Europa, Ganímedes** y **Calisto** (satélites de Júpiter) o en **Encélado** (satélite de Saturno).

En el caso de que pudiese encontrarse allí alguna forma de vida, esta sería **bacteriana** y se hallaría, supuestamente, en el interior de cualquiera de estos lugares, donde se presume que existe **agua líquida** (en el interior de Europa y Encélado pueden existir océanos globales).

SISTEMA TRAPPIST-1

Exoplanetas

PLANETAS EXTRASOLARES

Además del sistema solar, actualmente se conocen más de 4.000 planetas extrasolares, alrededor de otras estrellas.

PRÓXIMA CENTAURI

PRÓXIMA B

El sistema solar más cercano al nuestro, Próxima Centauri (situado a unos 4,22 años luz), alberga un planeta rocoso (Próxima b) en una región en la que se dan las **condiciones necesarias para que exista agua líquida en su superficie.** Esto lo convierte en un buen candidato para la búsqueda de vida en él.

TRAPPIST-1E

Situado a 39 años luz de la Tierra, Trappist-1e es uno de los siete planetas encontrados en el sistema Trappist-1. Parece ser el **mejor candidato para albergar vida,** al encontrarse en la **zona habitable y tener un núcleo de hierro** como la Tierra (con muchas posibilidades de que prsente una magnetosfera protectora).

ENCONTRAR VIDA

AUNQUE NO TENEMOS DATOS FEHACIENTES DE **PLANETAS EXTRASOLARES EN LOS QUE PUEDA EXISTIR VIDA,** NO SE DEBE A QUE NO LOS HAYA, SINO A NUESTRA **INCAPACIDAD PARA ENCONTRARLOS.** SEGÚN SE VAYA PERFECCIONANDO LA TÉCNICA, HABRÁ MÁS POSIBILIDADES DE HALLARLOS.

ZONA HABITABLE

Aunque la zona habitable alrededor de una estrella se define como aquella **región del espacio donde puede existir agua líquida en la superficie de un planeta terrestre,** hoy sabemos que podría existir vida en el interior de los planetas o satélites, utilizando las fuentes energéticas de estos en lugar de la energía procedente de su estrella.

SATÉLITES DE JÚPITER

EUROPA

Europa es la luna de Júpiter con más probabilidades de albergar vida. Podría tener un **océano de agua líquida salada** calentado por fuerzas de marea, debajo de una capa de hielo de **15 a 20 km de espesor.**

GANÍMEDES

Bajo una superficie helada de gran espesor, **tal vez de 800 km,** posee un **núcleo de hierro** que produce un campo magnético (es el único satélite del sistema solar que lo tiene) y, **tal vez, un océano global,** que podría estar total o parcialmente congelado.

CALISTO

Calisto podría tener un **océano a unos 150 km de profundidad,** pero tendría menos probabilidades que Europa de poder albergar vida.

ENCÉLADO — SATÉLITE DE SATURNO

MOLÉCULAS ORGÁNICAS COMPLEJAS

Los datos proporcionados por la nave Cassini nos muestran la posible existencia de un océano global de agua líquida bajo la superficie helada de Encélado. Unas **poderosas fuentes hidrotermales** en el fondo de este océano harían aflorar agua a través de las fisuras existentes en la superficie helada de este satélite de Saturno.

Los últimos datos muestran la existencia de **moléculas orgánicas complejas (componentes esenciales para la construcción de la vida)** en los chorros de agua enviados hacia el espacio, lo que apoya la hipótesis de la posibilidad de que exista alguna forma primitiva de vida en el interior de Encélado.

A través de las fisuras existentes en la superficie helada de Encélado, se envían al espacio géiseres de agua.

BLOQUE DE HIELO

OCÉANO de agua líquida

5 km

65 km

Circulación hidrotermal

Géiseres

Fuentes hidrotermales

Rocas

LA VIDA EN EL UNIVERSO

CURIOSIDADES

¡QUE VIENEN LOS OVNIS!

A partir de la década de 1950 y hasta finales de los años ochenta existió una gran sensibilidad social sobre la inteligencia extraterrestre. Fue la época de los OVNIS y de la tendencia a **interpretar las señales provenientes del espacio como enviadas por otras civilizaciones.** Ejemplos clásicos son la incorrecta interpretación inicial de las señales detectadas del primer púlsar o la señal que se ha denominado «¡Wow!».

LA SEÑAL ¡WOW!

En el año 1977, el radiotelescopio automatizado de la Universidad de Ohio recibió **una señal muy fuerte e inusual.** Unos días más tarde, el profesor Ehman, que trabajaba en el proyecto SETI, descubrió la señal impresa en papel continuo, la marcó y a su lado escribió la palabra «Wow!» para mostrar su asombro. Se especuló mucho sobre el origen de esta señal, pero la conclusión final es que fue **ocasionada por el hidrógeno existente en la cola de un cometa.**

¿VIDA EN TORNO A ESTRELLAS MASIVAS?

Las estrellas tienen que existir el tiempo suficiente para que en los planetas de su sistema la vida pueda originarse y evolucionar. L**as estrellas masivas no cumplen co**n **esta condición, ya que su vida,** a escala geológica, **es efímera.**

- **La mayor parte de la vida, con diferencia, es microbiana.**
- **La vida es posible en condiciones distintas a las actuales en la Tierra.**
- **El entorno y la vida coevolucionan y se influyen mutuamente.**

MENSAJES HUMANOS PARA OTROS SERES INTELIGENTES

En la década de 1970, se lanzaron las **sondas Pioneer 1 y 2** con destino a Júpiter y Saturno, y las **naves Voyager 1 y 2** con destino a los mismos planetas, además de Urano y Neptuno. Como todas estas naves, una vez cumplida su misión, continuarían viaje hacia el exterior del sistema solar, se incluyeron en ellas mensajes destinados a hipotéticas civilizaciones extraterrestres avanzadas.

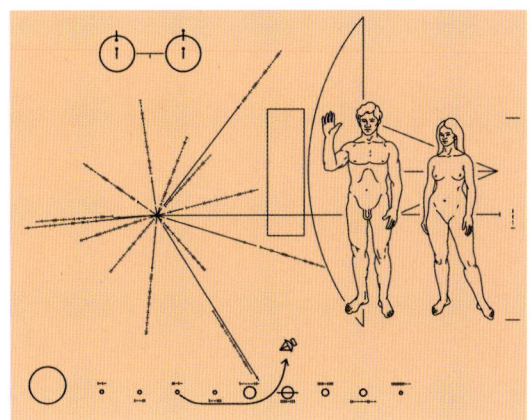

Placa de aluminio (Pioneer) y disco con sonidos de la Tierra (Voyager) para hipotéticas civilizaciones extraterrestres

En el caso de las Pioneer se incluyó una placa de aluminio con varias informaciones en base científica, mientras que las Voyager llevan un disco con sonidos de la Tierra, así como instrucciones para su uso (¿sería capaz una civilización extraterrestre de descifrar estas instrucciones?). En cualquier caso, **las Voyager alcanzarían el sistema planetario más cercano en unos 40.000 años.**

El Instituto Nacional de Investigación Polar de Japón lo vio «resucitar», después de 30 años de congelación, en unas muestras de musgo recogidas en la Antártida.

EL «OSO DE AGUA»
ÚNICO ANIMAL QUE HA LOGRADO SOBREVIVIR EN EL ESPACIO

El tardígrado (conocido como «oso de agua»), de apenas 1 mm de longitud, está considerado el animal más resistente. Es **capaz de sobrevivir en condiciones extremas** de temperatura (entre más de 100 °C y –20 °C), presión o radiación. De hecho, es el único animal que ha logrado sobrevivir en el espacio, en un experimento realizado en 2007.

CONDICIONES PARA LA VIDA

Aunque en la galaxia hay unos 100.000 millones de estrellas, las condiciones que han de cumplirse para que un planeta no solo sea habitable, sino para que en él haya podido surgir la vida y esta haya evolucionado, son **extraordinariamente complejas y muy estrictas.** O es demasiado grande o demasiado pequeño, o está demasiado cerca o demasiado lejos de su estrella, y esta última o es demasiado fría o demasiado caliente, o tiene una vida muy corta.

BÚSQUEDA DE VIDA INTELIGENTE

El **primer proyecto** de búsqueda de vida inteligente extraterrestre **fue OZMA en 1960,** utilizando el radiotelescopio de Green Bank en Virginia. El proyecto SETI fue iniciado por la NASA en 1970 y abandonado en 1993, por falta de resultados y de una base sólida.

NUESTRO ORDENADOR AYUDA

A partir de 1993 algunos investigadores de SETI se organizaron de forma privada para buscar vida inteligente. El actual proyecto utiliza las observaciones generales de radiotelescopios, especialmente el de Puerto Rico, y las rastrea en busca de alguna señal atípica. Para ello utiliza **cientos de miles de ordenadores personales de voluntarios** de todo el mundo, lo que le permite un enorme poder de computación. En 16 años de búsqueda no se ha encontrado señal alguna.

LA OBSERVACIÓN ASTRONÓMICA

El uso de telescopios para estudiar la naturaleza de los objetos celestes es un hecho muy reciente; durante la mayor parte de la historia de la humanidad los cielos se han estudiado sin su ayuda. Nuestra curiosidad, el deseo de descubrir y nuestra habilidad para razonar sobre lo que hemos descubierto nos diferencian del resto de los animales. Al igual que nuestros ancestros, al mirar al cielo nos hacemos preguntas profundas: **¿Cómo se originaron las estrellas? ¿De dónde salieron el Sol y la Luna? ¿De qué están hechos los planetas y las estrellas? ¿Cuál es nuestro lugar en el universo?** El estudio del cielo, la observación astronómica, es un tema universal fundamental.

LA OBSERVACIÓN ASTRONÓMICA

La astronomía primitiva
Observar el universo para organizar la vida diaria

El nacimiento de la astronomía coincidió, prácticamente, con la aparición de la agricultura, lo que nos hace comprender la importancia de predecir los cambios estacionales observando el cielo con el fin de **conocer la mejor época para las cosechas**. Describir el movimiento de los cuerpos celestes también servía de **guía para la navegación por mar** y **la travesía del desierto** o para **medir el tiempo** y **establecer el calendario**, marcando así los ritmos de vida de la población.

MESOPOTAMIA
El primer calendario

Las **civilizaciones mesopotámicas** observaron el movimiento aparente de los cuerpos celestes y apuntaron los datos en tablillas, pues el pueblo sumerio había inventado la escritura hacia el año 3500 a. C.

Ya los **sumerios** agruparon las estrellas en constelaciones para orientarse mejor en el cielo.

Más tarde, los **babilonios** registraron metódicamente los eclipses y el desplazamiento diario de la Luna respecto a las estrellas, lo que les permitió predecir estos movimientos. También dividieron el zodiaco en 12 signos y establecieron un calendario lunisolar, basado a la vez en el movimiento aparente de la Luna y del Sol.

TRANSMISIÓN DEL SABER

TODO **EL SABER ASTRONÓMICO DE MESOPOTAMIA** FUE RECOGIDO POR LOS **PERSAS** PRIMERO Y LOS **GRIEGOS** DESPUÉS. **GRECIA APORTÓ UNA VISIÓN CIENTÍFICA** AL PREGUNTARSE **EL PORQUÉ** DE LO QUE VEÍAN EN EL CIELO. LOS **ÁRABES** TRANSMITIERON ESTE SABER Y LO AMPLIARON CON **DATOS MÁS PRECISOS.**

Estrella Sirio en la constelación del Can Mayor

Constelación de Orión

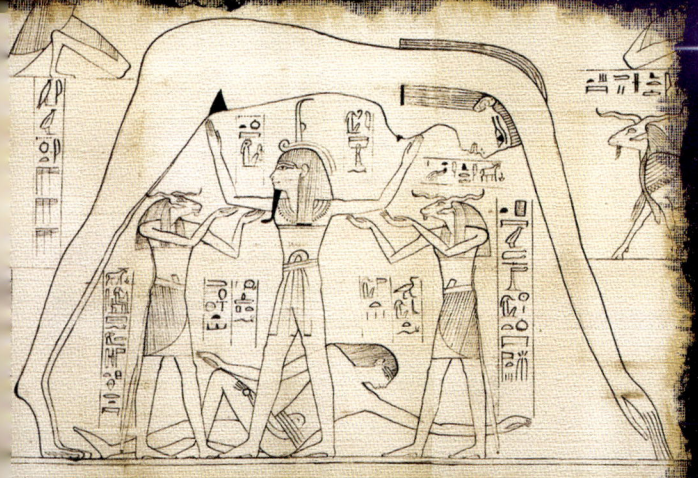

¡Un enigma!
El secretismo de los sacerdotes astrónomos egipcios impidió que se transmitiera su saber, pero lo descifrado en papiros y en inscripciones de templos y pirámides demuestra que **medían las horas con las estrellas y el Sol**, y describían constelaciones y planetas.

EGIPTO
Las crecidas del Nilo

Los antiguos egipcios observaron un fenómeno astronómico extraordinariamente importante para la agricultura, base de su economía: las crecidas anuales del Nilo **coincidían con la aparición en el cielo de una estrella muy brillante**.

El río empezaba su crecida cuando la estrella **Sirio**, tras haber estado oculta bajo el horizonte, podía verse de nuevo poco antes de salir el Sol. Como el Nilo fertilizaba la tierra al encharcarla y marcaba el inicio de la siembra, para los egipcios el año empezaba el primer día del primer mes de la inundación.

GRECIA
Visión científica del universo

Los **antiguos griegos fueron los primeros** en dar una visión «científica» (basada en pruebas) del universo. Pitágoras y sus seguidores **indicaron que la Tierra era una esfera,** basándose en el hecho de que la sombra que la Tierra arroja sobre la Luna durante los eclipses es circular y que al viajar en dirección norte-sur las constelaciones varían.

Eratóstenes
MIDIÓ LA CIRCUNFERENCIA DE LA TIERRA

Eratóstenes (siglo III a. C.), director de la famosa Biblioteca de Alejandría, fue el primero en medir la circunferencia de la Tierra **con una extraordinaria aproximación.** Para ello observó que a la hora del mediodía del 21 de junio, solsticio de verano, en la ciudad de Siena (actual Asuán, Egipto), un palo vertical no arrojaba sombra y que el Sol se reflejaba en el fondo de los pozos. Sin embargo, en Alejandría, a mucha distancia hacia el norte, el mismo día a la misma hora un palo vertical sí arrojaba sombra. La única explicación posible es que la superficie de la Tierra esté curvada. Y procedió a calcular su circunferencia **haciendo mediciones.**

Cálculo de Eratóstenes
Eratóstenes calculó que el ángulo de la sombra que proyectaba en el suelo una torre de Alejandría era igual a 1/50 partes de un círculo, es decir, 7,2°.

Puesto que la enorme distancia del Sol hace que sus rayos sean paralelos en Alejandría y en Siena (actual Asuán), prolongando la vertical de la torre y del pozo hasta el centro de la Tierra, formarán allí un ángulo igual al de la sombra de la torre: 7,2°.

Alejandría

Sabiendo la distancia entre Alejandría y la actual Asuán que fijó en 5.000 estadios (no llega a 800 km), por una regla de tres obtuvo la medida de los 360° de la circunferencia: un valor muy próximo a los 40.000 km aceptados hoy día.

Siena (Asuán)

GRAN DIFUSIÓN

EL ISLAM SE EXTENDIÓ POR EXTENSAS REGIONES. **LA TRADUCCIÓN DE LAS OBRAS GRIEGAS AL ÁRABE** LES ASEGURÓ UNA GRAN DIFUSIÓN, TANTO EN ORIENTE PRÓXIMO COMO EN EL NORTE DE ÁFRICA Y EN LA PENÍNSULA IBÉRICA. LA RECONQUISTA PROPICIÓ QUE ESTAS OBRAS LLEGASEN A MANOS CRISTIANAS **Y FUERAN TRADUCIDAS AL LATÍN.**

Una guía errónea

Los fallos del modelo de Ptolomeo quedaron en evidencia con la **navegación transoceánica** de los siglos XV y XVI. Los barcos se guiaban por el movimiento de las estrellas y sus predicciones al respecto no eran muy precisas.

Ptolomeo
COMPENDIO DEL SABER ASTRONÓMICO

El **astrónomo, geógrafo y matemático** Ptolomeo, que vivió y trabajó en Alejandría en el siglo II, **recopiló los conocimientos** de más de cinco siglos de astronomía griega, **a los que añadió sus propias observaciones y cálculos,** en su monumental obra *Compendio matemático*, y todo este saber científico fue el que imperó en Occidente a lo largo de quince siglos, hasta el Renacimiento. Los árabes la tradujeron del griego como *al-Majisti* o 'la más grande' y esta versión fue la que llegó a Europa en la Edad Media con la expansión árabe, traduciéndose después al latín con el título *Almagestum*, en castellano *Almagesto*.

LA OBSERVACIÓN ASTRONÓMICA

Las Pléyades

MEDIDA DEL TIEMPO CON LAS ESTRELLAS

En la Antigüedad **necesitaban conocer la duración del año para la agricultura,** que era su medio de vida. Por ello, **decidían cuándo plantar y recolectar fijándose en la aparición y desaparición de ciertas constelaciones en el cielo.** Se sabía, por ejemplo, que había que cosechar cuando aparecían las Pléyades y que había que sembrar cuando desaparecían.

El calendario
La medida del tiempo

Desde la remota Antigüedad, los seres humanos han utilizado **los fenómenos celestes como ayuda para medir el tiempo.** Un día era el tiempo transcurrido entre dos salidas del Sol consecutivas, un mes era el tiempo que transcurría desde una luna nueva a la siguiente, y un año era el tiempo que tardaba el Sol en recorrer el círculo completo del zodiaco.

EL TIEMPO ASTRONÓMICO

La observación astronómica desde la Tierra permite explicar las **tres unidades básicas de tiempo.**

TIEMPO DIARIO
Observado por la salida y la puesta del Sol debido a la rotación de la Tierra sobre su eje.

TIEMPO MENSUAL
Observado por el cambio de fases de la Luna debido a la rotación de esta alrededor de la Tierra. El intervalo temporal entre una Luna nueva y la siguiente equivale a 29,5 días.

TIEMPO ANUAL
Observado como cambio de estaciones, debido al recorrido de la Tierra alrededor del Sol. Un año solar equivale a 365,242 días solares.

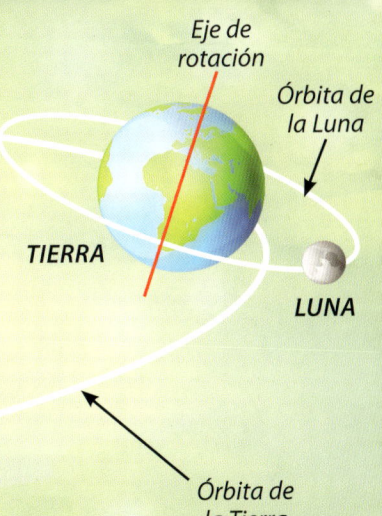

LOS PRIMEROS CALENDARIOS

Los **babilonios** crearon un **calendario lunisolar,** en el cual el año estaba formado por 12 meses lunares, cada uno con 29 o 30 días; y como el año basado en el movimiento del Sol, que es el que rige las estaciones, es un poco más largo, intercalaban un decimotercer mes cada tres años aproximadamente, para ajustar el ciclo de las estaciones.

Los **egipcios** tenían un **calendario solar,** pues observaron que el esquema visible de las estrellas se repetía cada 365 días y dedujeron que el Sol tardaba ese tiempo en recorrer un ciclo completo contra el fondo de las estrellas. Dividieron el año en 12 meses de 30 días y, para llegar al total de 365, añadieron cinco días suplementarios.

Los **antiguos griegos** solían utilizar la Luna para medir el tiempo e iban ajustando el calendario para mantenerlo en fase **tanto con la Luna como con las estaciones.**

Calendario babilónico (c. 1100 a. C.)

EL CALENDARIO JULIANO

Como los **romanos** heredaron la astronomía (y, por tanto, el calendario) de los griegos, durante siglos tuvieron que variar el número de días a lo largo de los años para mantener el calendario en fase con las estaciones.

Esta confusión terminó con Julio César, quien contó con la ayuda del astrónomo Sosígenes de Alejandría para crear un **calendario solar.** Decidió que el año 46 a. C. tendría 445 días, con el fin de ajustar las estaciones, y a partir de entonces cada año tendría 365 días y cada cuatro años habría uno con un día extra (llamado «año bisiesto»), lo que significaba que, como promedio, el año tenía 365,25 días.

Este tipo de calendario se llamó **«calendario juliano»** y se mantuvo **hasta el siglo XVI.**

Julio César (100-44 a. C.)

EL CALENDARIO GREGORIANO

El calendario juliano resultó ser mucho más exacto que todos los calendarios precedentes, pero no era todavía lo bastante exacto, ya que el año tiene 365,242 días solares. A mitad del siglo XVI las fechas de la Pascua tenían un desfase de 10 días con respecto a las mismas fiestas de hacía 1.250 años.

El papa Gregorio XIII ordenó ajustar el calendario, eliminando 10 días, del 5 al 14 de octubre de 1582; por lo tanto, estos días nunca existieron. El nuevo calendario se llamó **«calendario gregoriano»** y **es el que utilizamos en Occidente en la actualidad.**

Nuestro calendario, con menos errores

El **calendario gregoriano tiene 365 días,** excepto cada cuatro años, que hay un día extra (año bisiesto), salvo que ese año sea divisible por 100. Sin embargo, los comienzos de siglo divisibles por 400 sí son años bisiestos, de tal manera que los años 1600 y 2000 sí fueron bisiestos, pero los años 1700, 1800 y 1900 no lo fueron. Con estos ajustes, el calendario gregoriano tiene un **error de un solo día cada 3.000 años.**

Las ESTACIONES en la Tierra
Su origen es la inclinación del eje de rotación

La Tierra tarda un año en completar una órbita alrededor del Sol y, aunque no podemos sentir ese movimiento, notamos el transcurrir del año por el ciclo de las **estaciones** (primavera, verano, otoño e invierno), que tiene su origen en la **inclinación de nuestro eje de rotación.**

La **RADIACIÓN** llega muy **OBLICUA** a la superficie del círculo polar ártico.

Eje de rotación de la Tierra

Zona polar
Noche de 6 meses

RADIACIÓN SOLAR

23,5° Ángulo de inclinación del eje de la Tierra

Día Noche

Círculo polar ártico

Plano de la eclíptica

Trópico de Cáncer

Ecuador

Trópico de Capricornio

Círculo polar antártico

La **RADIACIÓN** llega muy **PERPENDICULAR** a la superficie del trópico de Capricornio.

Zona polar
Día de 6 meses

La Tierra gira de oeste a este

EL ORIGEN DE LAS ESTACIONES

El eje de rotación de la Tierra está **inclinado 23,5° con respecto a la perpendicular al plano de la eclíptica** (o plano en el que está contenida su órbita). Las estaciones son el resultado de esa inclinación y se producen no solo en la Tierra, sino en todos los planetas cuyos ejes de rotación se encuentran inclinados.

Mercurio y Júpiter no tienen estaciones

Aquellos planetas cuyos **ejes de rotación NO están inclinados** con respecto al plano en que está contenida su órbita no tienen estaciones. Es el caso de los planetas Mercurio y Júpiter.

Movimiento de rotación

ESTACIONES OPUESTAS EN CADA HEMISFERIO

Como la órbita de la Tierra alrededor del Sol no es un círculo, sino una elipse, una idea errónea muy común es que hace más calor en verano por la mayor proximidad entre los dos astros y más frío en invierno por su mayor distancia. Pero **cuando es verano en el hemisferio norte es invierno en el sur,** y viceversa. Si esta idea fuese correcta, las estaciones tendrían que darse simultáneamente en ambos hemisferios, y no es así.

Movimiento de traslación

¡ASOMBROSO!
EL MOVIMIENTO DE **TRASLACIÓN DE LA TIERRA ALREDEDOR DEL SOL** SE PRODUCE A UNA VELOCIDAD DE 30 KM POR SEGUNDO O, LO QUE ES LO MISMO, A **108.000 KM/H**.

20-21 de marzo
Equinoccio de primavera
(hemisferio norte)

21-22 de junio
Solsticio de verano
(hemisferio norte)

21-22 de diciembre
Solsticio de invierno
(hemisferio norte)

22-23 de septiembre
Equinoccio de otoño
(hemisferio norte)

Primavera en el hemisferio norte
Otoño en el hemisferio sur

Invierno en el hemisferio norte
Verano en el hemisferio sur

Verano en el hemisferio norte
Invierno en el hemisferio sur

Otoño en el hemisferio norte
Primavera en el hemisferio sur

El día más largo del año es el del solsticio de verano.

El día más corto del año es el del solsticio de invierno.

En los equinoccios de primavera y otoño, la noche y el día duran lo mismo.

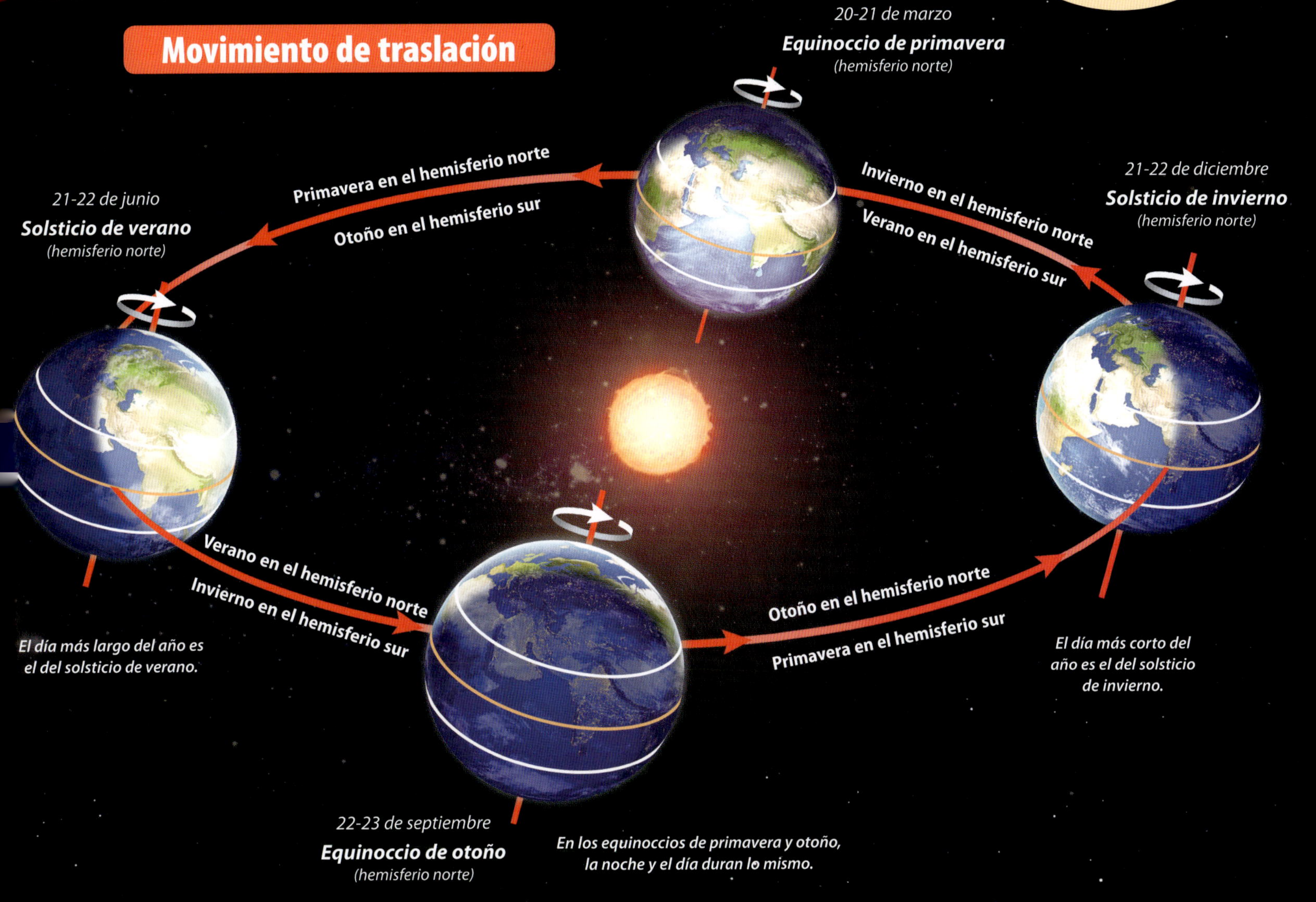

INCLINACIÓN

Será verano en el hemisferio que se encuentra «inclinado» hacia el Sol, mientras que en el otro será invierno. Seis meses más tarde, se alternarán los hemisferios.

Así, **la inclinación del eje de rotación de la Tierra explica** de una manera natural **por qué las estaciones son diferentes en los dos hemisferios.**

Ecuador ▷
En las proximidades del ecuador, no existe diferencia real entre las estaciones.

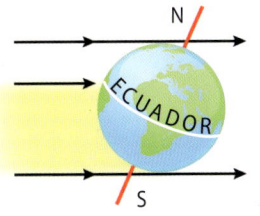

◁ **Hemisferio sur**
En diciembre, cuando el hemisferio sur está inclinado «hacia» el Sol, la zona sur de la Tierra recibe más luz solar, por lo que los días de verano son más largos.

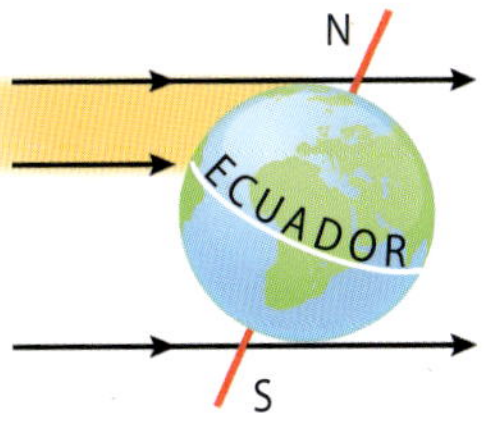

◁ **Hemisferio norte**
Al mismo tiempo, el hemisferio norte está inclinado «contra» el Sol y recibe menos luz solar, por lo que los días en invierno son más cortos.

El Sol que más calienta

Cuando el Sol está más alto en el cielo **durante el verano, la radiación solar está más concentrada.** En invierno, cuando el Sol se encuentra más bajo en el cielo, la radiación solar es más difusa.

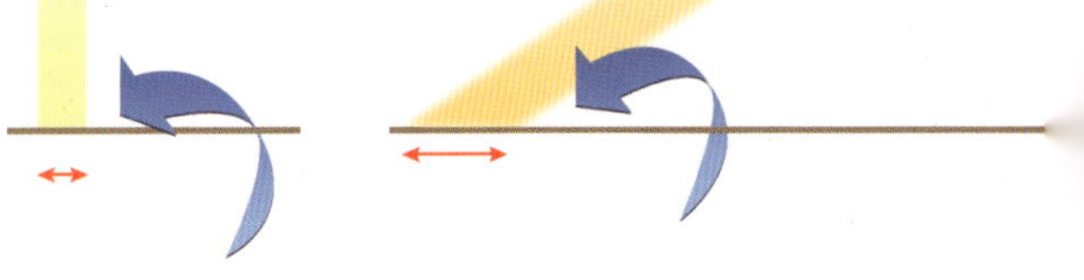

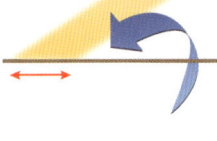

Haz concentrado de luz solar en verano

Haz difuso de luz solar en invierno

LA OBSERVACIÓN ASTRONÓMICA

ECLIPSES de Luna y de Sol
Jugando al escondite

En general, denominamos «eclipse» al fenómeno que se produce cuando, desde el punto de vista del observador, un objeto se interpone delante de otro. **En el sistema Tierra-Luna-Sol,** y desde el punto de vista de la Tierra (observador), **habrá dos tipos de eclipse: el de Sol y el de Luna.**

ECLIPSES DE LUNA

Los eclipses de Luna se producen cuando la Tierra se interpone entre la Luna y el Sol, arrojando su sombra sobre nuestro satélite. Mientras dura el eclipse, la Luna se observa desde la Tierra más **oscura y enrojecida.** La razón por la que la Luna se ve rojiza es la misma por la que las puestas de Sol son rojas.

Si pudiéramos observar el efecto desde la Luna, veríamos la Tierra como un disco oscuro rodeado por un halo rojizo.

La luz del Sol tiene que atravesar la gran cantidad de capas de atmósfera existentes en los «bordes» de la Tierra, donde, además, existe polvo en suspensión. La mayoría de las longitudes de onda visibles son dispersadas por esta **atmósfera,** excepto el extremo de mayor longitud de onda, el que corresponde al color rojo.

Los **eclipses solares totales** nos permiten observar las tenues capas externas del Sol, la cromosfera y la corona, normalmente ocultas bajo la enorme intensidad luminosa de la fotosfera.

ECLIPSES DE SOL

El eclipse de Sol se produce cuando la Luna se sitúa entre el Sol y la Tierra. La sombra de la Luna traza una trayectoria sobre la Tierra. Los observadores situados en la parte central más oscura de esa trayectoria (la umbra), verán un **eclipse total** o **anular.** Los observadores situados en la zona menos oscura (la penumbra), verán un **eclipse parcial.**

Penumbra

0,5°

Diámetro angular de la Luna y del Sol, de 0,5°

Umbra

¿Cómo es posible que la Luna, siendo mucho más pequeña que el Sol, pueda ocultarlo enteramente a nuestra vista y veamos un eclipse total de Sol? Pues porque, hallándose el Sol a mucha mayor distancia de nosotros que la Luna, se da la curiosa coincidencia de que el diámetro angular del Sol y el de la Luna son aproximadamente iguales: 0,5°.

Parcial　　Anular　　Total

Tipos de eclipses de Sol

Cuando **la distancia entre la Luna y la Tierra es mayor,** el tamaño aparente de la Luna en el cielo será menor que el tamaño aparente del Sol. En estas condiciones, si se produce un eclipse, **el disco del Sol se verá «alrededor» del disco de la Luna,** ya que el disco de la Luna será demasiado pequeño para ocultar totalmente el Sol, con lo que veremos un **eclipse anular**.

LA OBSERVACIÓN ASTRONÓMICA

La eclíptica
Se denomina «eclíptica» al recorrido aparente del Sol en el cielo (lo vemos así por el giro de la Tierra).

Las constelaciones y la esfera celeste
Una gran pantalla desde la Tierra

Durante miles de años el ser humano ha estudiado el cielo nocturno, utilizándolo como **reloj, calendario o brújula.** Al igual que imaginamos animales cuando vemos algunas nubes, la identificación de grupos de estrellas con figuras imaginarias de criaturas mitológicas ha sido muy común y tiene también un sentido práctico, pues **ayuda a orientarse en el espacio y en el tiempo.** La astronomía moderna continúa utilizando esta imaginaria agrupación de estrellas en **constelaciones** para identificar las diferentes regiones del cielo.

LAS CONSTELACIONES

Las constelaciones son agrupaciones arbitrarias de estrellas que, al estar proyectadas sobre la esfera celeste, parecen encontrarse próximas entre sí. Sin embargo, como no vemos la «profundidad», lo normal es que haya **mucha distancia entre ellas.**

Constelación de Orión — Rigel, Betelgeuse, Nebulosa de Orión, Mintaka
años luz   0   1.000   2.000   3.0

El sistema moderno, compuesto por **88 CONSTELACIONES**, está basado, por una parte, en las primeras definidas en Mesopotamia, Babilonia, Egipto y Grecia; y por otra, en otras añadidas para completar cada hemisferio.

El zodiaco

Solo **13 constelaciones** pertenecen al zodiaco y son aquellas que, a nuestra vista, parecen ser cruzadas por el Sol a lo largo del año. Aunque se habla siempre de 12 constelaciones zodiacales, la 13 es Ofiuco y ya la conocían los babilonios, pero no la incluyeron para **hacer coincidir el zodiaco con su calendario de 12 meses.**

LA ESFERA CELESTE

Se trata de una esfera **imaginaria** que envuelve la Tierra como si fuera una bola hueca de cristal, en cuya superficie están las estrellas, los planetas y otros objetos celestes. Imaginar esta esfera permite a los astrónomos situar la posición de los astros y seguir sus movimientos.

Polo norte celeste

Coordenadas celestes

La declinación se mide en grados; así, las estrellas próximas al polo norte celeste tendrán declinaciones próximas a +90°, mientras que las que estén muy cerca del polo sur celeste las tendrán cercanas a −90°. La ascensión recta se mide en horas, minutos y segundos, ya que una estrella viene a tardar un día en situarse en el mismo punto de la esfera celeste.

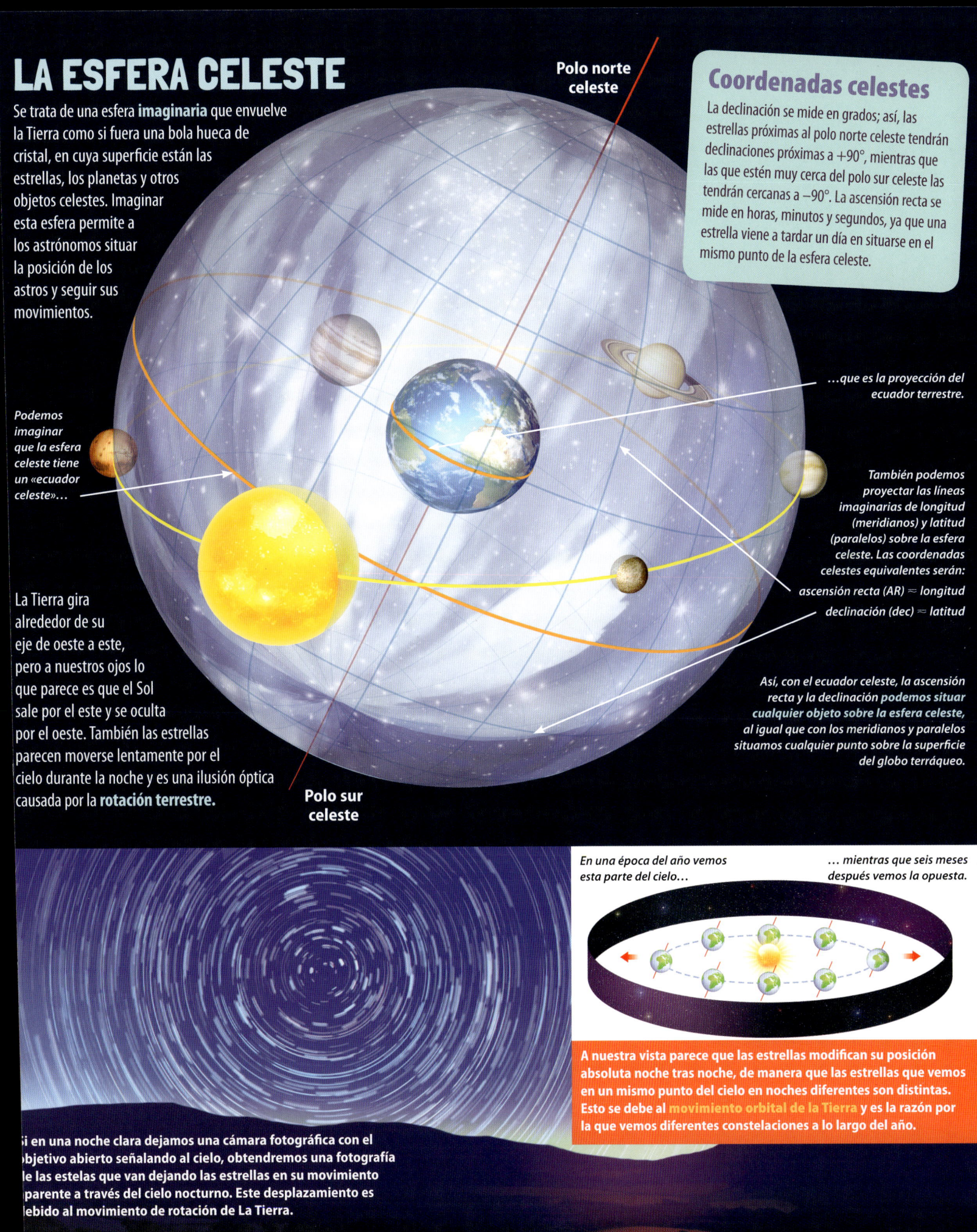

Podemos imaginar que la esfera celeste tiene un «ecuador celeste»…

…que es la proyección del ecuador terrestre.

También podemos proyectar las líneas imaginarias de longitud (meridianos) y latitud (paralelos) sobre la esfera celeste. Las coordenadas celestes equivalentes serán:

ascensión recta (AR) ≈ longitud
declinación (dec) ≈ latitud

La Tierra gira alrededor de su eje de oeste a este, pero a nuestros ojos lo que parece es que el Sol sale por el este y se oculta por el oeste. También las estrellas parecen moverse lentamente por el cielo durante la noche y es una ilusión óptica causada por la **rotación terrestre.**

Así, con el ecuador celeste, la ascensión recta y la declinación podemos situar cualquier objeto sobre la esfera celeste, al igual que con los meridianos y paralelos situamos cualquier punto sobre la superficie del globo terráqueo.

Polo sur celeste

En una época del año vemos esta parte del cielo…

… mientras que seis meses después vemos la opuesta.

A nuestra vista parece que las estrellas modifican su posición absoluta noche tras noche, de manera que las estrellas que vemos en un mismo punto del cielo en noches diferentes son distintas. Esto se debe al movimiento orbital de la Tierra y es la razón por la que vemos diferentes constelaciones a lo largo del año.

Si en una noche clara dejamos una cámara fotográfica con el objetivo abierto señalando al cielo, obtendremos una fotografía de las estelas que van dejando las estrellas en su movimiento aparente a través del cielo nocturno. Este desplazamiento es debido al movimiento de rotación de La Tierra.

Algunas estrellas nunca se ponen y se denominan «estrellas circumpolares». Sus estelas forman círculos completos alrededor de puntos fijos del cielo: los polos celestes.

LA OBSERVACIÓN ASTRONÓMICA

MAPAS ESTELARES

Hemisferio norte
Primavera y verano

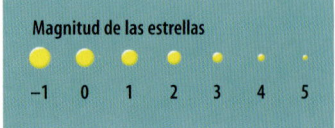

Para **orientarnos** en el cielo agrupamos arbitrariamente las estrellas en constelaciones y las representamos en los **«mapas estelares»,** uniendo sus principales estrellas mediante líneas imaginarias.

El brillo de las estrellas

Los mapas estelares muestran el brillo de las estrellas con puntos del tamaño de su magnitud. Las magnitudes más bajas representan un brillo mayor.

Magnitud de las estrellas
−1   0   1   2   3   4   5

PRIMAVERA

Mapas que se observan de ABRIL a JUNIO.

Mirando al norte

LEBRELES, OSA MAYOR, BOYERO, Mizar, Alcor, LINCE, CORONA BOREAL, Pólux, Cástor, OSA MENOR, DRAGÓN, Estrella Polar, ECLÍPTICA, GÉMINIS, AURIGA, JIRAFA, Vega, HÉRCULES, Capella, CASIOPEA, CEFEO, LIRA, OFIUCO, ORIÓN, PERSEO, Deneb, CISNE, Betelgeuse, TAURO, Algol, LAGARTO

O — N — E

Mirando al sur

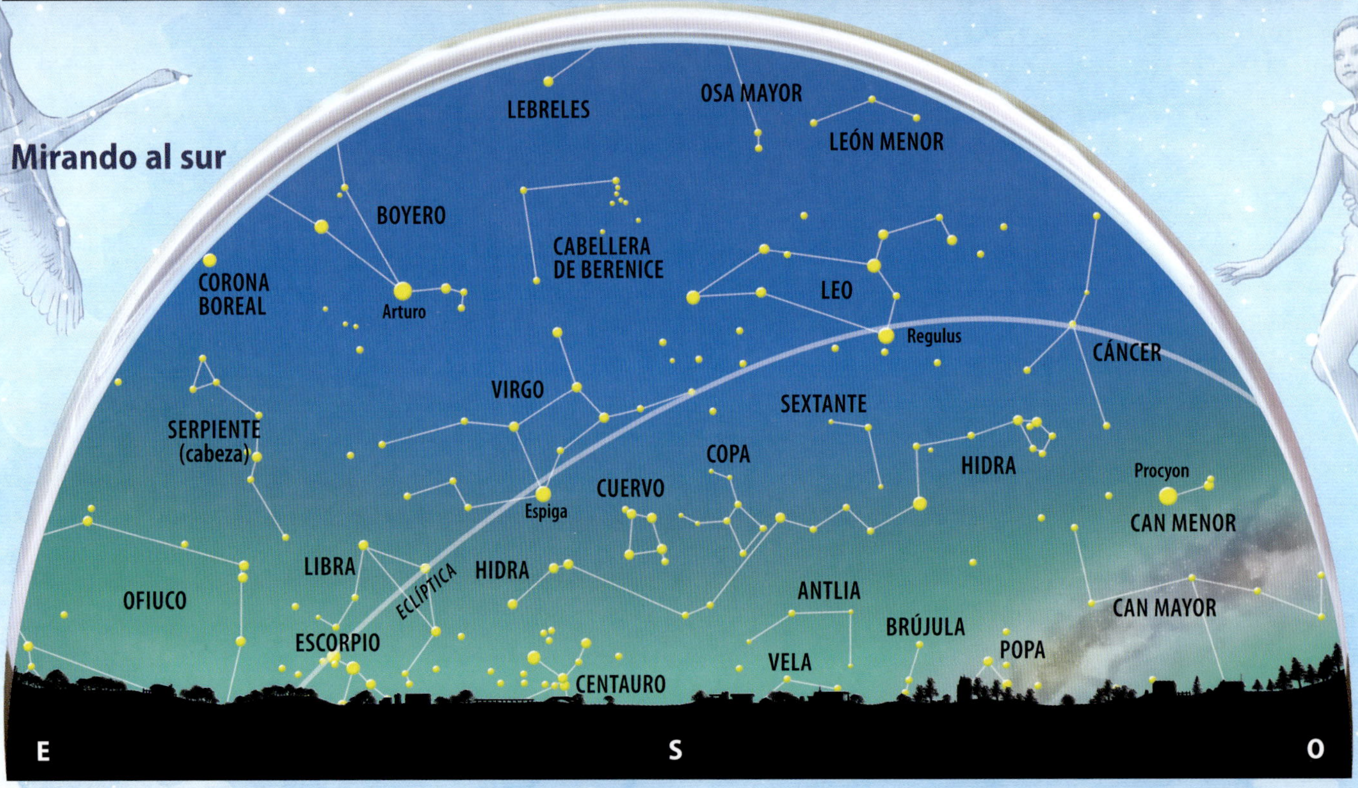

OSA MAYOR, LEBRELES, LEÓN MENOR, BOYERO, CABELLERA DE BERENICE, LEO, CORONA BOREAL, Arturo, Regulus, CÁNCER, VIRGO, SEXTANTE, SERPIENTE (cabeza), COPA, HIDRA, Procyon, Espiga, CUERVO, CAN MENOR, LIBRA, ECLÍPTICA, HIDRA, ANTLIA, OFIUCO, BRÚJULA, CAN MAYOR, ESCORPIO, VELA, POPA, CENTAURO

E — S — O

Si estás en un país situado por encima del ecuador (como España) mira los mapas del hemisferio norte.

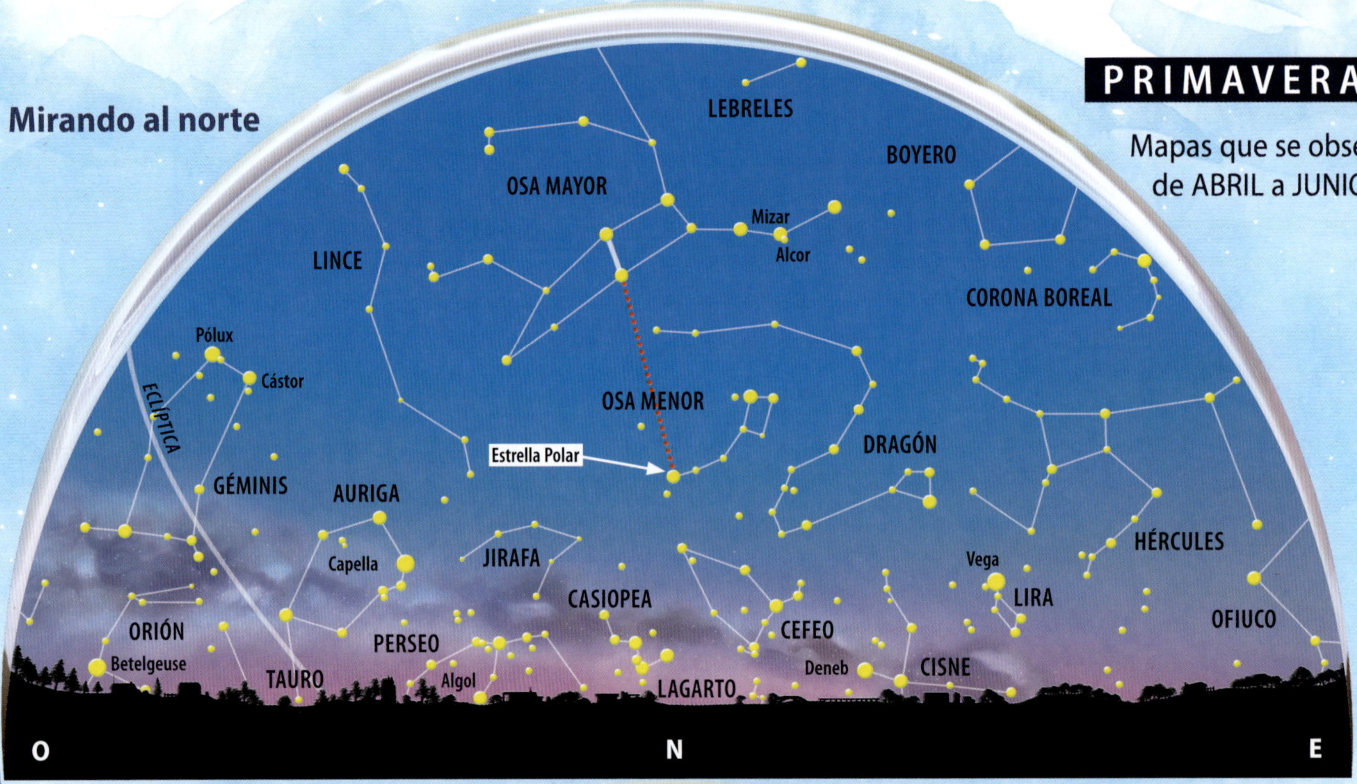

124

LA ECLÍPTICA

La eclíptica es la línea imaginaria que recorre aparentemente el **Sol** por la bóveda celeste. Y como la Luna y los planetas están contenidos aproximadamente en el mismo plano, también se mueven a lo largo de una «banda» situada a ambos lados de la eclíptica. Así, cuando queramos **localizar un planeta** debemos siempre **buscarlo cerca de la eclíptica**.

¿CÓMO ENCUENTRO LA ESTRELLA POLAR?

Localiza la **Osa Mayor.** Fíjate en las dos estrellas en el extremo del «carro». Únelas con una línea imaginaria y prolóngala (línea naranja de puntos en estos mapas). A unas cinco veces la distancia entre las dos estrellas que hemos tomado como referencia, veremos la **Estrella Polar**. Es la estrella que nos indica la dirección norte.

VERANO

Mapas que se observan de JULIO a SEPTIEMBRE.

Mirando al norte

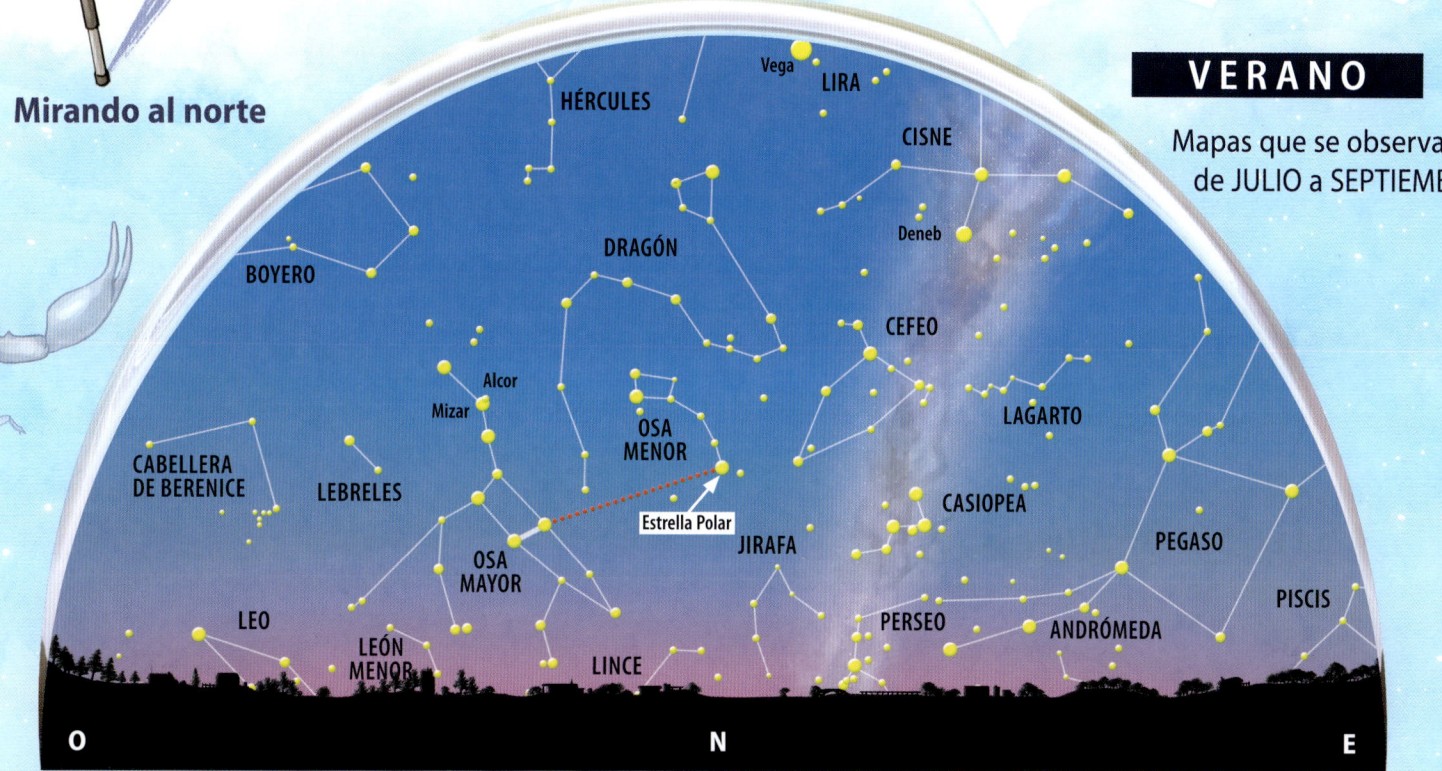

Mirando al sur

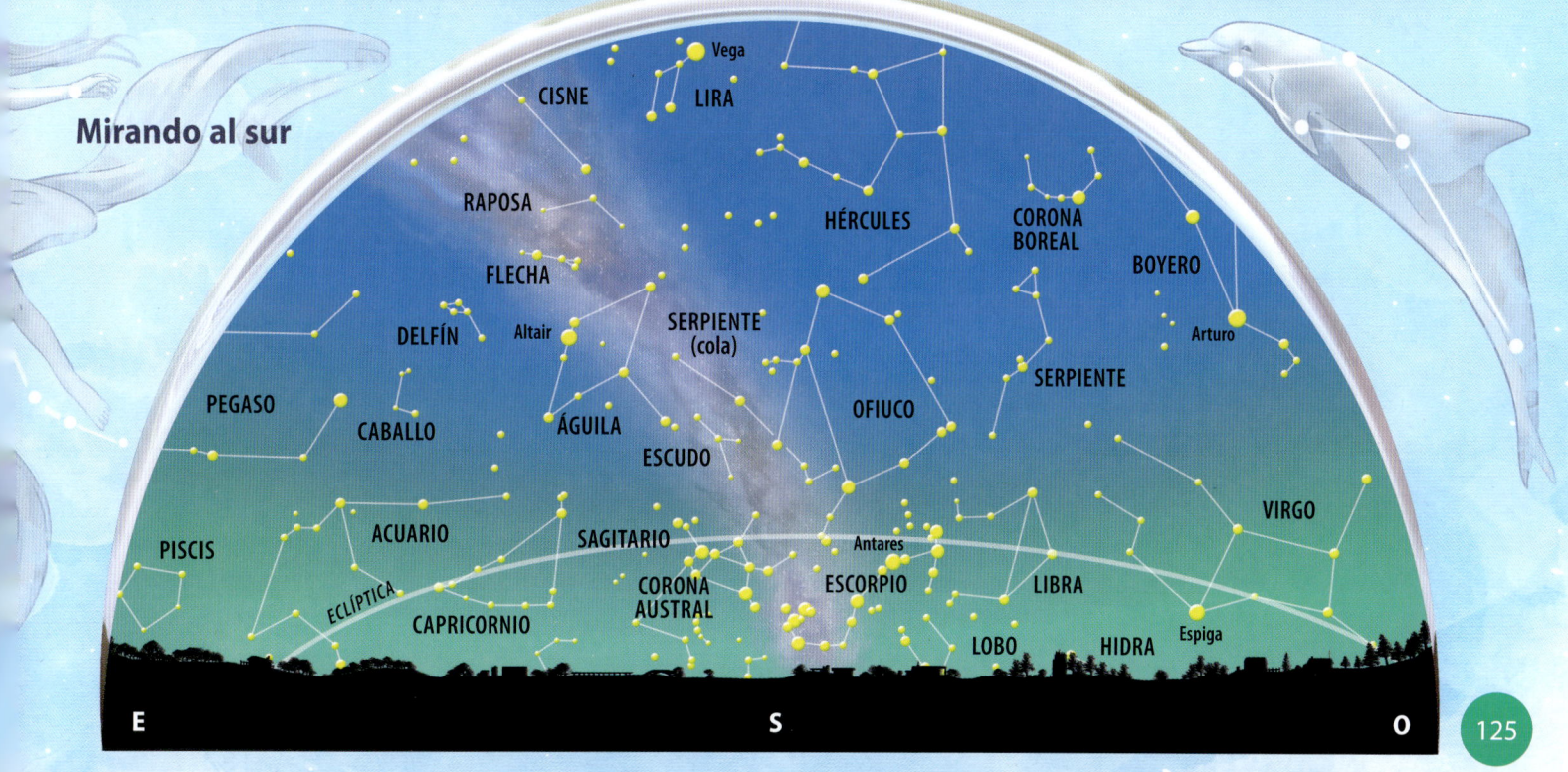

LA OBSERVACIÓN ASTRONÓMICA

MAPAS ESTELARES

Hemisferio norte
Otoño e invierno

UNA ESTRELLA DOBLE: ¿TIENES BUENA VISTA?

En la **Osa Mayor,** la estrella del centro del «mango» del carro no es una, sino dos estrellas. Si la miramos con atención y tenemos buena vista, podremos verlas. Se llaman **Alcor** y **Mizar,** y los antiguos romanos las utilizaban para comprobar la calidad de su vista.

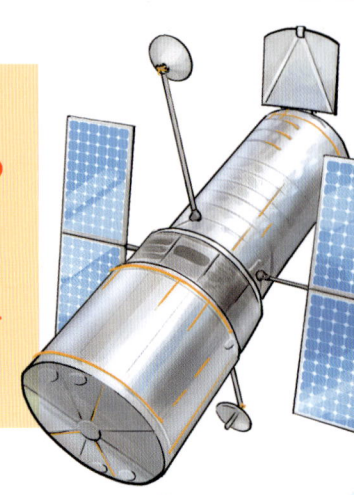

OTOÑO

Mapas que se observan de OCTUBRE a DICIEMBR

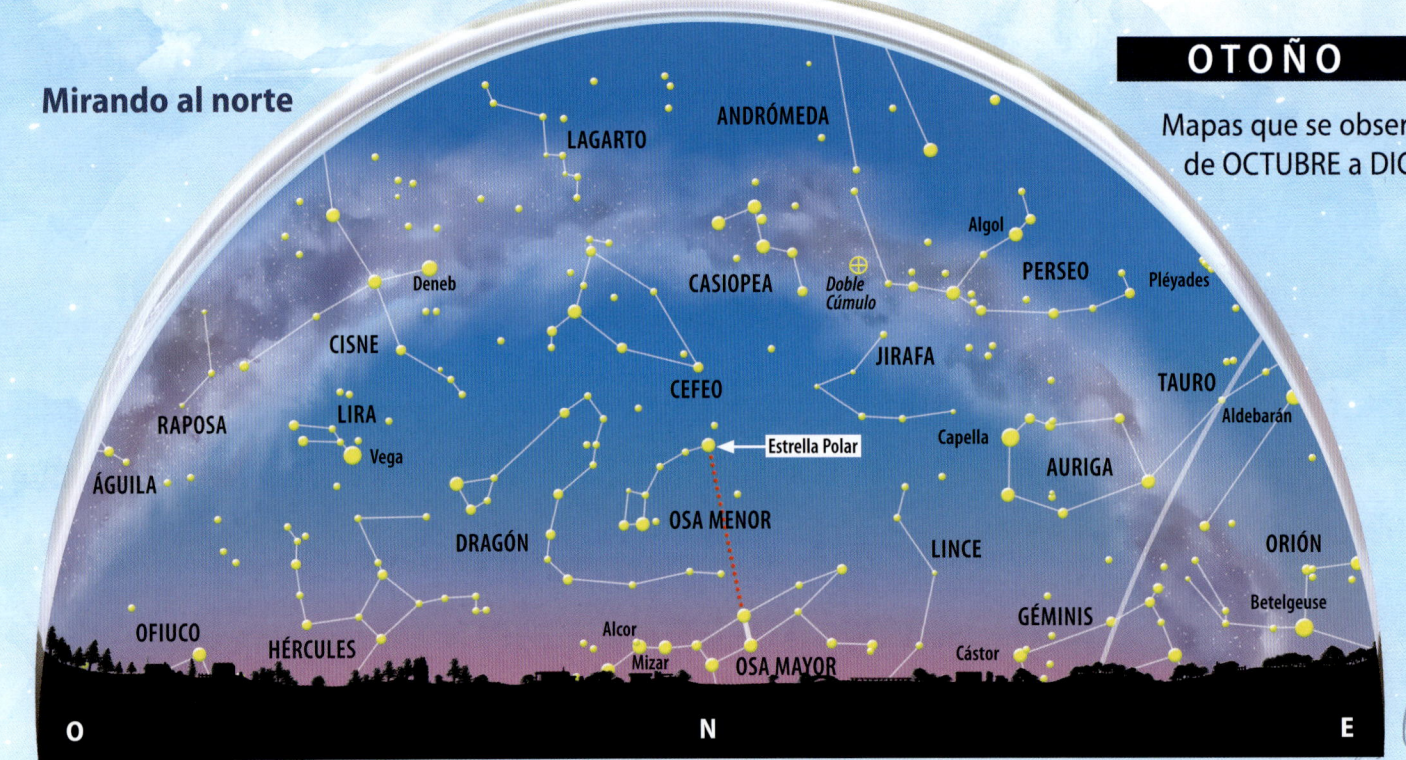

Si estás en un país situado por encima del ecuador (como España) mira los mapas del hemisferio norte.

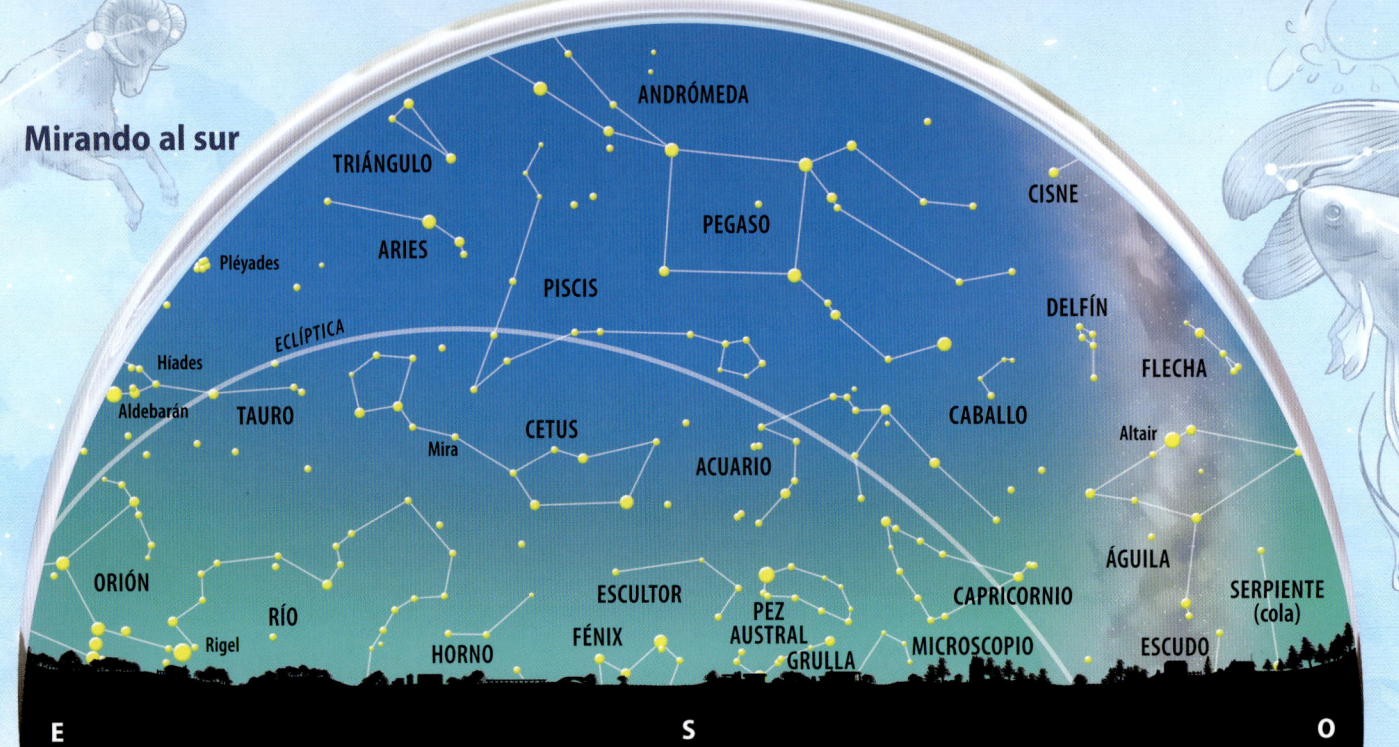

UN CÚMULO ESTELAR DOBLE

A la derecha de la constelación de **Casiopea** (la gran «W»), en la constelación de **Perseo**, hay dos pequeñas «manchas» formadas por dos cúmulos de estrellas jóvenes. Estamos observando el **doble cúmulo de Perseo.**

LA ESTRELLA MÁS BRILLANTE DEL CIELO

A la izquierda de la constelación de **Orión** y un poco más abajo (desde el hemisferio norte) o a la derecha y un poco más arriba (desde el hemisferio sur), en la constelación del **Can Mayor,** podemos ver una estrella azul muy brillante; de hecho, es la estrella más brillante del cielo. Estamos contemplando **Sirio.**

INVIERNO

Mapas que se observan de ENERO a MARZO.

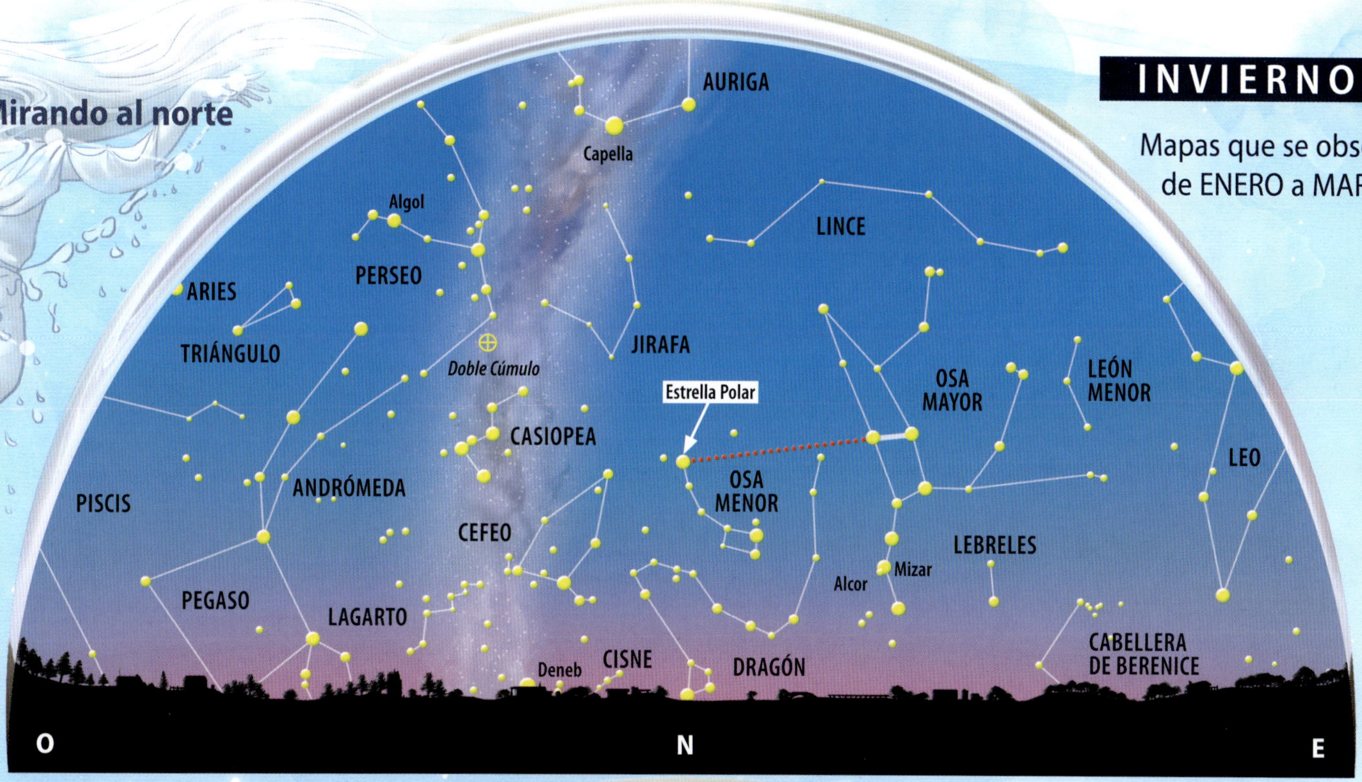

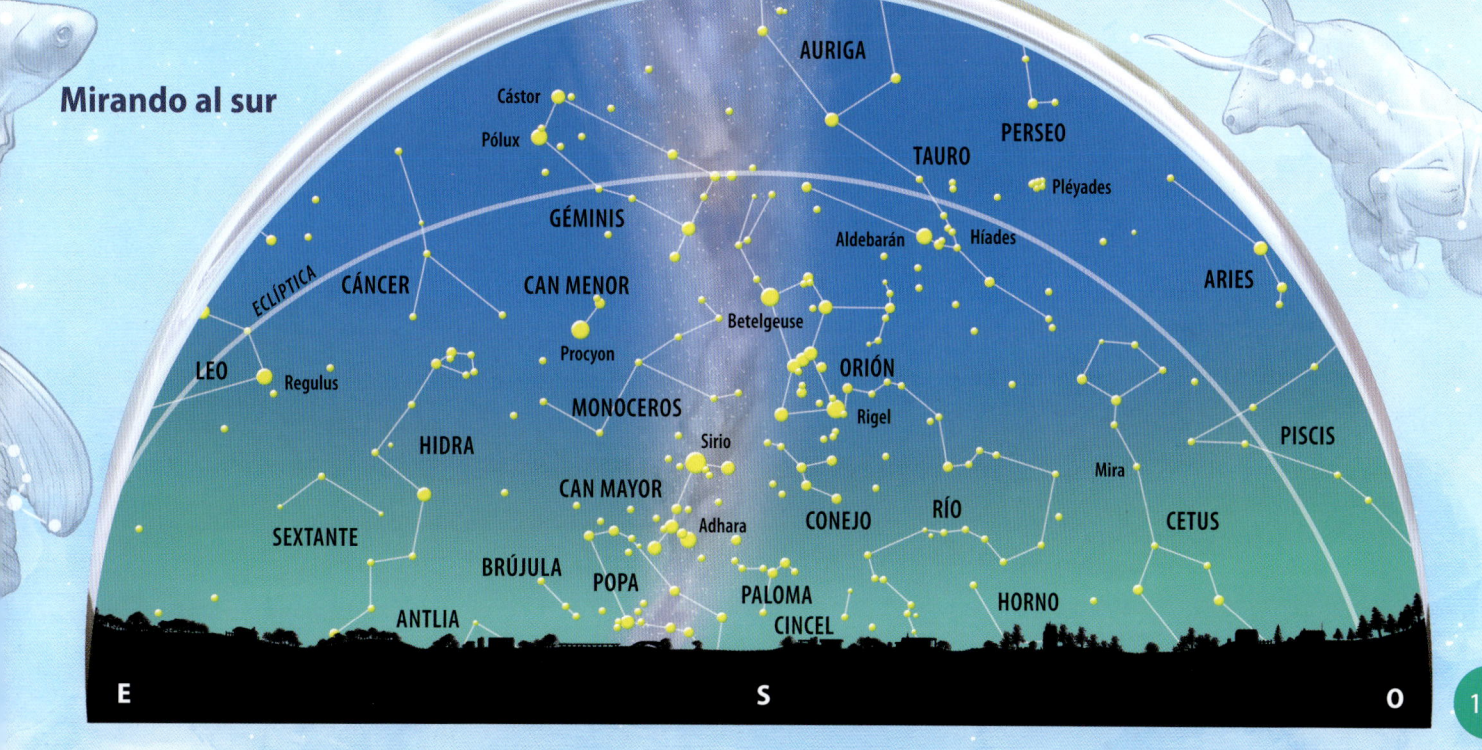

LA OBSERVACIÓN ASTRONÓMICA

MAPAS ESTELARES

Hemisferio sur
Primavera y verano

LA VÍA LÁCTEA: NUESTRA GALAXIA

Lejos de la contaminación lumínica, en el campo, al mirar al cielo veremos una gran nube brillante que cruza la bóveda celeste y pasa por las constelaciones de Perseo, Casiopea, el Cisne, el Águila, Sagitario… Es la **Vía Láctea**, nuestra **galaxia**, la parte que podemos ver al estar incluidos en ella.

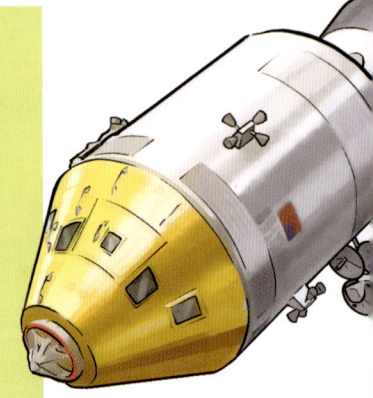

PRIMAVERA
Mapas que se observan de OCTUBRE a DICIEMBRE

Si estás en un país situado por debajo del ecuador (como Argentina) mira los mapas del hemisferio sur.

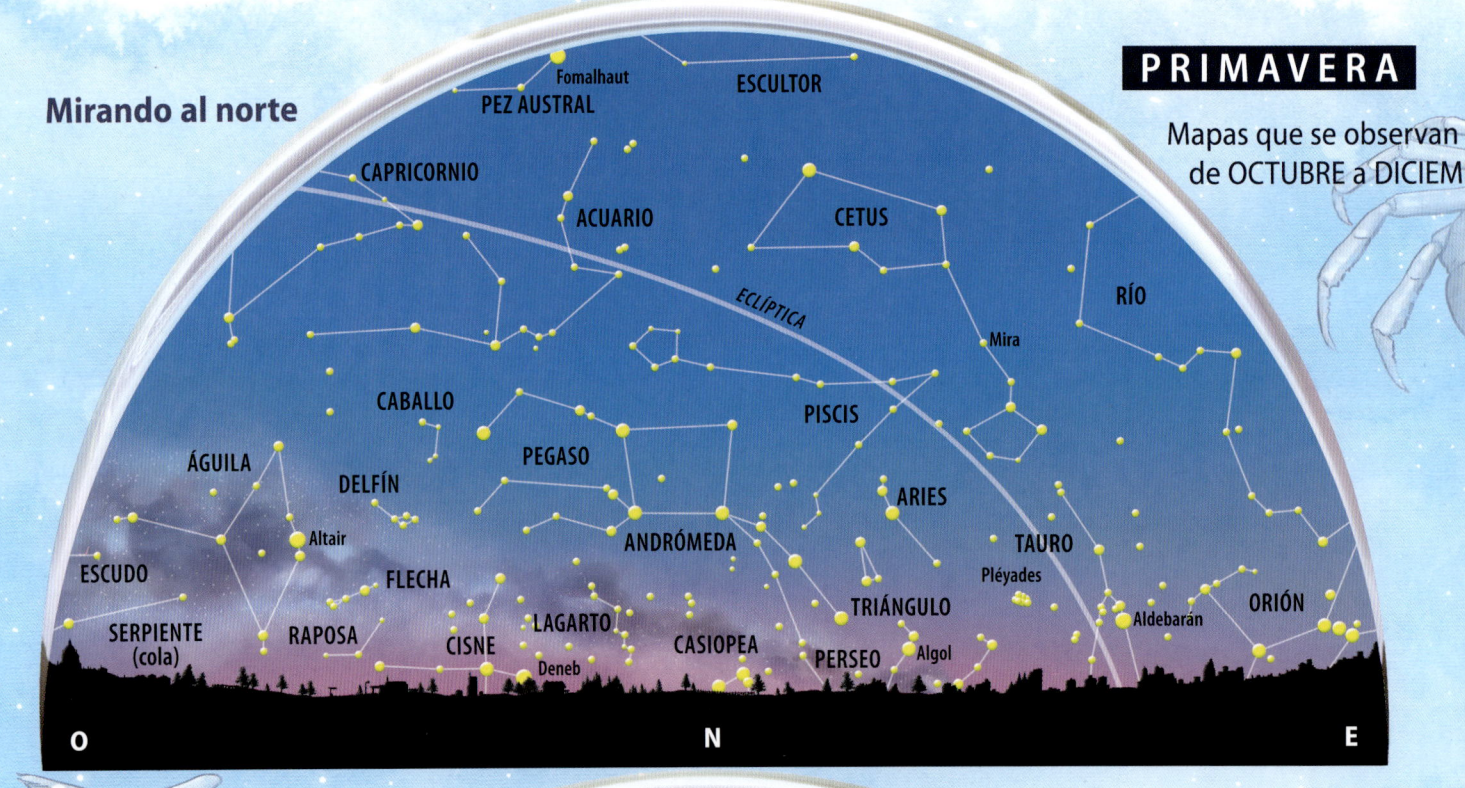

Mirando al norte

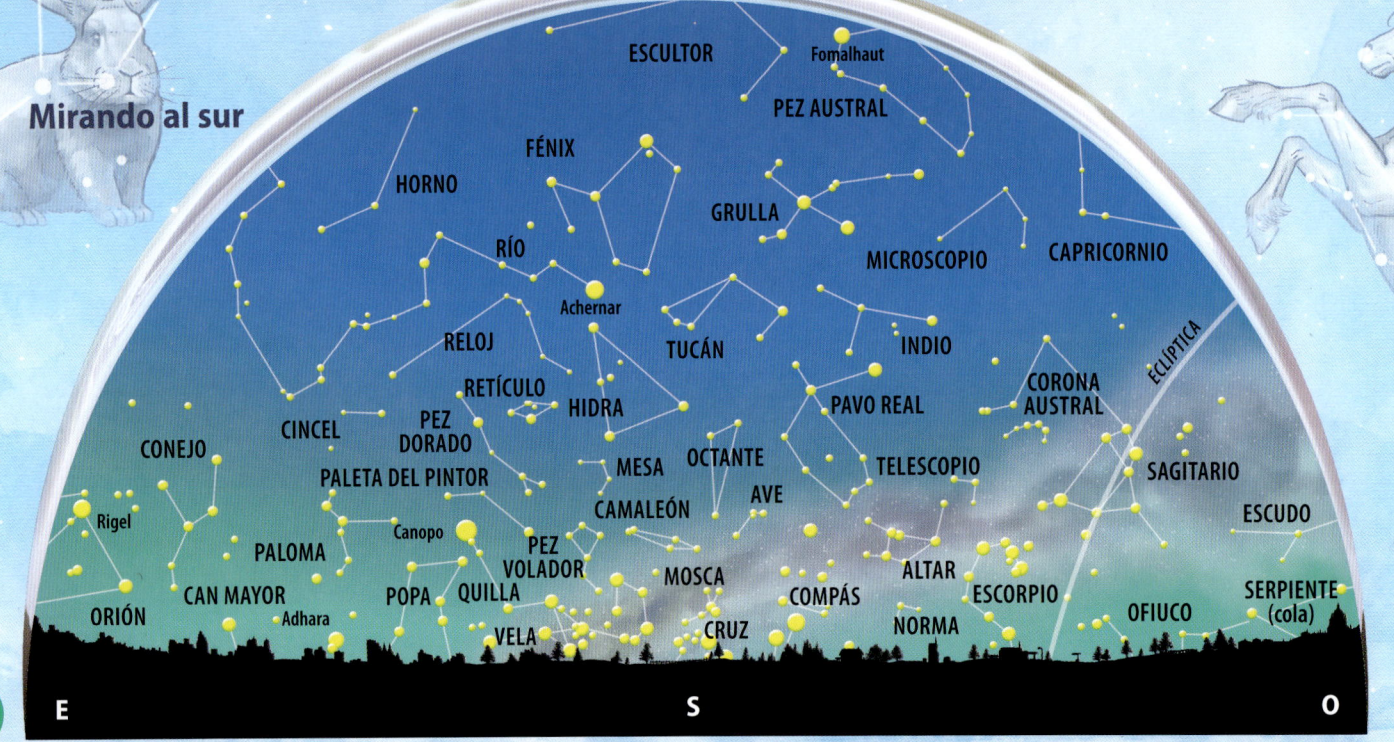

Mirando al sur

128

LAS PLÉYADES

En la constelación de **Tauro** podemos observar un grupo de estrellas muy juntas. Se trata de **las Pléyades,** un cúmulo abierto constituido por estrellas jóvenes que se están formando a partir de una nube de gas y polvo. Se las distingue al verlas desde la Tierra con un brillo azul, debido a su elevada temperatura.

LA NEBULOSA DE ORIÓN

Si observamos la constelación de **Orión,** veremos que el «cinturón» está formado por tres estrellas y la «espada» por otras tres… ¿o no? Si miramos la estrella central de esa «espada» con unos prismáticos, veremos enseguida que no se trata de una estrella, sino de una **nube de gas,** una nebulosa, la **nebulosa de Orión**.

VERANO

Mapas que se observan de ENERO a MARZO.

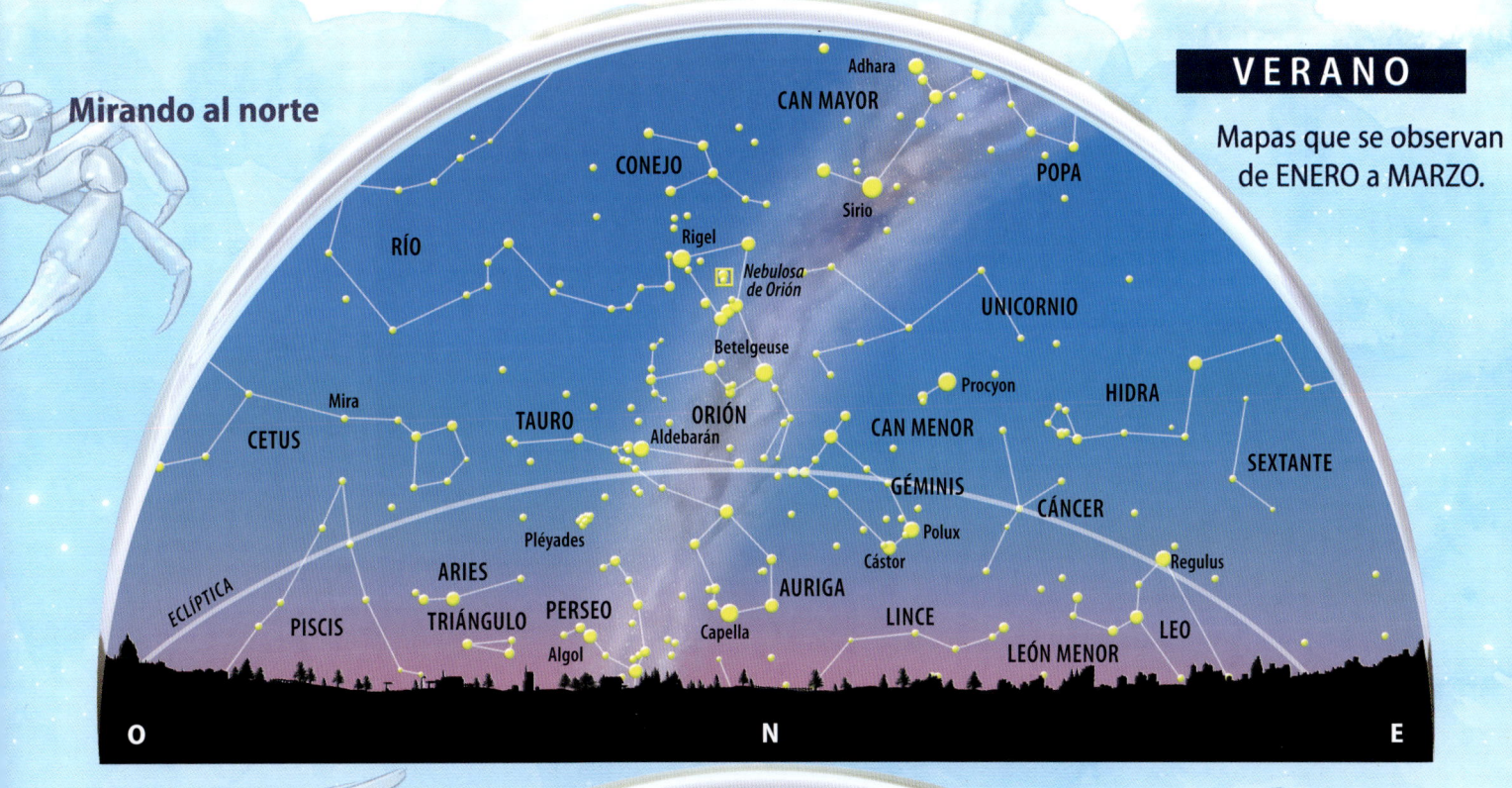

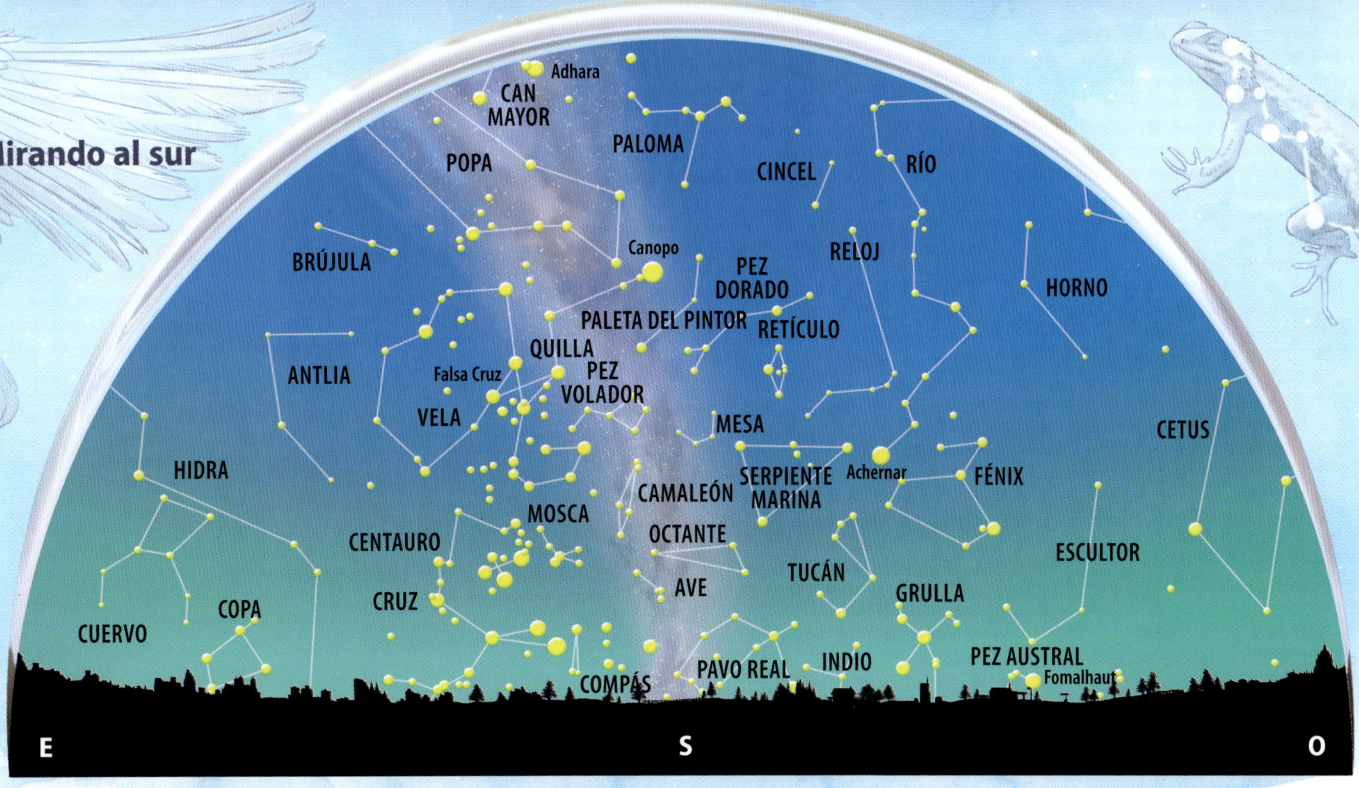

LA OBSERVACIÓN ASTRONÓMICA

MAPAS ESTELARES

Hemisferio sur
Otoño e invierno

ORIÓN Y EL ESCORPIÓN

Cuando es posible contemplar la constelación del **Escorpión** en el cielo, no podemos contemplar la de **Orión** y viceversa, ya que en el hemisferio norte la primera es constelación de verano y la segunda, de invierno (y viceversa en el hemisferio sur). Según la mitología griega, Orión y el Escorpión se encontraron y tuvieron una pelea tan terrible que los dioses no les permitieron volver a estar juntos en el cielo.

OTOÑO
Mapas que se observan de ABRIL a JUNIO.

Mirando al norte

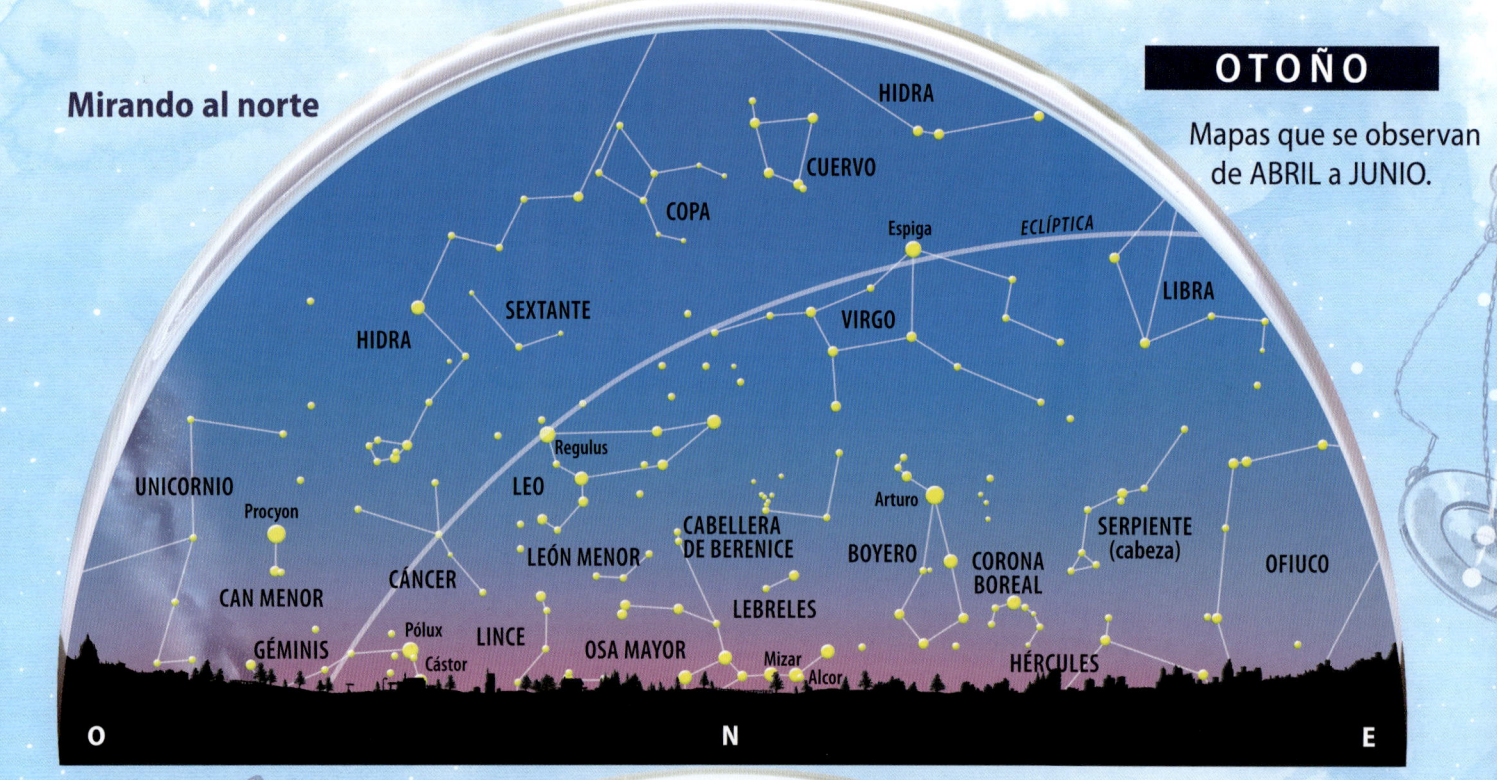

Si estás en un país situado por debajo del ecuador (como Argentina) mira los mapas del hemisferio sur.

Mirando al sur

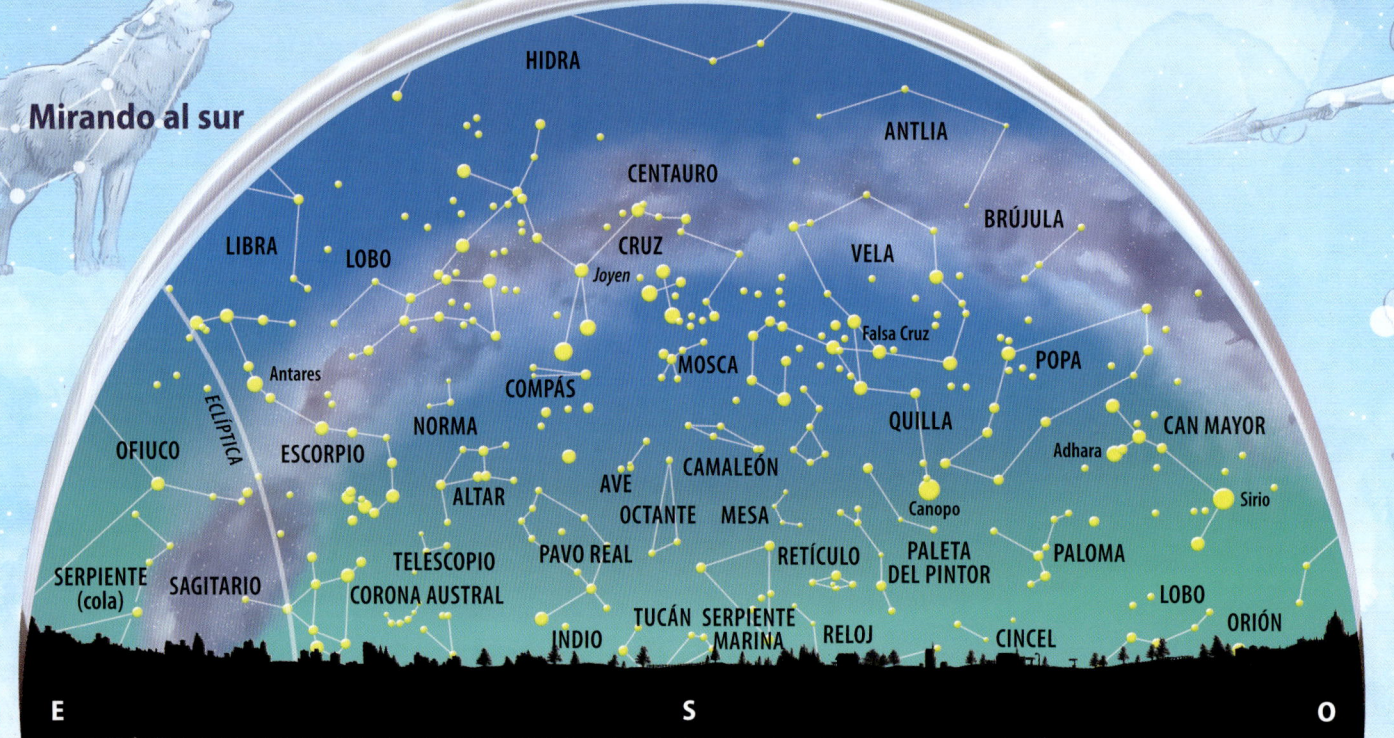

130

LAS ESTRELLAS TITILAN; LOS PLANETAS, NO

Cuando observamos el cielo por la noche, ¿cómo diferenciamos una estrella de un planeta? En primer lugar, los **planetas** tienen que estar en la banda de la eclíptica, pero ahí también hay estrellas… ¿entonces? Observaremos si el objeto titila, es decir, **si parpadea muy rápido**, en cuyo caso es una estrella; si no titila, es un planeta.

EL NÚCLEO DE LA GALAXIA

En verano del hemisferio norte o invierno del sur, vemos cómo la **Vía Láctea**, nuestra galaxia, pasa por la constelación de Sagitario. En esa dirección de **Sagitario** es donde se encuentra el **núcleo de la galaxia**.

INVIERNO

Mapas que se observan de JULIO a SEPTIEMBRE.

Mirando al norte

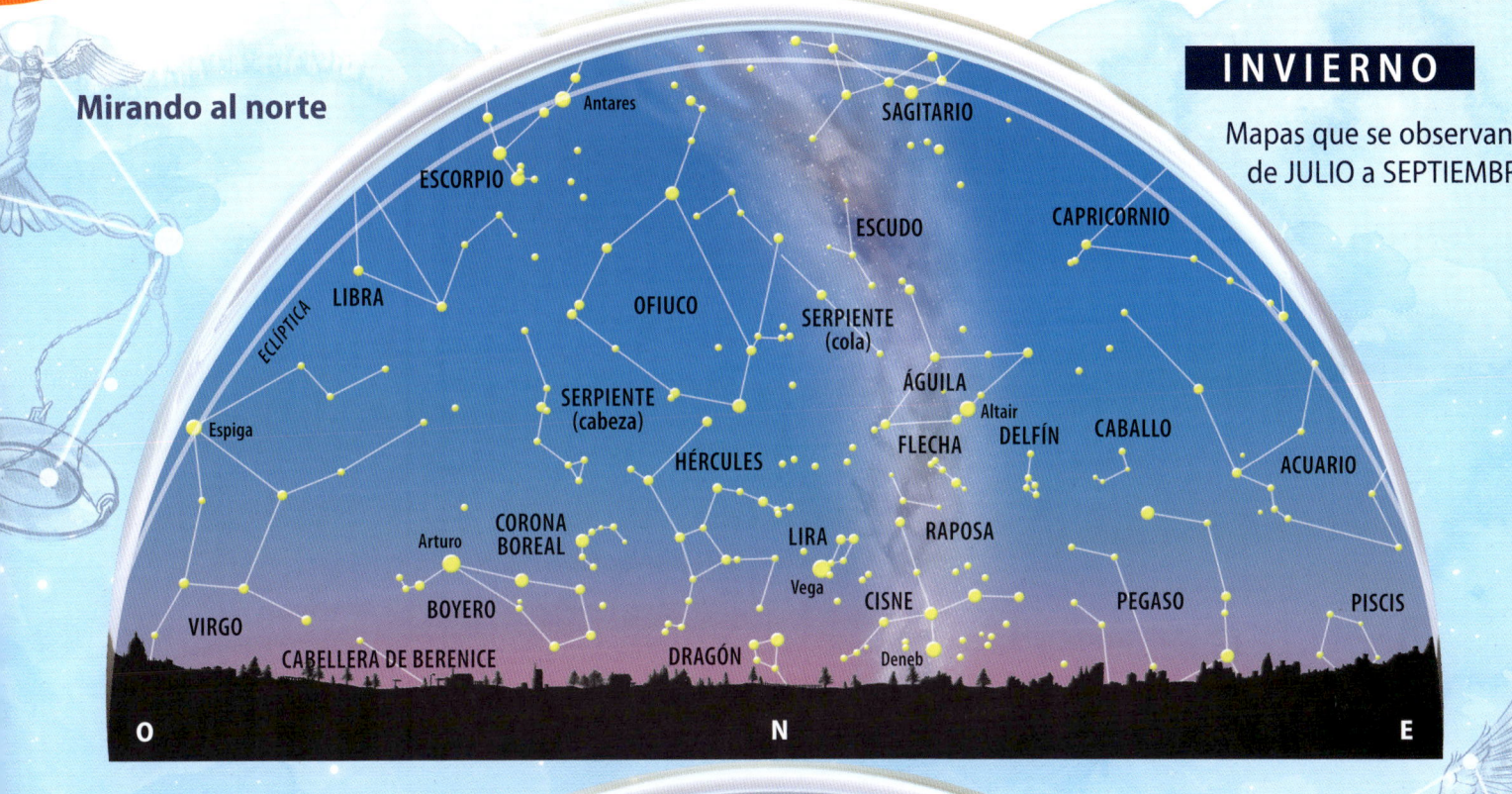

Mirando al sur

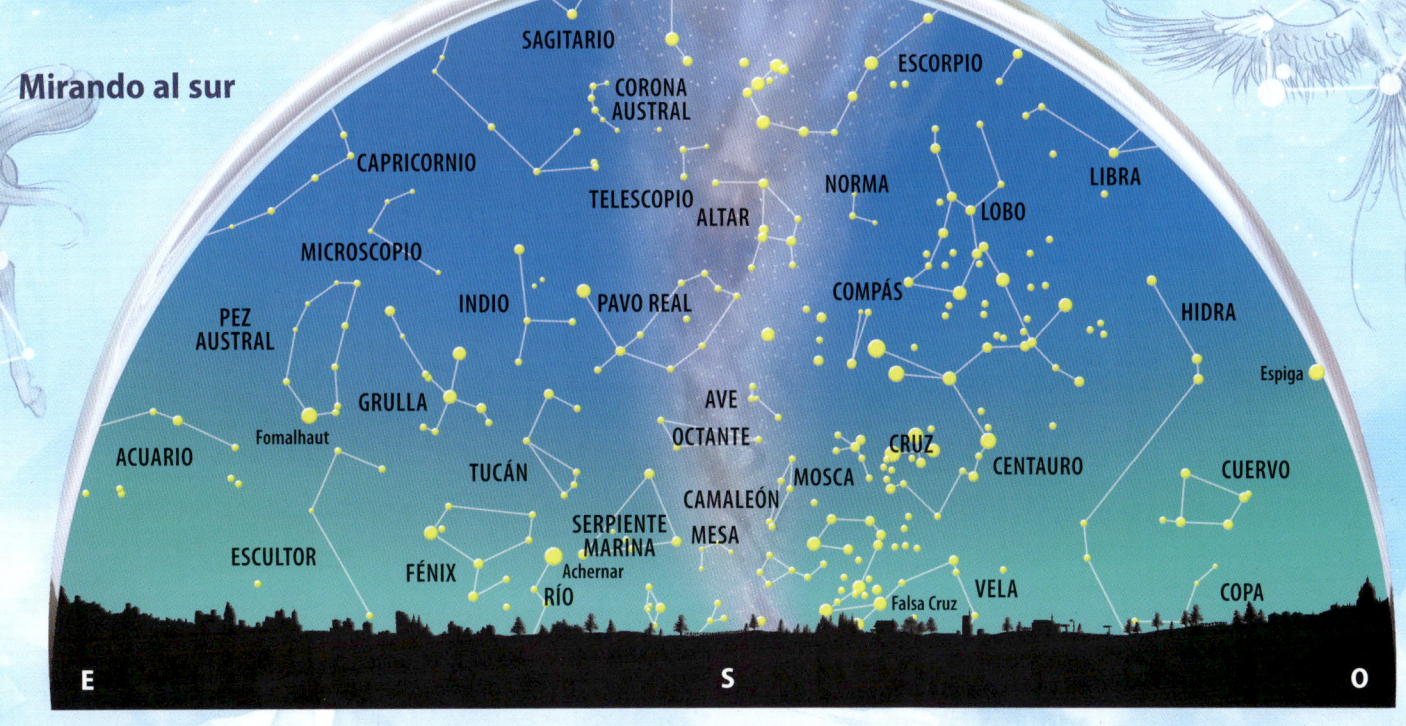

LA OBSERVACIÓN ASTRONÓMICA

Telescopios visuales
La luz visible del espacio

Un telescopio es un instrumento óptico pasivo, que únicamente recibe la **luz proveniente del espacio**. Los telescopios visuales se utilizan con el fin de poder captar la luz visible emitida por los cuerpos celestes.

ESPECTRO ELECTROMAGNÉTICO

La luz puede ser de diferentes «clases», dependiendo de su energía. En el espectro electromagnético **aparecen todas las «clases» de luz posibles.** Las más energéticas serán los rayos gamma, los rayos X y la radiación ultravioleta (UV). A continuación, una zona muy, muy pequeña del espectro la ocuparía la luz visible, desde el color violeta hasta el rojo; y por último, tendríamos las «clases» de luz menos energéticas, el infrarrojo, las microondas y las ondas de radio.

Mayor longitud de onda

Radio 30 cm y mayores

Radar
TV
FM

Microondas 1 mm-30 cm

Infrarrojos 700 nm-1 mm

Luz visible 400 nm-700 nm

Ultravioleta 10 nm-400 nm

Mayor energía

Rayos X 0,01 nm-10 nm

Rayos gamma 0,01 nm

LUZ VISIBLE

Todo es luz, pero llamamos luz visible a esa pequeña zona porque **es la única que nuestros ojos pueden ver.** Los cuerpos celestes emisores de luz (estrellas, galaxias, nebulosas, etc.) emiten en todas las longitudes de onda, aunque cada cuerpo celeste lo hace preferentemente en una determinada.

El telescopio Hale del observatorio de monte Palomar. Obsérvese el tamaño de las personas al pie del telescopio.

Primer gran telescopio

El telescopio Hale del observatorio de monte Palomar, en California, fue el primer gran telescopio profesional. Es un telescopio catadióptrico, ¡con un espejo de 5,1 m de diámetro! Se inauguró (en la jerga astronómica se dice «recibió la primera luz») **en 1948 y fue el mayor telescopio del mundo hasta 1993.**

El Grantecan (Gran Telescopio de Canarias)

El mayor del mundo

En la actualidad, el mayor telescopio visual del mundo es el Grantecan (Gran Telescopio de Canarias), instalado **en el observatorio de El Roque de los Muchachos,** en la isla de **La Palma.** Es un catadióptrico con un espejo de 10,4 m de diámetro. El espejo principal está formado por 36 segmentos hexagonales.

Clases de telescopios visuales

Los tres principales son: refractores, reflectores y catadióptricos.

Cuanto mayor es el diámetro del telescopio, mayor es su resolución; al disponer de mayor superficie capaz de captar luz, se pueden observar más detalles.

EL PRIMERO que utilizó un **TELESCOPIO VISUAL** fue **GALILEO GALILEI**, en el año 1610.

Refractores

Está compuesto por un tubo donde se acoplan un conjunto de **lentes** que captan la luz y la concentran en el foco. Este tipo de telescopio da imágenes muy nítidas, pero es muy difícil fabricar lentes grandes de calidad óptima.

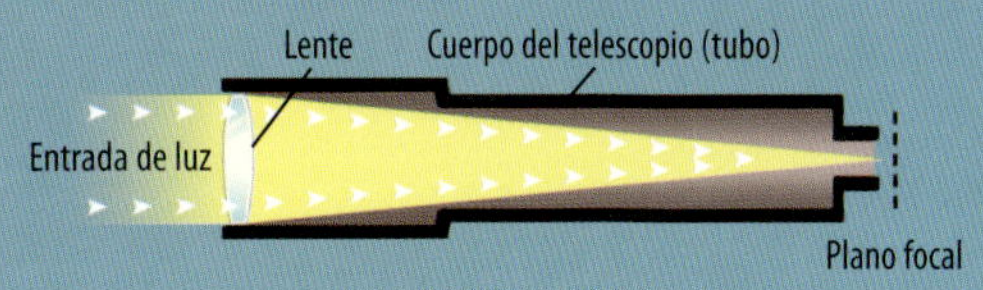

Es el tipo de telescopio que usó Galileo Galilei.

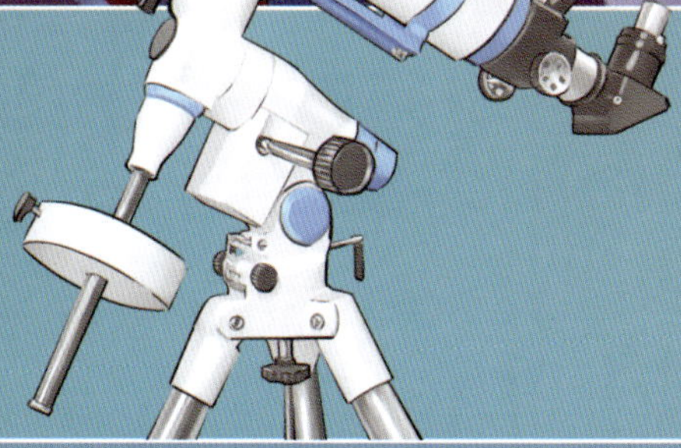

Reflectores

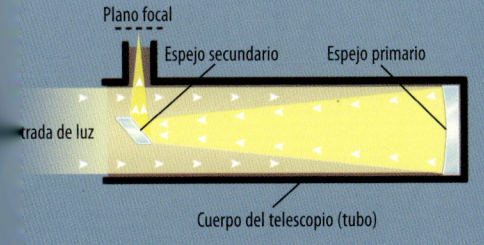

Los primeros los desarrolló Newton.

Reflejan la luz que reciben a base de **espejos.** Disponen de dos espejos: el espejo principal, parabólico, que está situado al fondo del tubo óptico y es el encargado de «recolectar» la luz proveniente de los cuerpos celestes; y el espejo secundario, plano y mucho menor, colocado en la boca del tubo e inclinado 45°, que es el encargado de enviar la luz hacia un lateral del telescopio donde se coloca el ocular.

Catadióptricos

Son telescopios que utilizan **lentes y espejos.** Al igual que en los reflectores, llevan un espejo principal parabólico al fondo del tubo, una lente correctora en la boca del mismo y un espejo secundario pequeño colocado en el centro de la lente, cuya función es la de dirigir nuevamente la luz reflejada hacia el centro del espejo principal, donde hay un agujero y un soporte para el ocular.

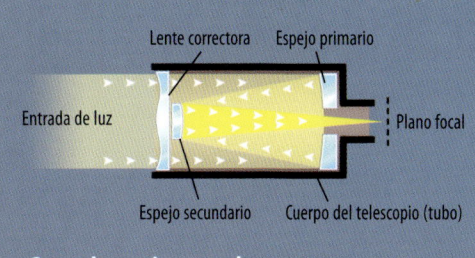

Son telescopios pesados y muy compactos.

LA OBSERVACIÓN ASTRONÓMICA

Telescopios espaciales

Situados fuera de la atmósfera

Además de los telescopios visuales, existen **telescopios capaces de «ver» en las demás longitudes de onda** del espectro electromagnético, ya que los objetos celestes emiten en todas las longitudes de onda. Para poder observar en estas últimas, hay que situar los telescopios por encima de la atmósfera. Y es que, por fortuna para los seres vivos, la mayor parte de las longitudes de onda son bloqueadas por la atmósfera, por lo que no alcanzan la superficie de la Tierra.

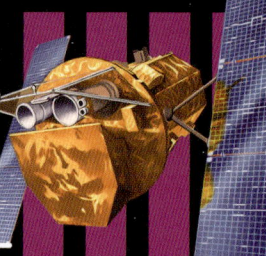

Swift Gamma Ray Burst Explorer, telescopio espacial de rayos gamma

Rayos gamma   Rayos

Termosfera

Mesosfera

Estratosfera

ATMÓSFERA

Troposfera

Telescopio espacial Hubble

El primer telescopio espacial fue el Hubble

Fue **lanzado en 1990 y aún está en servicio.** El espejo principal tiene un diámetro de 2,4 m y está situado a una altitud de unos 590 km. Fundamentalmente obtiene imágenes en la zona visible del espectro (de una enorme calidad, al estar alejado de la contaminación y de la atmósfera terrestre, que actúa como un «velo» que dificulta la visión). También puede observar en el infrarrojo cercano y el ultravioleta.

La atmósfera bloquea la mayor parte de la radiación electromagnética proveniente del espacio, dejando que solo algunas longitudes de onda puedan alcanzar la superficie terrestre.

TELESCOPIOS DE RAYOS GAMMA, RAYOS X, ULTRAVIOLETA, INFRARROJOS Y MICROONDAS

En la actualidad hay operativos varios telescopios espaciales que captan la luz en longitudes de onda diferentes de la luz visible, como rayos gamma, rayos X, infrarrojos o microondas, aparte de otros muchos que ya terminaron sus misiones.

Ultravioleta — **Visible** — **Infrarrojos** — **Microondas** — **Radio**

Chandra X-ray Observatory, telescopio espacial de rayos X

Telescopio espacial Hubble

Wide-field Infrared Survey Explorer (WISE), telescopio espacial para radiación infrarroja

Radiotelescopios

Las ondas de radio sí atraviesan la atmósfera. Por eso, se puede observar en estas longitudes de onda desde la superficie de la Tierra con grandes telescopios.

Radiotelescopio de Arecibo (Puerto Rico). El foco suspendido de cables puede efectuar un ligero desplazamiento con el fin de enfocar diferentes partes del cielo.

LOS RADIOTELESCOPIOS DEBEN TENER GRANDES SUPERFICIES CAPTADORAS, debido a que con las ondas de radio se obtiene peor resolución que, por ejemplo, con la luz visible.

Uno de los más grandes

Con 305 m de diámetro, el radiotelescopio de Arecibo es el tercer mayor radiotelescopio del mundo. Está construido en una depresión entre colinas y, debido a su tamaño, es fijo, por lo que sigue a los astros con el movimiento de la Tierra.

Very Large Array, en Socorro (Nuevo México)

La unión hace la fuerza

También se puede montar un radiotelescopio con varias antenas más pequeñas. Uniendo todos los telescopios se obtiene una imagen equivalente a la que se obtendría con un solo disco con un diámetro igual a la distancia entre las antenas más alejadas.

LUZ INVISIBLE

LOS TELESCOPIOS ESPACIALES, AL ESTAR SITUADOS POR ENCIMA DE LA ATMÓSFERA, PUEDEN CAPTAR TAMBIÉN LA LUZ EN LAS LONGITUDES DE ONDA QUE NO LLEGAN A LA TIERRA.

Radiotelescopios móviles

Otro tipo de radiotelescopios son los móviles, con forma de antena. Debido a que son enormemente pesados, su tamaño está limitado.

Uno de los mayores radiotelescopios móviles, de 70 m, en la Estación de Seguimiento de Robledo de Chavela (Madrid)

«Ventana» óptica — **«Ventana» de radio**

LA OBSERVACIÓN ASTRONÓMICA

CURIOSIDADES

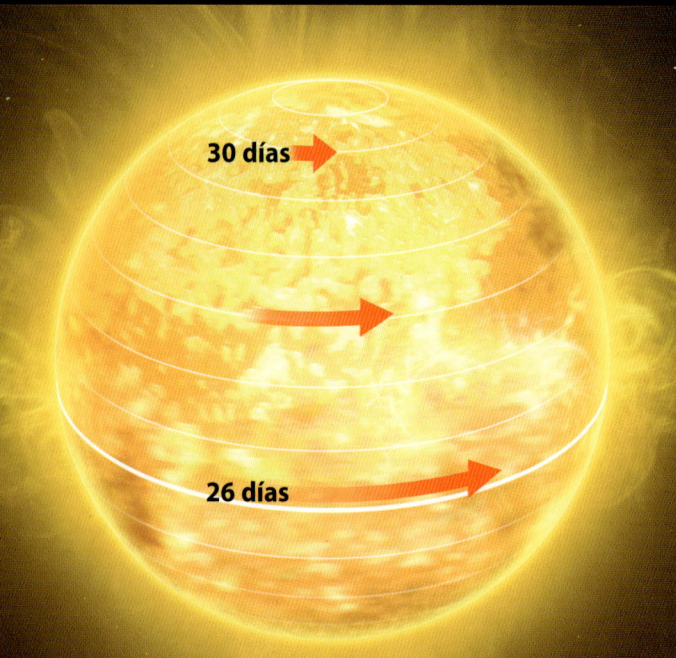

GIRO DIFERENCIAL DEL SOL

El Sol, que no es un sólido rígido, rota de forma diferencial, es decir, **rota más rápido en el ecuador que en los polos,** de forma que, mientras en el ecuador tarda unos 26 días en dar una vuelta completa, cerca de los polos tarda más de 30 días. Esta rotación diferencial, junto con la convección, es la responsable de la generación y mantenimiento del campo magnético solar.

¡AL AÑO 1582 LE FALTARON 10 DÍAS!

En 1582, el papa Gregorio XIII decretó que el jueves 4 de octubre de ese año sería inmediatamente seguido por el viernes 15 de octubre, para compensar la diferencia acumulada a lo largo de los siglos por el calendario juliano; así que, en el calendario occidental, nunca existieron los días comprendidos entre el 4 y el 15 de octubre de 1582. ¡Insólito!

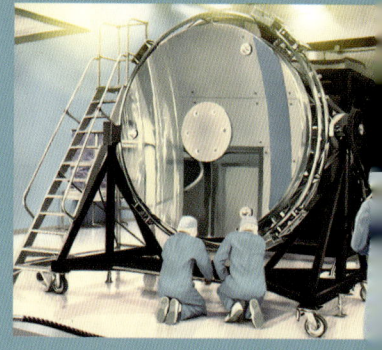

Espejo principal del telescopio espacial Hubble

EL HUBBLE DESENFOCABA

Inicialmente, un fallo en el pulido del espejo primario del telescopio produjo imágenes desenfocadas. Tras este gran error hubo que **esperar tres años** para que un transbordador tripulado pudiese **instalar un sistema de corrección óptica** capaz de arreglar el defecto, aun a costa de disminuir la superficie total de las imágenes captadas.

Los templos egipcios estaban orientados astronómicamente y en perpendicular o paralelo al río Nilo.

El templo del dios solar Amón-Ra, en Tebas (hoy Karnak, Egipto), está alineado con la salida del Sol en el solsticio de invierno.

Templos orientados astronómicamente

Los templos de los dioses solares se orientaban al Sol y los de las diosas lo hacían a la estrella Sirio.

¿UN ZODIACO DE 13 SIGNOS?

Aunque las constelaciones que el Sol atraviesa en su recorrido por la eclíptica **son 13**, tradicionalmente **se han considerado solo 12 signos** en el zodiaco, obviando la constelación **Ofiuco,** situada entre Escorpio y Sagitario.

| El Sol está 400 veces más lejos de la Tierra que la Luna. | Con el Hubble se ha visto hasta una distancia de 13.300.000.000 de años luz. | La distancia media de la Tierra al Sol es de 149.597.900 km (UA*). |

*Unidad Astronómica

EL RADIOTELESCOPIO MÁS GRANDE DEL MUNDO ESTÁ EN CHINA

Sus **500 m de diámetro** superan ampliamente los 305 m del radiotelescopio de Arecibo (Puerto Rico), que era el más grande hasta ahora. Con ese tamaño **logra captar ondas de radio procedentes de fuentes cósmicas lejanas,** como púlsares (estrellas de neutrones) y cuásares (agujeros negros rodeados de un disco de acreción y con sus dos potentes chorros energéticos), e incluso podría ser capaz de detectar señales de otras civilizaciones si estuviesen lo bastante cerca y fuesen lo suficientemente avanzadas como para emitir ondas de radio.

¡VUELVE EL COMETA HALLEY!

El cometa Halley es el único que podemos observar a simple vista dos veces en nuestra vida, ya que **nos visita cada 75 años** aproximadamente.

La **última vez fue en 1986,** en plena Era Espacial, y las naves que se enviaron para estudiarlo proporcionaron mucha información sobre la forma y composición del núcleo y la cola.

Su órbita alrededor del Sol es una elipse muy pronunciada. Su punto más cercano al Sol se halla entre las órbitas de Mercurio y Venus; por eso se puede ver a simple vista desde la Tierra cada cierto tiempo.

La próxima aparición se espera en torno a 2061 o 2062. ¡No te la pierdas!

BRILLA 2.400 VECES MÁS QUE EL SOL

El **cúmulo de las Pléyades** se identifica en la mitología griega con las siete hijas del titán Atlas, que al ser perseguidas por el enamorado Orión fueron convertidas por Zeus en palomas y luego en estrellas para escapar de él.

De estas siete hermanas, Alcíone es una estrella múltiple formada por otras cuatro. La **componente principal, Alcíone A,** tiene una luminosidad 2.400 veces mayor que la del Sol.

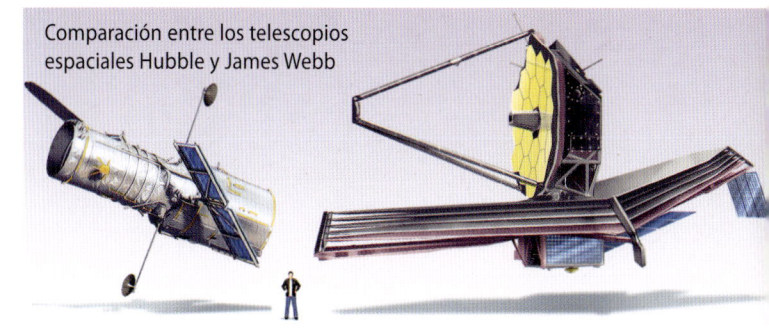

Comparación entre los telescopios espaciales Hubble y James Webb

EL TELESCOPIO ESPACIAL HUBBLE PODRÍA CAER A TIERRA EN 2028

La vida útil del telescopio espacial Hubble está llegando a su fin. En el peor de los escenarios podría precipitarse a tierra en el año 2028. **Su sustituto, el telescopio espacial James Webb,** tiene un espejo principal de 6,5 m de diámetro, **mucho mayor** que el de 2,4 m del Hubble. Se prevé que sea lanzado en 2021.

El futuro de la exploración espacial es un futuro abierto que no sabemos hasta dónde nos puede llevar.

LA EXPLORACIÓN DEL ESPACIO

A lo largo del último siglo la astronomía observacional ha progresado tanto que los vuelos espaciales tripulados y los robóticos están contribuyendo a **redefinir nuestras ideas sobre el universo.** Aparte de los observatorios con base en la Tierra, diversos instrumentos han sobrevolado los planetas del sistema solar o se han posado sobre las superficies de planetas y satélites, enviando valiosos datos. Y el espacio es un laboratorio único, donde se pueden llevar a cabo experimentos que nunca se habían podido realizar.

LA EXPLORACIÓN DEL ESPACIO

COHETES INGENIOSOS

Los padres de la astronáutica

El origen del cohete es oriental. En 1232, se inventó en China la pólvora y también en el siglo XIII se idearon las «flechas de fuego voladoras». **Los primeros cohetes fueron usados en las batallas de los mongoles contra los chinos en 1250.**

Los primeros cohetes chinos utilizaban la pólvora como combustible e iban unidos a un palo largo para equilibrar su trayectoria.

Konstantin Tsiolkovsky
PADRE DE LOS COHETES SOVIÉTICOS

Podemos considerarle como el padre de la cohetería soviética. Tsiolkovsky publicó **en 1903 un artículo que se considera el nacimiento de la astronáutica.** Escribió sobre cohetes de varias fases, combustibles para cohetes, problemas técnicos y biológicos de la ingravidez, el uso de la energía solar, el papel de las estaciones espaciales y el diseño de trajes espaciales.

Robert Goddard
SU PRIMER COHETE RECORRIÓ 55 m

Profesor de Física de Massachusetts, comenzó a estudiar cohetería antes de la Primera Guerra Mundial. **En 1926 lanzó su primer cohete de combustible líquido,** que recorrió 55 m antes de caer.

Goddard, con su primer cohete de combustible líquido

Sus cohetes utilizaban **gasolina y oxígeno líquido** almacenados en depósitos separados. Los dos componentes se mezclaban en una cámara de combustión y eran los gases de esa combustión los que impulsaban el cohete.

Goddard, con su equipo, trabajando en el diseño y construcción de un cohete.

LA CARRERA ESPACIAL 1957-1969

Estados Unidos / Unión Soviética

Durante la Guerra Fría se produjo una **enorme competencia** entre Estados Unidos y la Unión Soviética para ver quiénes eran los primeros en obtener la mayor cantidad de logros en la exploración del espacio. Duró, aproximadamente, desde 1957 (cuando la Unión Soviética envió el primer satélite al espacio) hasta 1969 (año en que Estados Unidos consiguió poner al primer hombre en la Luna).

Primeros años de la carrera espacial

Los primeros años de la carrera espacial estuvieron **dominados por la técnica soviética.** Muchos de los hitos de la exploración espacial —el primer satélite, el primer alunizaje, el primer hombre y la primera mujer en el espacio, el primer paseo espacial…— fueron realizados por la Unión Soviética. La política, la Guerra Fría y la carrera espacial fueron los grandes impulsores de los programas espaciales.

Hermann Oberth
UNO DE LOS PADRES DE LA ASTRONÁUTICA

En 1927, un grupo de aficionados alemanes crearon una asociación en torno a la cohetería: la Sociedad de Viajes Espaciales. Entre sus miembros se encontraban Hermann Oberth, profesor de Física y Matemáticas, y Wernher von Braun. Con **materiales procedentes de un almacén de munición abandonado,** consiguieron lanzar cohetes cada vez más sofisticados. Hermann Oberth está considerado uno de los padres de la astronáutica.

Cohetes V2 en las rampas de lanzamiento en Alemania en la Segunda Guerra Mundial

John F. Kennedy

«PONDREMOS A UN HOMBRE EN LA LUNA»

Durante la carrera espacial, los esfuerzos se intensificaron al máximo a partir del **discurso del presidente de Estados Unidos John F. Kennedy** en la Universidad Rice, en Houston, Texas, **el 12 de septiembre de 1962,** en el que aseguró que se pondría a un hombre en la Luna antes del final de la década.

Wernher von Braun
DISEÑADOR DEL V2 Y DEL SATURNO V

Von Braun **comenzó a trabajar para el ejército alemán en la Segunda Guerra Mundial,** en diciembre de 1932. Desarrolló el misil V2 para atacar territorio enemigo. **Al terminar la guerra, Von Braun se entregó al ejército estadounidense,** que buscaba científicos alemanes para su industria militar. En 1950, el equipo de Von Braun construyó el misil balístico Júpiter y los **cohetes Redstone** usados por la NASA para los primeros lanzamientos del programa Mercury. En 1960, este equipo fue el encargado de construir los gigantescos **cohetes Saturno** que llevarían al hombre a la Luna.

V2, Redstone y Saturno V: comparación de su tamaño con una persona

LA EXPLORACIÓN DEL ESPACIO

El programa espacial SOVIÉTICO

Los primeros

Cuando Nikita Kruschev, dirigente de la Unión de Repúblicas Socialistas Soviéticas (URSS, en ruso CCCP) entre 1953 y 1964, comprendió el **valor técnico y propagandístico del programa espacial,** lo impulsó al máximo para que fuera el orgullo del pueblo soviético. Kruschev estaba obsesionado con **ser «los primeros»,** lo que supuso colocar al programa espacial bajo una insoportable presión.

1957 — EL COHETE R-7
PRIMER COHETE EN LA EXPLORACIÓN ESPACIAL

En agosto de 1957, **el equipo de Korolëv lanzó el R-7,** el primer misil balístico intercontinental. Más tarde, este cohete fue utilizado con fines de exploración espacial. **El R-7 ha sido el cohete de más éxito para misiones espaciales.** En el año 2000 se habían lanzado 1.628 unidades, con un porcentaje de éxitos del 97,5 %.

1930-1957 — KOROLËV
LA OSCURA FIGURA DEL «INGENIERO JEFE»

En la década de 1930, Sergei Paulovich Korolëv, ingeniero aeronáutico, **fundó en Moscú la organización GIRD** (Grupo para la Investigación del Movimiento de Propulsión), **que desarrolló los primeros cohetes propulsados con combustible líquido.** La identidad y responsabilidad de Korolëv en el programa espacial de su país no se conocieron hasta después de su muerte. Para Occidente, Korolëv se convirtió en una oscura figura a la que se conocía como el «ingeniero jefe».

1957 — SPUTNIK I
PRIMER SATÉLITE ARTIFICIAL

El 4 de octubre de 1957, **un cohete R-7 puso en órbita** el primer satélite artificial de la historia: **el Sputnik I.** Consistía en una esfera de aluminio de 58 cm de diámetro con cuatro antenas y un peso de 83 kg. **Tomó datos de las capas altas de la atmósfera.**

1957 · SPUTNIK II
PRIMERA MEDICIÓN DE LA RADIACIÓN SOLAR

El 3 de noviembre de 1957, se lanzó **un satélite mucho mayor, el Sputnik II.** Consistía en una cápsula troncocónica con un peso de 508 kg. Su finalidad era la medición de los rayos cósmicos y la radiación solar.

1959 · LUNA II
PRIMERA SONDA EN LA LUNA

El Luna II fue la segunda sonda espacial del programa Luna de la Unión Soviética **lanzada en dirección a la Luna,** y fue el primer ingenio humano que **alcanzó su superficie.**

LA PERRITA LAIKA
PRIMER ANIMAL EN ÓRBITA

En un compartimento del satélite Sputnik II se colocó el primer ser vivo que fue lanzado al espacio: la perra Laika. Aunque Laika tenía espacio para levantarse y se le proporcionó comida, agua y un sistema de regeneración de aire, el animal **murió uno o dos días después del lanzamiento** debido a problemas de aislamiento térmico en la cabina.

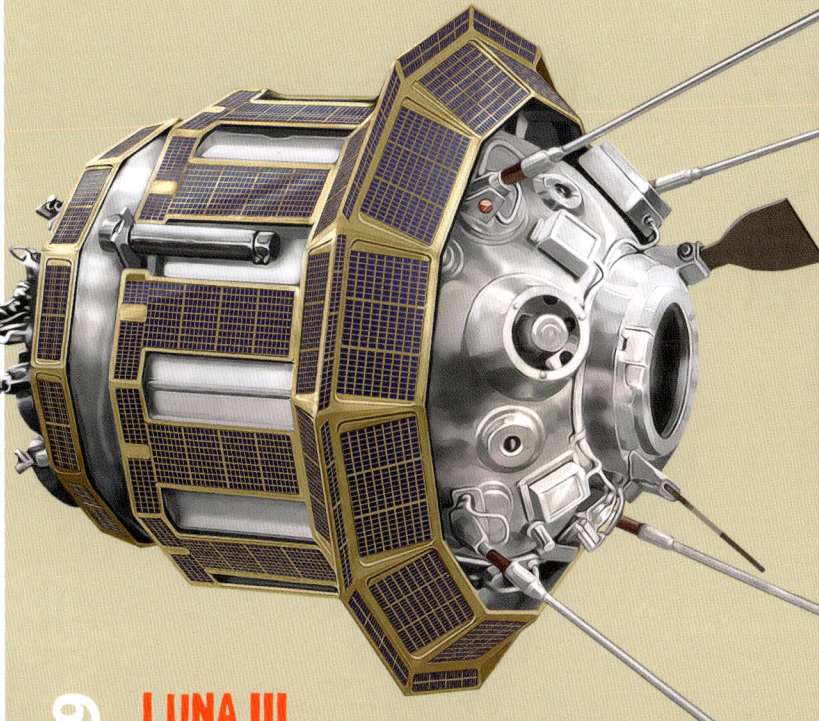

1959 · LUNA III
PRIMERAS FOTOS DE LA CARA OCULTA DE LA LUNA

El 4 de octubre de 1959, la misión soviética Luna III fue la primera nave en sobrevolar la cara oculta de la Luna y enviar imágenes de ella. En total fueron **29 fotografías** y, aunque eran de baja resolución, permitieron apreciar detalles suficientes como para comprobar la **gran diferencia existente entre ambas caras de la Luna.**

LA EXPLORACIÓN DEL ESPACIO

1960
R-16: LA GRAN CATÁSTROFE
EL DESASTRE DE NEDELIN

En 1956, Kruschev había dado la orden de diseñar un nuevo cohete. Se denominó R-16 y el responsable político del proyecto fue Mitrofan Nedelin. Lo que hoy se conoce como «el desastre de Nedelin» fue la mayor catástrofe ocurrida durante el desarrollo de los cohetes en la carrera espacial.
El 24 de octubre de 1960, situado el R-16 en la rampa de lanzamiento n.° 41 del cosmódromo de Baikonur, y tras detectar en días anteriores fugas en algunas válvulas, se reinició la cuenta atrás a pesar de que persistían los problemas. Nedelin y todo el equipo técnico observaban los preparativos a unos 800 m de distancia de la rampa, cuando recibió dos llamadas de Kruschev presionándole para que efectuara el lanzamiento.

Las autoridades soviéticas comunicaron que Nedelin había fallecido en un accidente de aviación y, mes tras mes, fueron anunciando la muerte de una serie de técnicos en accidentes diversos. Tardaron más de treinta meses en comunicar todas las bajas.

Nedelin se aproximó hasta la rampa de lanzamiento para comprobar lo que estaba sucediendo. Le siguieron todos los miembros del equipo técnico y se colocaron ¡a menos de 20 m de la rampa! Unos 30 minutos antes del lanzamiento, un fallo eléctrico activó la segunda fase del cohete. Los gases de escape cayeron sobre el depósito de combustible de la primera fase, lo que provocó una inmensa explosión. Una esfera de fuego de 120 m de diámetro engulló la rampa de lanzamiento. Según las estimaciones actuales, debieron de fallecer más de 120 técnicos del programa espacial soviético.

Valentina Tereshkova

1961
YURI GAGARIN
PRIMER SER HUMANO ENVIADO AL ESPACIO

El 12 de abril de 1961, el programa espacial soviético lanzó la nave Vostok I. A bordo iba Yuri Gagarin, el primer ser humano enviado al espacio. **La Vostok I estaba totalmente controlada desde tierra,** pues nadie sabía cuál podía ser la reacción de un ser humano en el espacio.

¡SORPRENDENTE!
DESPUÉS DE COMPLETAR UNA ÓRBITA A LA TIERRA, EL PILOTO AUTOMÁTICO ENCENDIÓ LOS RETROCOHETES PARA SACAR A LA NAVE DE SU ÓRBITA. GAGARIN REENTRÓ CORRECTAMENTE EN LA ATMÓSFERA A 27.000 KM/H **¡Y SE LANZÓ EN PARACAÍDAS CUANDO SE ENCONTRABA A 7.000 M DE ALTURA!** A PESAR DE TODO, CAYÓ SIN PROBLEMAS EN ALGÚN LUGAR DE SIBERIA.

1965-1966
VENERA 3
PRIMERA NAVE EN ALCANZAR LA SUPERFICIE DE OTRO PLANETA

El 16 de noviembre de 1965 se lanzó la nave Venera 3, cuya **misión era aterrizar en Venus.** Llegó a su destino el 1 de marzo de 1966. Aunque impactó sobre la superficie del planeta y no pudo enviar ningún dato, fue la primera nave que alcanzó la superficie de otro planeta.

1963
VALENTINA TERESHKOVA
PRIMERA MUJER EN ÓRBITA

El 13 de junio de 1963, la Unión Soviética envió al espacio, **a bordo del Vostok 6,** a la primera mujer: Valentina Tereshkova. A Tereshkova **no le fue permitido tomar el control** de la cápsula en ningún momento.

1965
LEONOV
PRIMER SER HUMANO EN REALIZAR UN PASEO ESPACIAL

El 18 de marzo de 1965 se lanzó la **Voskhod 2, tripulada por Belyayev y Leonov;** este último fue el primer ser humano que realizó una actividad extravehicular (EVA), popularmente conocida como «paseo espacial».

Leonov, en su accidentado paseo por el espacio, solo se alejó de la nave a una distancia de 5 m.

1969
EL ACCIDENTE DEL N-1
SIN POSIBILIDAD DE LLEGAR A LA LUNA

En el año 1969, el equipo de Korolëv no había sido capaz de desarrollar un cohete con la potencia y seguridad suficientes como para enviar misiones tripuladas a la Luna.
Al igual que hicieron los estadounidenses, los ingenieros soviéticos intentaron desarrollar un cohete a partir del R-7, transformándolo en un cohete multifase.
El cohete así desarrollado, denominado N-1, tuvo varios problemas técnicos y las cuatro pruebas que se realizaron terminaron en estrepitosos fracasos. De hecho, el segundo N-1 se desplomó unos segundos después de ser lanzado, cayó sobre la rampa de lanzamiento y explotó.
Este accidente, ocurrido el 3 de julio de 1969, destruyó la rampa de lanzamiento, con lo que eliminó cualquier oportunidad de que los soviéticos pudieran llegar a la Luna antes que los estadounidenses.

El programa lunar soviético tripulado se abandonó en 1974.

LA EXPLORACIÓN DEL ESPACIO

La odisea del primer PASEO ESPACIAL

Voskhod 2: tripulada por Belyayev y Leonov

El 18 de marzo de 1965, el programa soviético lanzó la Voskhod 2, con la misión de realizar una **actividad extravehicular (EVA)**, saliendo de la cápsula al espacio. Leonov tuvo el honor de realizar el primer paseo espacial, pero las dificultades que vivieron él y su compañero convirtieron la misión en una auténtica odisea.

▷ Un paseo de 5 m

Asegurado por un «cordón umbilical», Leonov se separó unos 5 m de la cápsula e inmediatamente regresó a ella.

▷ Demasiado gordo para entrar

Cuando Leonov intentó entrar en la cápsula, le fue imposible, ya que, debido a problemas de presurización, el volumen de su traje había aumentado y no cabía por la escotilla.

△ Cuestión de vida o muerte

El paseo espacial, que debía durar escasos minutos, se prolongó 24 minutos interminables, hasta que Leonov fue capaz de despresurizar su traje espacial lo suficiente como para poder penetrar a través de la escotilla.

⚠ Sin poder cerrar la escotilla

Después de que Leonov consiguiese entrar en la cápsula, le fue imposible cerrar la escotilla por completo. Al detectar el problema, el sistema de control ambiental llenó la cápsula con oxígeno, lo que provocó un elevado riesgo de incendio.

ATERRIZA COMO PUEDAS

Fallo en los cohetes
Con la escotilla incorrectamente cerrada, intentaron reentrar en la atmósfera, pero los retrocohetes de la Voskhod 2 fallaron.

Girando a lo loco
Belyayev tuvo que entrar manualmente en la órbita siguiente, pero esta vez el módulo de servicio no se separó completamente y la cápsula comenzó a girar de forma descontrolada.

Estuvieron dos largas noches esperando el rescate
Después de una gran aventura, al final la Voskhod 2 consiguió aterrizar cerca de Perm, en los Urales, el 19 de marzo de 1965. Debido a la intensa nevada que caía y al denso bosque que les rodeaba, Leonov y Belyayev pasaron dos noches esperando antes de poder ser rescatados.

LA EXPLORACIÓN DEL ESPACIO

El programa espacial ESTADOUNIDENSE

Los inicios de la exploración espacial

Los proyectos Mercury y Gemini marcaron los inicios de la exploración espacial de EE. UU. Aunque **siempre iban por detrás de los soviéticos,** que fueron «los primeros» en casi todo, al final lograron ser **los primeros en poner un hombre en la Luna.**

El primer equipo de trabajo se formó en el Laboratorio Aeronáutico de Langley, fundado en 1917, y creó un Centro para Vuelos Tripulados en Houston, Texas. En 1958, el Comité Asesor Nacional para la Astronáutica (NACA) fue reconstituido como Administración Nacional para la Aeronáutica y el Espacio (NASA).

1958-1963 — PROYECTO MERCURY
SOBREVIVIR EN EL ESPACIO

Su finalidad era investigar la capacidad del ser humano para sobrevivir y trabajar en el espacio, y desarrollar la tecnología para futuros programas espaciales.
En abril de 1959, siguiendo las indicaciones del presidente Eisenhower, se realizó la primera selección de **siete astronautas** para este proyecto, **todos ellos pilotos militares de pruebas.**

1961 — Alan B. Shepard (cápsula Freedom 7)
PRIMER VUELO TRIPULADO DE EE. UU.

El 5 de mayo de 1961, Estados Unidos envió al espacio su primer vuelo tripulado en la cápsula Freedom 7. A bordo, el astronauta Alan B. Shepard, que **se mantuvo durante 15 minutos en un vuelo suborbital.** La cápsula amerizó en algún lugar del Atlántico.

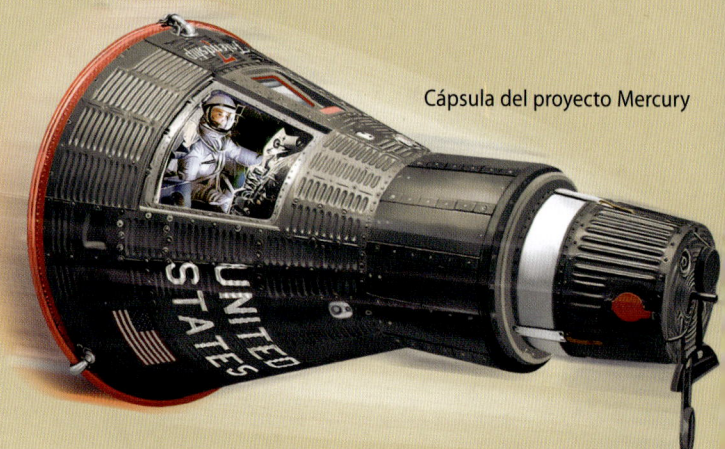

Cápsula del proyecto Mercury

1962 — John Glenn (cápsula Friendship 7)
PRIMERO DE EE. UU. EN ORBITAR LA TIERRA

John Glenn fue el primer astronauta de EE. UU. que orbitó nuestro planeta, el 20 de febrero de 1962. **Realizó tres vueltas a la Tierra** en la cápsula Friendship 7.

John F. Kennedy
PROMESA DE PONER EL PIE EN LA LUNA

El 12 de septiembre de 1962, John F. Kennedy dio una conferencia en la Rice University de Houston, en la que adquirió el compromiso de poner un hombre en la Luna antes del final de la década. «Elegimos ir a la Luna en esta década y hacer otras cosas no porque sean fáciles, sino porque son difíciles [...]. Y **estará hecho antes del final de esta década**».

Los siete astronautas del proyecto Mercury. De izquierda a derecha, Wally Schirra, Alan B. Shepard, Deke Slayton, Gus Grissom, John Glenn, Gordon Cooper y Scott Carpenter

PROYECTO GEMINI
1962-1966
CÁPSULA PARA DOS ASTRONAUTAS, ENCUENTROS Y PASEOS ESPACIALES

En 1962, se realizó la primera selección de **nueve astronautas** para el nuevo programa de la NASA: Gemini, una cápsula diseñada para dos personas.

Su finalidad era practicar los encuentros espaciales en órbita terrestre, probar los trajes espaciales durante los paseos espaciales y controlar la respuesta fisiológica ante la falta de gravedad durante periodos de tiempo más prolongados.

Ed White realizando el primer paseo espacial estadounidense, el 3 de junio de 1965.

1965 — Gemini IV
APROXIMACIÓN ENTRE NAVES

El 3 de junio de 1965, un cohete Titán II puso en órbita la cápsula Gemini IV, ocupada por James McDivitt y Ed White. El Gemini IV realizó el **primer intento** de aproximación entre naves utilizando la segunda fase del cohete Titán que lo había puesto en órbita.

¡ASOMBROSO!
CUANDO LOS ASTRONAUTAS DEL GEMINI IV INTENTARON LA APROXIMACIÓN ENTRE NAVES, RÁPIDAMENTE COMPRENDIERON QUE **LA EXPERIENCIA DE PILOTAR EN LA TIERRA NO SERVÍA EN EL ESPACIO:** CUANDO ACELERABAN PARA ACERCARSE AL COHETE, EN LUGAR DE APROXIMARSE ¡SE SEPARABAN CADA VEZ MÁS!
LO QUE SUCEDÍA ES QUE **CUANDO LA CÁPSULA ACELERABA, CAMBIABA DE ÓRBITA, SEPARÁNDOSE DEL COHETE TITÁN,** QUE SE MANTENÍA EN LA MISMA ÓRBITA.

PRIMER PASEO ESPACIAL DE EE. UU.

El Gemini IV también realizó el primer paseo espacial o actividad extravehicular (EVA) de EE. UU. Al igual que en el primer paseo soviético de Leonov unos meses antes, también este dio problemas con la apertura y cierre de la escotilla. No obstante, el de Ed White fue un éxito y **duró cerca de veinte minutos.**

1966 — Gemini VIII
PRIMER ACOPLAMIENTO ENTRE NAVES

La misión Gemini VIII fue puesta en órbita por un cohete Titán II el 16 de marzo de 1966. **Sus tripulantes eran Neil A. Armstrong y David R. Scott.** Sus objetivos eran acoplarse a un módulo Agena previamente lanzado y realizar una actividad extravehicular. La cápsula se acopló correctamente y por vez primera al módulo Agena.

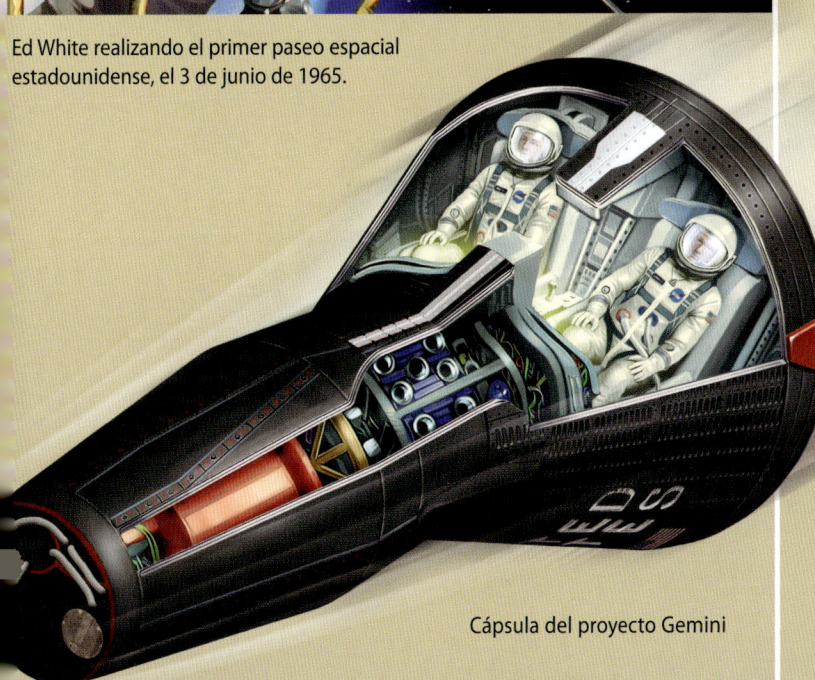

Cápsula del proyecto Gemini

¡GENIAL!
AL FINAL DEL PROYECTO GEMINI, EL ENCUENTRO Y ACOPLAMIENTO ENTRE CÁPSULAS Y LOS PASEOS ESPACIALES SE HABÍAN CONVERTIDO CASI EN RUTINARIOS. **LOS ASTRONAUTAS SE HABÍAN ACOSTUMBRADO A LOS VUELOS QUE DURABAN VARIOS DÍAS E INCLUSO SEMANAS,** Y COMÍAN, BEBÍAN, DORMÍAN Y TRABAJABAN EN LA CÁPSULA. **LOS CIENTÍFICOS ESTUDIARON CÓMO SE COMPORTABA EL CUERPO HUMANO EN EL ESPACIO.**

LA EXPLORACIÓN DEL ESPACIO

1967-1972
PROYECTO APOLO
IDA Y VUELTA A LA LUNA

La finalidad del proyecto Apolo era enviar un hombre a la Luna y traerlo de regreso a la Tierra «antes del final de la década», tal y como había anunciado el presidente Kennedy. La **nave Apolo** necesitaba una tripulación de tres astronautas y era lanzada mediante el **Saturno V, el cohete más potente** de los construidos para el programa espacial de EE. UU.

Cohete Saturno V

1967
TRAGEDIA DEL APOLO 1
MURIERON LOS TRES ASTRONAUTAS

La primera tragedia del programa espacial de EE. UU. sucedió el 27 de enero de 1967. Se produjo un incendio en el módulo de mando del Apolo 1, durante una simulación de vuelo en tierra, y fallecieron los tres astronautas.

La NASA se vio obligada a rediseñar el módulo de mando antes de poder garantizar su seguridad.

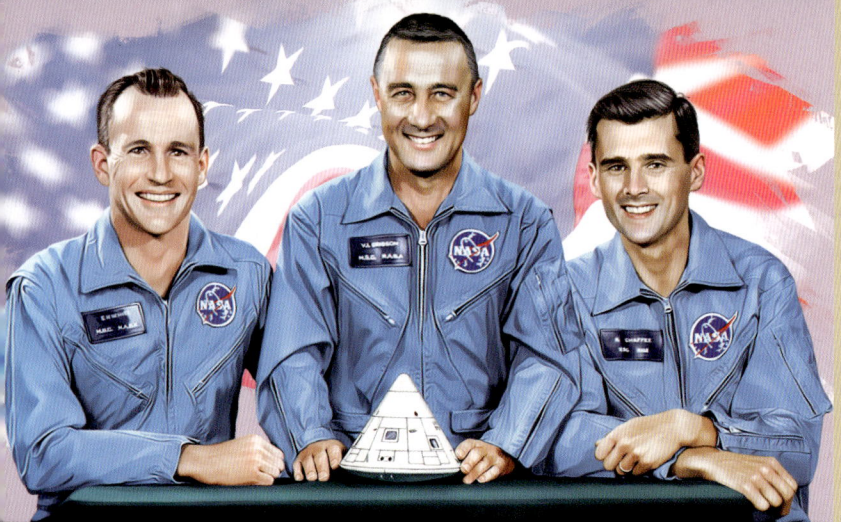

Los astronautas Edward White, Gus Grissom y Roger Chaffee, tripulación del Apolo 1 (NASA), fallecidos en la simulación de vuelo.

El módulo de mando se llenaba de una atmósfera de oxígeno puro presurizado, con gran peligro de incendio. Un cortocircuito provocó ese incendio, que se extendió rápidamente.
Los astronautas fallecieron a los 17 segundos de iniciarse el fuego, al carecer el módulo de sistemas de evacuación de emergencia.

Exterior del Apolo 1 tras el incendio (NASA)

La nave Apolo 8 en órbita alrededor de la Luna

1968
Apolo 8
PRIMERA MISIÓN TRIPULADA QUE GIRA ALREDEDOR DE LA LUNA

El 21 de diciembre de 1968 se lanzó el Apolo 8, la primera misión tripulada que, impulsada por un cohete Saturno V, salió de la órbita terrestre. **Realizó diez órbitas alrededor de la Luna** durante el día 24 y regresó a la Tierra el día 27.

La tripulación del Apolo 8, compuesta por Frank Borman, James A. Lovell y William A. Anders, observó así la Tierra desde la órbita lunar.

Los astronautas Neil Armstrong, Michael Collins y «Buzz» Aldrin, primera tripulación en llegar a la Luna

1969

Apolo 11
LLEGADA DEL HOMBRE A LA LUNA

El día 16 de julio de 1969 se lanzó el Apolo 11, que llevaría al primer hombre a la Luna. Seis horas y media después del alunizaje, a las 02:56 UTC (Tiempo Coordinado Universal) del día 21 de julio de 1969, **Neil Armstrong pisó la Luna por vez primera, y a él le siguió «Buzz» Aldrin.**

Apolo 17
ÚLTIMA MISIÓN TRIPULADA A LA LUNA

El **Apolo 17** fue la última misión tripulada en ser enviada a la Luna. **La «carrera espacial» había terminado.**

«Buzz» Aldrin en su paseo sobre la Luna. Reflejado en el cristal de su casco vemos a Neil Armstrong.

1970
EL ACCIDENTE DEL APOLO 13
«HOUSTON, TENEMOS UN PROBLEMA»

El día 11 de abril de 1970 se lanzó la misión Apolo 13, cuyo objetivo era alunizar en la zona volcánica de Fra Mauro.
Cuando la misión se encontraba a unos 320.000 km de la Tierra, explotó uno de los dos tanques de oxígeno del módulo de servicio debido a un cortocircuito, dañando al otro tanque, que se vació y dejó al módulo de mando sin suministro. En esas condiciones, la tripulación tuvo que trasladarse al módulo lunar, que mantenía oxígeno y energía.

Con el módulo de servicio seriamente dañado y sin más energía que la de las baterías, se descartó el alunizaje y se comenzó a trabajar en la manera de traer a los astronautas de vuelta a la Tierra. Debido a la distancia a la que se encontraba la misión, se decidió que la mejor forma de traer la nave de regreso con el menor consumo de energía era llegar a la Luna, girar alrededor de ella y utilizar el impulso gravitatorio de esta para regresar a la Tierra. La operación fue un gran éxito y la tripulación logró ser rescatada sana y salva.

Los astronautas James Lovell, «Jack» Swigert y Fred W. Haise, tripulación del Apolo 13 (NASA)

LA EXPLORACIÓN DEL ESPACIO

El HOMBRE llega a la LUNA

«Un pequeño paso para el hombre, un gran salto para la humanidad»

Unidad de **SUPERVIVENCIA**

VISERA TRANSPARENTE revestida de oro

GUANTES de alta tecnología

MUESTRAS recogidas

Trajes con **CREMALLERAS ESTANCAS**

BOTAS de segurid

El 16 de julio de 1969 se lanzó el Apolo 11, que alunizaría el día 20 del mismo mes.

El día **21 de julio de 1969**, a las 02:56 UTC (Tiempo Coordinado Universal), **Neil Armstrong** descendió del módulo lunar Eagle y pisó la Luna por primera vez en la historia de la humanidad.

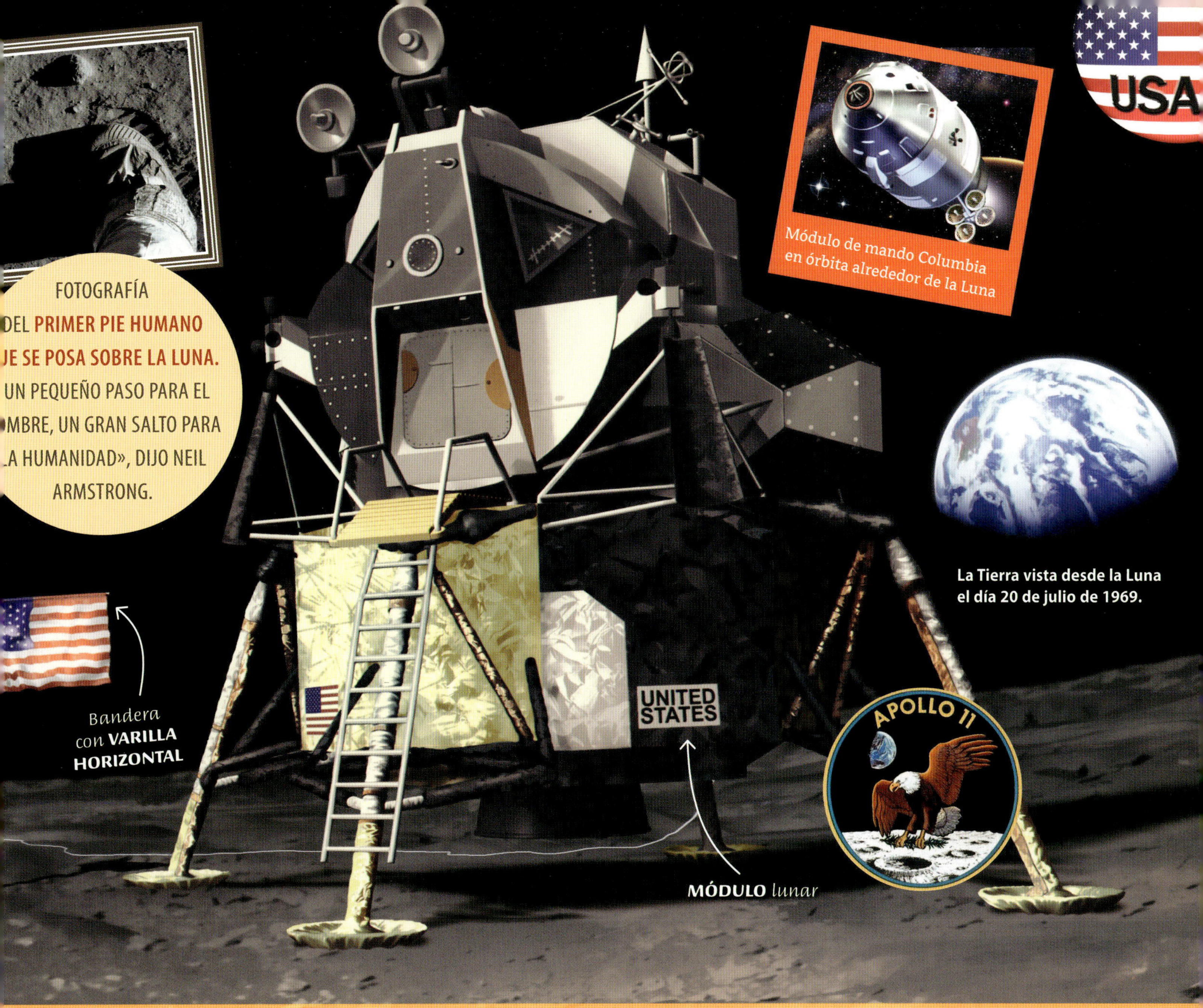

FOTOGRAFÍA DEL **PRIMER PIE HUMANO** QUE SE POSA SOBRE LA LUNA. «UN PEQUEÑO PASO PARA EL HOMBRE, UN GRAN SALTO PARA LA HUMANIDAD», DIJO NEIL ARMSTRONG.

Módulo de mando Columbia en órbita alrededor de la Luna

USA

Bandera con **VARILLA HORIZONTAL**

La Tierra vista desde la Luna el día 20 de julio de 1969.

MÓDULO lunar

APOLLO 11

ALUNIZAR con TREINTA SEGUNDOS de COMBUSTIBLE

Eagle y Columbia

La tripulación del Apolo 11 la formaban **Neil Armstrong** y **«Buzz» Aldrin,** que descendieron en el módulo lunar Eagle, junto con **Michael Collins,** que se mantuvo en órbita a bordo del módulo de mando Columbia.

Descenso a la superficie lunar

El día 20 de julio, **durante el descenso a la superficie de la Luna,** el primitivo ordenador de a bordo se saturó y **Armstrong tuvo que llevar el módulo de forma manual** hasta la superficie. Pero el lugar inicialmente previsto estaba lleno de rocas y hubo que buscar otro sitio. Cuando consiguió alunizar, quedaban **menos de 30 segundos de combustible.**

Volvieron con 22 kg de rocas y tierra

El módulo lunar Eagle alunizó en el mar de la Tranquilidad, a unas cuatro millas del lugar inicialmente programado. **Regresaron el 24 de julio, trayendo unos 22 kg de rocas y tierra** de la Luna.

LA EXPLORACIÓN DEL ESPACIO

Viajes al espacio
Desde 1972 hasta hoy

Durante los años de la carrera espacial el interés general por todo lo relacionado con el espacio era máximo. Sin tanto ruido mediático, **a partir de 1972 la exploración espacial continuó adelante** y ha sido durante estos años cuando se han alcanzado los mayores éxitos, que han permitido **ampliar enormemente nuestros conocimientos sobre el universo en el que vivimos.**

Imágenes de Venus enviadas por las naves Venera 9 y 10.

1973 Skylab
En 1973 se sobrevoló **Júpiter** y por primera vez **Saturno**, y ese mismo año se lanzó el primer módulo de la primera estación espacial estadounidense: el **Skylab**.

1975 Venera
En 1975, la misión soviética **Venera** (con los Venera 9 y 10) consiguió aterrizar sobre la superficie de **Venus** y enviar imágenes a la Tierra.

1975 Viking
La misión estadounidense **Viking** consiguió aterrizar en **Marte** y envió imágenes de su superficie.

Giotto, sobrevolando el cometa Halley.

1985 Giotto
En 1985 la nave **Giotto**, de la Agencia Espacial Europea, sobrevoló el **cometa Halley**.

1989 Galileo
En 1989 se lanzó la nave **Galileo**, mediante el transbordador **Atlantis**, colocándose en órbita alrededor de **Júpiter** en **1995**. Facilitó una enorme cantidad de información sobre el sistema de Júpiter y sus satélites durante los 8 años que se mantuvo orbitando el planeta. En **2003** se decidió enviar la nave hacia Júpiter de manera controlada para evitar cualquier peligro de contaminación de sus satélites.

1977 Voyager
El primer vuelo sobre **Urano** y **Neptuno** tendría que esperar al proyecto **Voyager**. Los Voyager 1 y 2, lanzados en septiembre de 1977, sobrevolaron **Urano** en **1986** y **Neptuno** en el verano de **1989**, ¡doce años después de su lanzamiento!

Superficie de Marte

Con el vuelo del **Apolo 17** a la Luna, en diciembre de 1972, se puede considerar como concluida la «carrera espacial» protagonizada por Estados Unidos y la Unión Soviética desde el lanzamiento del primer satélite artificial, el **Sputnik I**, en octubre de 1957.

1975 Nace la ESA
La Agencia Espacial Europea (ESA) se crea el 31 de mayo de 1975 para llevar a cabo de forma conjunta el programa espacial europeo. Actualmente la componen 22 países europeos, entre los que está España, y tiene su sede central en París.

La nave Galileo en órbita sobre Júpiter

El *rover* o vehículo robotizado Sojourner del proyecto Mars Pathfinder, sobre la superficie de Marte

La nave Cassini en órbita sobre Saturno

El *rover* Opportunity sobre la superficie de Marte

1996
El primer *rover*

El primer *rover* (vehículo robotizado de exploración espacial) interplanetario fue enviado por la NASA a **Marte** en 1996 en la nave Mars Pathfinder y llegó a su destino en **1997.** Fue el primer objeto que aterrizó en **Marte** desde el proyecto Viking.

1995
SOHO

En 1995 se lanzó el **Observatorio Solar SOHO** a las proximidades de **nuestra estrella, el Sol.**

1990
Hubble

El telescopio espacial más popular, el **Hubble,** un programa en cooperación de la **NASA** y la **ESA,** fue lanzado al espacio en el año 1990. Con él se han obtenido imágenes y datos del **universo** impensables hace muy poco tiempo.

1997
Cassini-Huygens

La misión **Cassini-Huygens** fue lanzada en 1997 y su finalidad era colocar una nave en órbita de **Saturno** y hacer aterrizar un módulo sobre la superficie de su mayor satélite, **Titán.** Entró en órbita de Saturno en **2004** y dejó caer el módulo de descenso sobre Titán. Se obtuvieron así imágenes de este satélite que proporcionaron una gran cantidad de información. En **2017** se dio por finalizada la misión, haciendo que la nave Cassini se precipitase sobre Saturno en un proceso controlado.

1999
CHANDRA

En julio de 1999, la NASA lanzó al espacio, mediante el transbordador espacial **Columbia,** el **observatorio de Rayos X CHANDRA.** Su finalidad es poder observar el **universo en las longitudes de onda de los rayos X,** ya que la atmósfera impide que estas longitudes lleguen a la superficie de la Tierra.

El observatorio de rayos X Chandra

2003
Spitzer

En 2003 se envió el **telescopio espacial Spitzer,** que observa en la gama de **rayos infrarrojos.** Aunque se preveía que la misión durase dos años y medio, hoy sigue en activo a pesar de tener sus capacidades mermadas al haber utilizado ya todo el helio líquido que necesitaba para su enfriamiento.

2001
WMAP

La **Wilkinson Microwave Anisotropy Probe** es una sonda cuya finalidad es medir las diferencias de densidad de la **radiación de fondo cósmico de microondas.** Fue lanzada por la NASA en 2001 y situada en el punto de Lagrange número 2, a 1,5 millones de kilómetros de la Tierra. La sonda **WMAP** confirmó importantes hallazgos cosmológicos y mostró así el tipo de **universo** en el que vivimos.

La sonda espacial WMAP

2003
Rovers Spirit y Opportunity

Los *rovers* **Spirit** y **Opportunity** se lanzaron en 2003; se trata de la misión más duradera de las llevadas a cabo hasta ahora sobre la superficie de **Marte.** El primero aterrizó en el cráter Gusev el 4 de enero de 2004 y el segundo lo hizo en Meridiani Planum, al otro lado del planeta, el 25 de enero.
Aparte de la enorme cantidad de imágenes de alta definición obtenidas, se comprobó que **la atmósfera de Marte fue densa en otro tiempo,** en lugar de muy tenue como es en la actualidad, y que, **en el pasado, abundante cantidad de agua líquida fluyó por la superficie del planeta.** Aunque estaba previsto que la misión durase 90 días, se prolongó en el tiempo hasta que el *rover* Spirit dejó de comunicarse el día 22 de marzo de 2010. El 10 de junio de 2018 sucedió lo mismo con el Opportunity. **¡La misión, al final, había durado más de 14 años!**

LA EXPLORACIÓN DEL ESPACIO

Misiones actuales en el sistema solar

En la actualidad, hay muchas misiones espaciales **apasionantes** en nuestro sistema solar. Varias comenzarán en la década de 2020.

La nave Messenger sobre Mercurio

2004
Messenger

Messenger, la primera sonda que orbitó el planeta Mercurio, fue lanzada en agosto de 2004 y entró en la órbita de Mercurio en marzo de **2011,** después de **un viaje de casi siete años** asistido gravitatoriamente. La finalidad principal de esta sonda fue la elaboración de un mapa de Mercurio, el estudio de su magnetosfera y la comprobación de la existencia de elementos volátiles en sus cráteres. El 30 de abril de **2015,** la NASA estrelló la nave contra la superficie del planeta, dando así por finalizada la misión.

2009-2013
Planck

La **misión Planck** siguió a la **WMAP,** midiendo las anisotropías del **fondo cósmico de microondas** con mucha mayor precisión. Estuvo activa entre los años **2009** y **2013.** Además obtuvo información para elaborar un catálogo de cúmulos de galaxias, realizó observaciones de lentes gravitacionales y observó núcleos de galaxias activas, entre otras cosas.

Misión Planck

Mars Reconnaissance Orbiter

2005 La misión **Mars Reconnaissance Orbiter** se lanzó en agosto de **2005** y llegó a su destino en octubre de **2006.** Se trata de una **nave en órbita de Marte,** cuyos principales objetivos son la **elaboración de un mapa detallado de este planeta,** hallar evidencias de que el agua se mantuvo en su superficie durante largos periodos de tiempo o el examen de **posibles zonas de aterrizaje para misiones futuras.** En la actualidad, la nave se utiliza, además, como sistema de comunicación y navegación para otras misiones.

New Horizons

2006 La primera misión a Plutón, **New Horizons,** se lanzó en enero de **2006** y sobrevoló el sistema de **Plutón** y sus **cinco satélites** (Caronte, Nix, Hydra, Cerbero y Styx) en julio de 2015. A partir de ese momento continuó su viaje adentrándose en el **Cinturón de Kuiper.** El primer objeto de este cinturón, **Ultima Thule,** fue sobrevolado en enero de **2019** y se espera que la misión se prolongue hasta bien entrado **2021.**

LOGROS de los viajes espaciales

- Se han montado en el espacio varias **estaciones espaciales,** preparadas para dar cobijo a los astronautas durante largos periodos de tiempo. Simultáneamente se han desarrollado **transbordadores espaciales** para poder darles servicio.
- Se han puesto en órbita **más de veinte observatorios espaciales,** que han permitido hacer observaciones del universo imposibles de realizar desde la Tierra.
- Se ha conseguido **visitar todos los planetas del sistema solar** y algunos de sus satélites mediante **sondas robotizadas** que han aportado mucha información; incluso se ha podido **aterrizar en asteroides** y traer **muestras de cometas** para su posterior estudio.

Mars Science Laboratory

2011 En noviembre de **2011** se lanzó el **Mars Science Laboratory,** que portaba el vehículo **Curiosity,** el mayor y mejor dotado *rover* de los enviados a **Marte.** Llegó a su destino, el cráter Gale, en agosto de **2012.** Su finalidad es hallar evidencias de si las condiciones medioambientales del planeta cumplieron en algún momento los requisitos necesarios para que se desarrollara **vida microbiana en Marte.** Actualmente la misión sigue activa.

Rover Curiosity

Solar Probe

2018 La **Solar Probe** es una misión destinada a **medir el flujo de energía que calienta la corona solar** y **los campos magnéticos del viento solar.** La primera aproximación al Sol se produjo en noviembre de **2018.** Un año después, la nave se ha aproximado a unos seis millones de kilómetros, sobrevolando la corona solar y soportando temperaturas de unos 1.300 ºC. Está previsto que la misión se mantenga activa hasta **2025.**

Misiones futuras

Estas son algunas de las misiones espaciales que **se pondrán en marcha en los próximos años.**

2020
Mars 2020

Mars 2020 es una misión lanzada el 30 de julio de 2020. Tiene cuatro finalidades: 1) Determinar si alguna vez hubo **vida en Marte.** 2) Estudiar el **clima marciano.** 3) Estudiar la **geología** del planeta. 4) Preparar una futura **exploración humana en Marte.** La duración prevista para esta misión es de un año marciano (687 días terrestres).

BepiColombo

2018 **BepiColombo** es una misión conjunta de la Agencia Espacial Europea (ESA) y la Agencia Japonesa de Exploración Aeroespacial (JAXA) a **Mercurio.** Se trata de **dos naves que se mantendrán en órbita del planeta** para su estudio. Se lanzarán en **2018** y llegarán a su destino en **2025.** El tiempo estimado de la misión, una vez en órbita, será de un año, ampliable a dos.

2021
James Webb

El **James Webb** es un **telescopio espacial,** fruto de la colaboración de unos 17 países, que se construye para sustituir al Hubble y al Spitzer. Tendrá una **resolución y capacidad sin precedentes,** pudiendo observar exoplanetas y novas, así como la formación de las primeras galaxias.

2023
Europa Clipper

La **NASA** está desarrollando actualmente la sonda espacial interplanetaria **Europa Clipper.** Se lanzará a partir de **2023** y tendrá como misión el estudio del **satélite Europa** del planeta Júpiter. Continuará las investigaciones que hizo la nave Galileo.

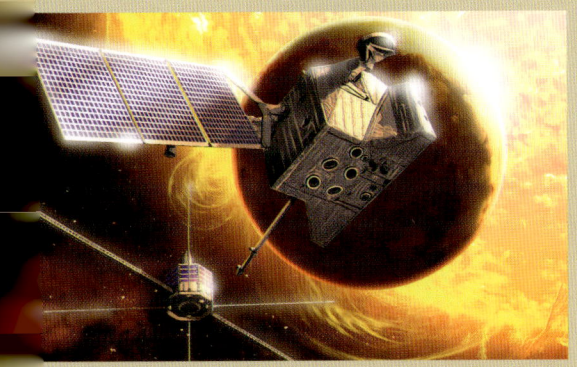

¿Cuánto tiempo podemos vivir en el espacio?

¿Con cuánta eficiencia podremos trabajar? Después de periodos prolongados de vida en el espacio, ¿podremos regresar a la Tierra y continuar llevando una vida sana y normal? Las respuestas no son fáciles y requerirán un largo y sofisticado periodo de experimentación con el fin de comprender el comportamiento del cuerpo humano en el espacio.

VIVIR EN EL ESPACIO

A lo largo de los años hemos aprendido que, con la protección adecuada, la supervivencia en el espacio es posible. El espacio exterior aparece ya como una parte de nuestras vidas. **Las futuras misiones de exploración espacial implicarán la presencia de seres humanos** y, aunque aún quede mucho trabajo por hacer y muchas cosas por aprender, algunos de los planes que se preparan en la actualidad se harán realidad en un futuro próximo.

ESPECIAL VIVIR EN EL ESPACIO

Los PROBLEMAS del SER HUMANO en el ESPACIO

Atmósfera, ingravidez y radiación

Entre la Tierra y el espacio exterior existen tres diferencias medioambientales fundamentales: **la atmósfera, la gravedad** y **la radiación.** Y nuestro cuerpo depende de ellas: ha de estar inmerso en la atmósfera y se ve afectado de diferentes maneras por las condiciones de la gravedad y por la radiación.

Cuando un astronauta **SALE AL ESPACIO**, su cuerpo comienza, inmediatamente, a experimentar multitud de cambios. El cuerpo humano es un sistema extraordinariamente complicado que de manera automática detecta los cambios medioambientales y responde a ellos.

EN LA TIERRA

El cerebro se orienta

En la Tierra, el cerebro ha aprendido a procesar las señales provenientes de los ojos (lo que se ve), los oídos (lo que se oye) y las terminaciones nerviosas de la piel (lo que se toca), de tal manera que es capaz de interpretar dónde está situado el cuerpo con respecto al lugar en el que se mueve.

Cuando se encuentra en la Tierra, todo el sistema establece una condición «NORMAL PARA LA TIERRA» y cuando está en el espacio establece una condición «NORMAL PARA EL ESPACIO». Ambas condiciones son apropiadas para sus correspondientes entornos.

LA GRAVEDAD EMPUJA LOS FLUIDOS HACIA ABAJO.

LOS MÚSCULOS MUEVEN LOS FLUIDOS HACIA ARRIBA.

Fluidos en los dos sentidos

Los músculos compensan la acción de la gravedad y distribuyen los fluidos corporales de manera homogénea por todo el cuerpo.

LA ATMÓSFERA

Como promedio, la atmósfera terrestre está compuesta por un 78 % de nitrógeno, un 21 % de oxígeno y un 0,5 % de vapor de agua, además de cantidades muy pequeñas de otros gases. La vida humana se ha desarrollado dependiendo exactamente de esa mezcla de gases, así como de la presión atmosférica, que hace posible que podamos respirar.

LA GRAVEDAD

Sobre la superficie terrestre, la gravedad está presente en todo momento y nos mantiene firmemente ligados a la Tierra. Sin embargo, cuando los astronautas salen al espacio, la nave espacial va a la suficiente velocidad como para contrarrestar la acción de la gravedad, y diremos que la nave y los astronautas se encuentran en caída libre o en estado de microgravedad.

LA RADIACIÓN

La atmósfera terrestre, así como su campo magnético, nos protege de la radiación ionizante procedente del espacio. La radiación ionizante es aquel tipo de radiación capaz de ionizar los átomos, quitándoles o sumándoles electrones. Cuando la ionización ocurre en el cuerpo humano, puede romper los cromosomas y causar mutaciones responsables de algunos tipos de cáncer.

EN EL ESPACIO

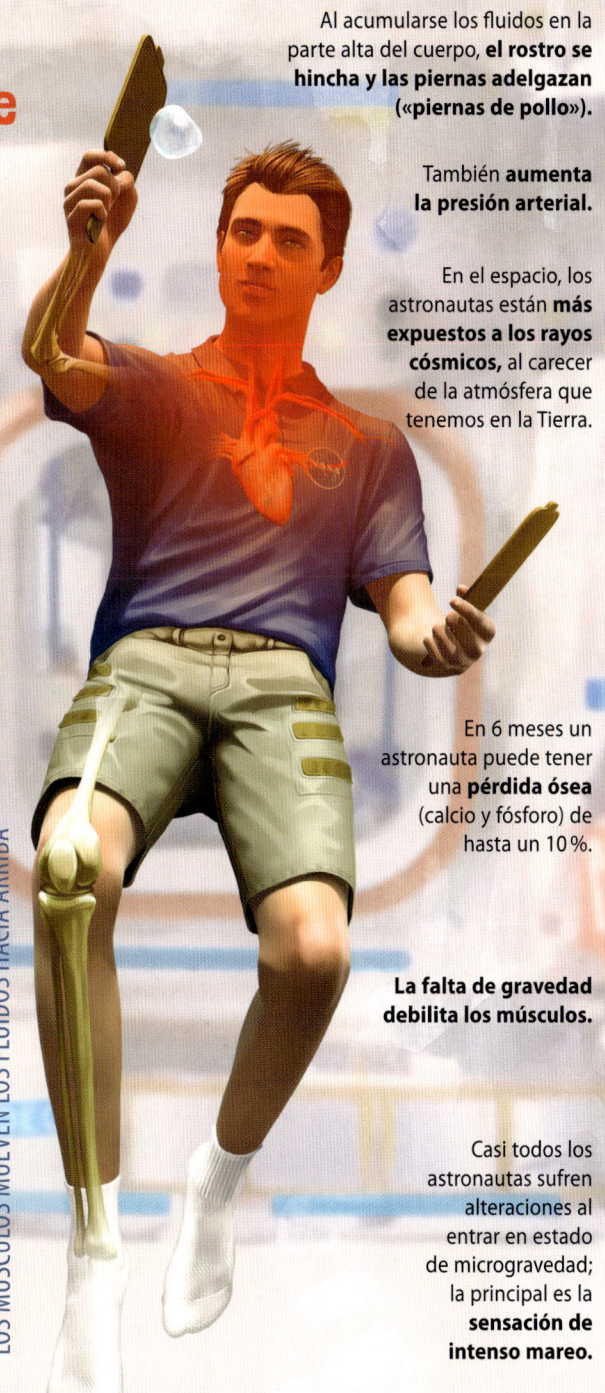

El cerebro se confunde

En el espacio, al hallarse el astronauta en estado de microgravedad, la vista, el oído y el tacto no encajan como en la Tierra y estos datos contradictorios confunden al cerebro y hacen que el astronauta sienta mareo.

Podemos **crecer 5 cm de altura** porque las vértebras se separan al no estar comprimidas por la gravedad.

Fluidos en un solo sentido

Al faltar la gravedad, los músculos siguen actuando de la misma forma y empujan los fluidos corporales hacia el corazón y la cabeza.

LOS MÚSCULOS MUEVEN LOS FLUIDOS HACIA ARRIBA

Al acumularse los fluidos en la parte alta del cuerpo, **el rostro se hincha y las piernas adelgazan («piernas de pollo»).**

También **aumenta la presión arterial.**

En el espacio, los astronautas están **más expuestos a los rayos cósmicos,** al carecer de la atmósfera que tenemos en la Tierra.

En 6 meses un astronauta puede tener una **pérdida ósea** (calcio y fósforo) de hasta un 10 %.

La falta de gravedad debilita los músculos.

Casi todos los astronautas sufren alteraciones al entrar en estado de microgravedad; la principal es la **sensación de intenso mareo.**

¿Y pueden todos estos cambios revertir al regresar a la Tierra?

VUELTA A LA TIERRA

Tirón de la gravedad

Al entrar en la atmósfera terrestre, inmediatamente se siente el **tirón de la gravedad** y queda claro que la falta de gravedad en el espacio se ha cobrado un precio.

La cantidad total de fluidos corporales ha disminuido.

Al tener que trabajar menos, **el corazón se ha hecho más pequeño** y más débil.

La cara se ha hinchado.

Los músculos se han atrofiado.

Los huesos se han debilitado.

El sistema de equilibrio, que se había acostumbrado a la condición «NORMAL PARA EL ESPACIO», tiene que volver a la condición «NORMAL PARA LA TIERRA».

La musculatura tarda meses en recuperarse con entrenamiento, pero el calcio perdido en los huesos no vuelve a recuperarse en su totalidad.

ESPECIAL: VIVIR EN EL ESPACIO

Sin atmósfera que mantenga la presión necesaria y nos permita respirar, y sin protección contra la radiación, las condiciones del espacio exterior son incompatibles con la vida humana. Los astronautas necesitan la **protección adecuada** para poder sobrevivir en el espacio: el primer nivel de protección sería la propia **nave espacial;** el segundo, el **traje espacial,** diseñado para contrarrestar las condiciones extremas que existen en el espacio.

El TRAJE ESPACIAL

Historia y futuro

EL FUTURO DE LOS TRAJES ESPACIALES

El diseño de un traje espacial depende principalmente del entorno en el que vaya a utilizarse. Los usados en órbita terrestre son diseñados para entornos de vacío y microgravedad. Un traje espacial necesitará un diseño diferente para ser utilizado en la superficie de la Luna o la de Marte. El traje que sobre la Luna pesase unos 19 kg pesaría unos 43 kg en la superficie de Marte, un peso inviable para largos periodos de exploración.

Prototipo de **traje espacial MK** sobre el que se trabaja para el diseño de nuevas misiones.

ESTADOUNIDENSES

Proyecto Mercury
Los primeros trajes espaciales estadounidenses, los del proyecto Mercury, eran una modificación de los utilizados por los **pilotos de prueba,** pero reforzados para poder resistir mejor las altas temperaturas.

Proyecto Gemini
Con el proyecto Gemini, el nuevo traje se mantenía **flexible** aunque estuviese presurizado (lo que no ocurría con el del proyecto Mercury). Se refrigeraba por aire, pero no funcionaba especialmente bien.

Proyecto Apolo
Los trajes del proyecto Apolo se refrigeraban por agua en lugar de aire. Se **mejoró** la presurización y la protección térmica. Además llevaban adosado un **equipo de supervivencia.**

SOVIÉTICOS

Orlan
La antigua Unión Soviética desarrolló un traje espacial denominado Orlan, aún en uso. Aunque inicialmente se diseñó para caminar sobre la Luna, posteriormente se simplificó el diseño ajustándolo para su uso en **paseos espaciales** (EVA).

Sokol
Otro traje desarrollado por la Unión Soviética es el Sokol. Su finalidad es ser utilizado como **traje de seguridad en vuelo** nunca para un uso fuera de la nave espacial.

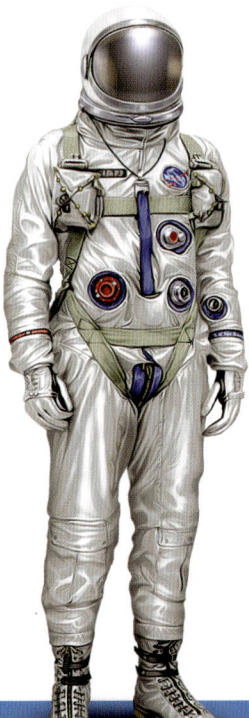
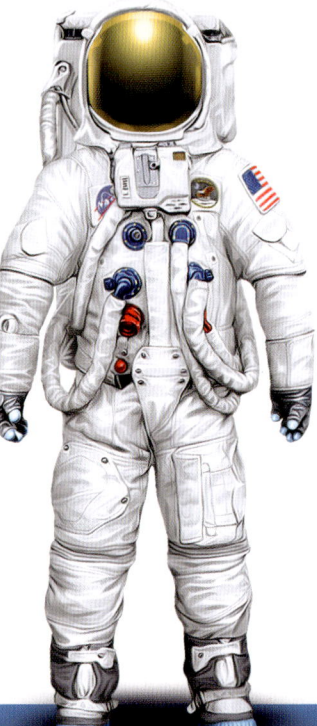

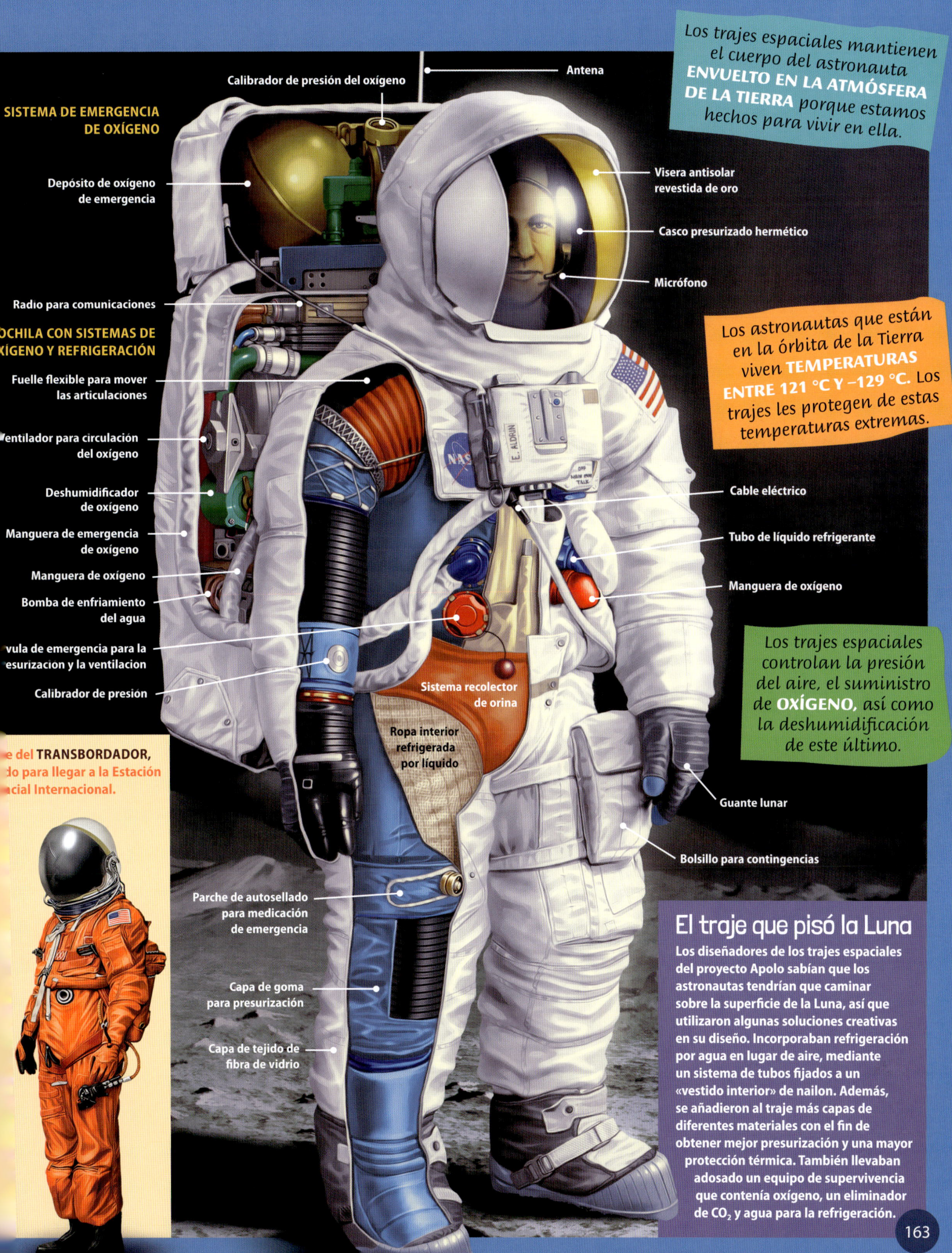

ESPECIAL VIVIR EN EL ESPACIO

Los PASEOS ESPACIALES
El peligro del vacío

Las **actividades extravehiculares** (EVA) resultan imprescindibles para realizar muchas de las tareas necesarias en el espacio. La Estación Espacial Internacional, así como muchos de los satélites y las misiones actualmente en uso, se reparan y revisan mediante **paseos espaciales**. Pero ¡atención!, salir al exterior de un vehículo espacial que protege contra la radiación y la carencia de atmósfera, siempre supone un riesgo.

Primeros paseos espaciales
Se hacían conectados a la nave por un **«cordón umbilical»**. Los astronautas llevaban en la mano una Unidad Man Individual de Maniobra (HHSMU), con que se desplazaban.

Preparación previa al paseo
Para poder realizar un paseo espacial, se requiere de una preparación previa. No es posible ponerse el traje espacial y salir al exterior, sino que hay que tener en cuenta diversos factores, como la **presión atmosférica.**

Ensamblaje de la Estación Espacial Internacional

En la Tierra soportamo una **PRESIÓN DE 1 ATMÓSFERA** cuando nos situamos a nivel del mar. Es la fuerza que ejerce la atmósfe sobre nosotros.

CÁMARA DE SEGURIDAD *para grabaciones*

Oxígeno puro para mayor movilidad

Teniendo en cuenta que el oxígeno solo constituye el 20 % del volumen del aire, utilizando una atmósfera compuesta por oxígeno puro **podemos reducir la presión en el interior del traje hasta 0,2 atmósferas**, lo que permite una mayor movilidad.

Trajes a bajas presiones

Si intentásemos salir al espacio exterior con un traje con una presión interna de 1 atmósfera, **nos resultaría imposible movernos**. Por este motivo, todos los trajes espaciales trabajan a bajas presiones.

Embolia

En el interior de la Estación Espacial Internacional la presión es de 1 atmósfera, con una mezcla de gases similar a la que existe en la Tierra, por lo que **bajar la presión hasta 0,2 atmósferas (la del traje espacial) supondría un enorme riesgo para los astronautas, ya que podrían formarse burbujas de nitrógeno en la sangre** y producirles una embolia.

Traje MMU para actividad extravehicular (EVA)

SILLA MOTORIZADA *para desplazarse*

CINTURÓN *de seguridad*

Antes de salir al exterior

Para evitar la formación de burbujas de nitrógeno en la sangre, los astronautas que vayan a realizar una actividad extravehicular (EVA) tienen que **respirar oxígeno puro durante, al menos, cuatro horas antes de salir al exterior,** para acostumbrarse a las condiciones que tendrán en el paseo espacial.

En los paseos espaciales **EL TRAJE PROTEGE DEL ABRASADOR CALOR DEL SOL** por el día **Y DEL EXTREMO FRÍO** en la sombra de la noche.

Presurizados a más de 0,2 atm

Por razones de seguridad, los trajes espaciales están presurizados por encima de 0,2 atmósferas. En el caso de los estadounidenses MMU (Unidad de Maniobra Tripulada), la presión es de 0,3 atmósferas; para los Orlan rusos, de 0,4 atmósferas.

ESPECIAL VIVIR EN EL ESPACIO

MIR: la primera

La estación espacial rusa MIR fue la primera en ser habitada de manera continuada. Fue **ensamblada en órbita** mediante diferentes módulos lanzados entre 1986 y 1996. En 1997 se produjo un incendio, al que siguió una cadena de fallos. Se decidió destruirla controladamente en marzo de 2001.

Desde 1986

El primer componente de la EEI fue enviado en 1986 y los primeros astronautas la ocuparon por un largo periodo de tiempo en el año 2000. Continuamente **se van agregando nuevos módulos** a su estructura. El último módulo presurizado se instaló en 2011; un habitáculo hinchable, en 2016, y se prevé la instalación de nuevos módulos para 2020.

El transbordador Endeavour

El orbitador (la nave) va recubierto por un revestimiento de losetas que lo protegen del calor extremo producido por el rozamiento con la atmósfera a grandes velocidades en su regreso a la Tierra.

NAVES REUTILIZABLES

La nave va montada sobre tres depósitos de combustible externos. El central contiene oxígeno e hidrógeno líquidos, y los laterales, más pequeños, queman combustible sólido. Estos últimos proveen el mayor empuje en el despegue, y posteriormente, a los 2,12 minutos de vuelo, se desprenden, caen al océano y son recuperados para ser nuevamente utilizados. El **depósito central, con su característico color naranja**, sigue proporcionando combustible a los motores de la nave hasta unos ocho minutos después del despegue. Este depósito se desprende entonces y no es reutilizable.

El desastre del Challenger

En enero de 1986 se produjo el primer accidente de uno de estos transbordadores, el Challenger, debido a la rotura de una junta que permitió que salieran al exterior los gases del motor, lo que provocó un fallo en la estructura de la nave. **Fallecieron sus siete ocupantes.**

El desastre del Challenger en enero de 1986

TRANSBORDADORES ESPACIALES

A partir de 1981 comenzaron a utilizarse los transbordadores espaciales tanto para el transporte de los módulos orbitales y de los astronautas, como para misiones de mantenimiento. Las naves aterrizaban y eran reutilizables. En total, y a lo largo de todo el proyecto, el programa estuvo compuesto por cinco naves: Columbia, Challenger, Discovery, Atlantis y Endeavour.

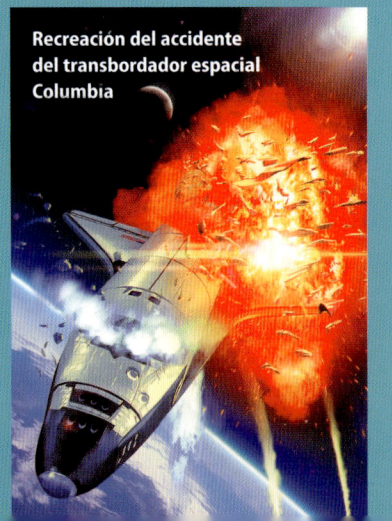

Recreación del accidente del transbordador espacial Columbia

El Columbia se desintegró

El día 1 de febrero de 2003, en su regreso a la atmósfera, la nave Columbia se desintegró y **sus siete ocupantes fallecieron.** Fue el segundo accidente de extrema gravedad en el programa de los transbordadores espaciales. La causa del accidente fue un trozo de espuma aislante que se desprendió del tanque externo y golpeó el ala izquierda de la nave. Esto produjo un orificio que permitió que, al regreso a la Tierra y durante su reingreso a la atmósfera, los gases a elevada temperatura producidos por el rozamiento de la nave con las capas altas de la atmósfera, penetraran en el interior del ala y desintegraran el transbordador.

La ESTACIÓN ESPACIAL INTERNACIONAL
Un lugar sin fronteras

Es un laboratorio de investigación en un **AMBIENTE ESPACIAL DE MICROGRAVEDAD**, en donde se llevan a cabo experimentos de física, biología, astronomía y otros campos del conocimiento.

La Estación Espacial Internacional (EEI) es un programa desarrollado por diferentes países, como Estados Unidos, Rusia, Japón, los países de Europa y Canadá, y es la mayor estructura puesta en órbita por la humanidad. Se mantiene en una órbita estable a una altura media de unos 400 km, **circunnavegando la Tierra una vez cada 92 minutos.**

Se espera que la Estación Espacial Internacional siga operativa al menos hasta 2030.

Cohetes Soyuz

Los componentes de la EEI fueron enviados mediante los transbordadores espaciales estadounidenses hasta que, en 2011, se suspendió este programa debido a sus altos costes. Desde entonces, tanto los módulos como los suministros o los astronautas se transportan mediante cohetes Soyuz rusos.

ESPECIAL VIVIR EN EL ESPACIO

Ir al baño

A la hora de ir al baño, los astronautas se colocan sobre un estrecho orificio con una bolsa de plástico para recoger las heces, así como una especie de embudo conectado a un tubo para la orina. La gravedad es sustituida por un **sistema de succión** que separa y transporta los desechos hasta un equipo de procesamiento, donde las heces se desecan y la orina se reprocesa en agua potable.

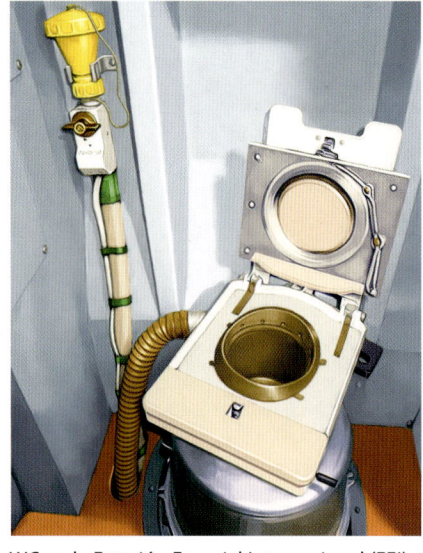

WC en la Estación Espacial Internacional (EEI)

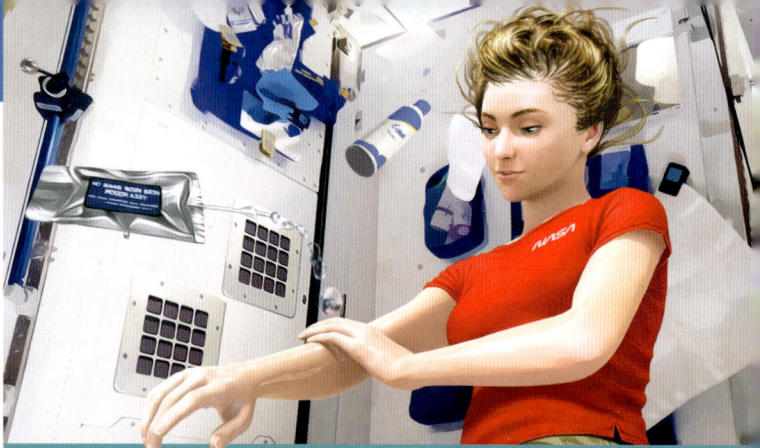

Aseo personal

En la EEI, los astronautas **no se duchan,** sino que utilizan jabón líquido con un poco de agua para la piel, y champú que no necesita aclarado para lavarse el pelo. A continuación, se secan con toallitas desechables, mientras un flujo de aire caliente evapora cualquier exceso de agua.

Hora de... COMER, DORMIR, IR AL BAÑO

Cómo se vive en una estación espacial

Algo tan cotidiano para nosotros como comer, beber agua, dormir, asearnos, procesar los excrementos y la orina que producimos… supone un serio problema cuando hay que afrontarlo en **un medio con microgravedad,** como el de la EEI. Encontrar las **soluciones** adecuadas a cada necesidad ha supuesto un verdadero quebradero de cabeza para los ingenieros espaciales.

A dormir

Una de las necesidades para las que hay fácil solución es la de dormir, ya que en un ambiente de microgravedad no hay ni arriba ni abajo, por lo que los astronautas pueden dormir en sus sacos apaciblemente **en cualquier posición.**

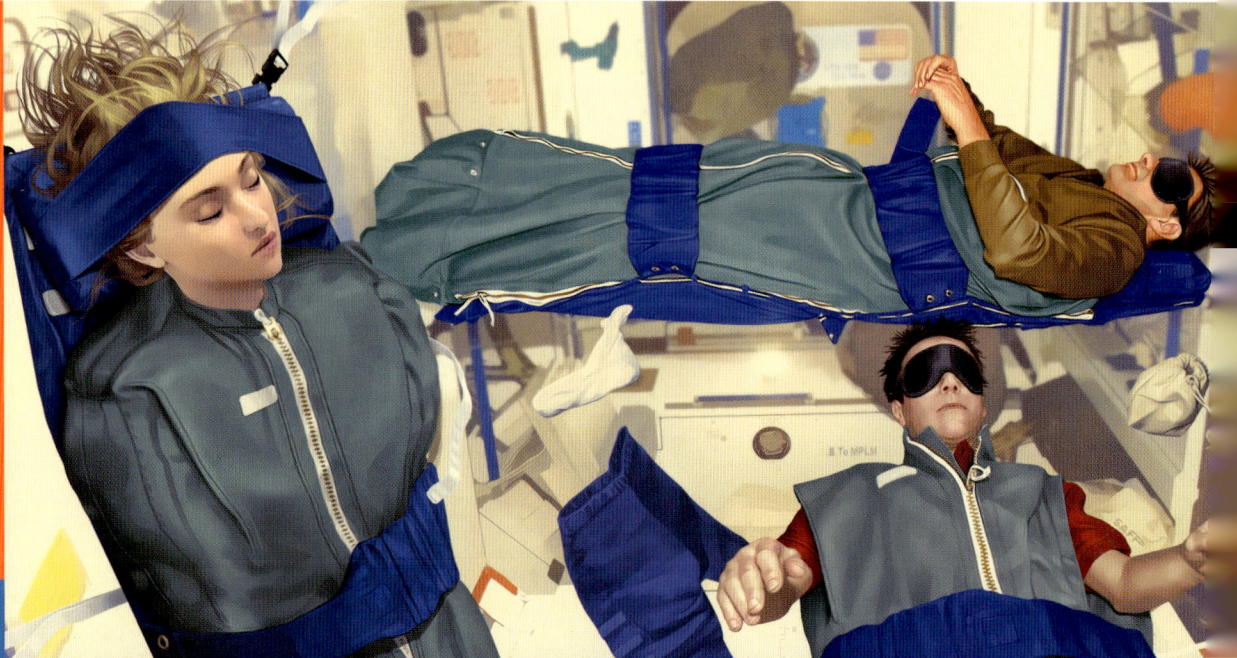

Muy limpio

Todos los espacios de la estación espacial han de ser cuidadosamente limpiados **para evitar la proliferación de bacterias.** Estas se desarrollan con una gran facilidad en el espacio, y aún no sabemos cómo tratar ciertas enfermedades en un ambiente de microgravedad.

Antiguas duchas

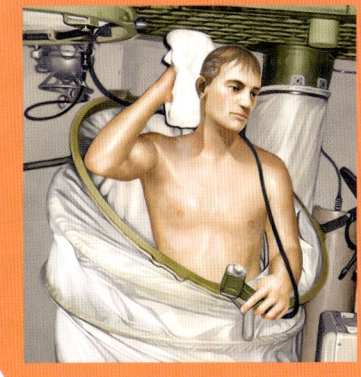

La primera ducha instalada en la Estación Espacial Skylab tenía forma de tubo, donde el astronauta se introducía y se sujetaba los pies con unas cintas para no salir despedido mientras se duchaba. Después fijaba una botella de agua presurizada al techo y comenzaba a ducharse. Simultáneamente, un sistema de succión iba recogiendo el agua para evitar que esta terminase en algún sistema electrónico y lo dañase. Se tardaba más de dos horas en ducharse y solo se podían utilizar tres litros de agua.

Comida rica

En la actualidad, la comida que se consume en la EEI es **muy parecida a la que comemos** en la Tierra. Frutas y verduras que pueden conservarse a temperatura ambiente, comidas esterilizadas y deshidratadas, como carne, atún, pavo o espaguetis, que han de ser rehidratadas con agua caliente antes de consumirse. Bebidas como té, zumos o café, siempre sin gas para evitar problemas al ingerirlas en un ambiente de microgravedad. La sal, el azúcar y la pimienta se suministran en forma líquida, ya que, en caso contrario, los granos flotarían y podrían causar problemas en la Estación Espacial Internacional.

Mantenerse en forma

Todos los astronautas deben hacer un mínimo de **dos horas diarias de ejercicio físico** en las máquinas preparadas para ello, máquinas que disponen de sistemas de enganche con arneses para que los usuarios no salgan disparados por la falta de gravedad. Es la manera de poder mantenerse en forma perdiendo la menor cantidad posible de masa muscular.

Astronauta haciendo ejercicio, sujeto por un arnés en la Estación Espacial Internacional.

ESPECIAL VIVIR EN EL ESPACIO

Cuando en 1969 se pisó la Luna por primera vez, se pensaba que la exploración humana del sistema solar podría ser rápida e imparable. Sin embargo, no fue así. La evolución de los sistemas informáticos y de la robótica nos llevó hacia una exploración automatizada, mucho más barata, segura y con muchos menos problemas que solventar que la humana. **¿Qué nos depara el futuro en la exploración espacial?** Hablamos de aquellos programas que están en proyecto o en fase de desarrollo.

El módulo tripulado regresa a la Tierra con grandes paracaídas.

UN FUTURO CERCANO
Turismo espacial

El turismo espacial ya es una realidad y existen **empresas privadas** cuya finalidad es poder **transportar turistas al espacio.** Las más importantes, tanto por su proyecto como por los medios de los que disponen, son Blue Origin, de Jeff Bezos (propietario de Amazon); SpaceX, de Elon Musk (propietario de Tesla) y Virgin Galactic, propiedad de Richard Branson.

Blue Origin

Blue Origin ha realizado, con éxito, varios lanzamientos a más de 100 km de altitud (la llamada **línea Karman,** a partir de la cual se considera que se ha alcanzado el espacio exterior), con cohetes reutilizables. Actualmente se encuentra desarrollando cohetes capaces de llevar tripulaciones al espacio.

Los cohetes de Blue Origin aterrizan en vertical, gracias a potentes retromotores, y son reutilizados.

RUSIA HA ENVIADO AL ESPACIO, hasta ahora, **A SIETE PERSONAS NO PROFESIONALES,** a cambio de enormes cantidades de dinero que han servido para financiar sus programas espaciales.

Aterrizaje de un cohete de Blue Origin

La nave para turismo espacial de Virgin Galactic

Virgin Galactic
Virgin Galactic aún se encuentra **en pruebas** para vuelos suborbitales y aún no ha superado los 100 km de altitud.

SpaceX
SpaceX también ha fabricado cohetes reutilizables. En la actualidad se encuentra desarrollando una nave para enviar futuras colonias de humanos **a Marte.**

La futura nave en desarrollo por SpaceX

MÁS MISIONES
Hacia 2025, **la NASA** prevé enviar astronautas a un asteroide. Y, para la década de 2030, realizar un primer viaje tripulado a Marte, una vez superados los innumerables problemas que plantea. La vuelta a la Luna, la búsqueda de vida en el satélite Europa e investigar la energía oscura son futuras misiones.

Euclides
Una sonda para investigar los misterios de la materia oscura y la energía oscura. Es posible que viaje al espacio en 2022.

La sonda Europa Lander sobre el satélite de Júpiter

Se encuentra en fase de desarrollo el **cohete Orión** (MPCV o Vehículo de Traslado Multipropósito), destinado a enviar astronautas a la Luna, donde construirán y desarrollarán sistemas para misiones más ambiciosas, como un hipotético viaje a Marte.

ESTACIÓN ESPACIAL LUNAR EN 2023
Se están preparando nuevamente misiones espaciales a la Luna. Se prevé la puesta en órbita lunar de una estación espacial para 2023. Desde esta estación **los astronautas descenderán a la superficie de la Luna,** previsiblemente en 2024, para una primera exploración.

Europa Lander
Se trata de una misión prevista para un futuro sin determinar a medio plazo, cuya finalidad es la búsqueda de vida en el satélite de Júpiter, Europa. Recordemos que Europa podría tener un océano de agua líquida salada debajo de una capa de hielo de 15 a 20 km de espesor.

ÍNDICE ALFABÉTICO

A

Agencia Espacial Europea (ESA), 97, 154-155.
Agujero negro, 21-23, 25, 60, 64-67, 69, 79, 81, 93.
Almagesto, 84, 97, 115.
Andrómeda, 67-68, 80, 125-128.
Anillos, 32, 34-35, 49-53, 87.
Ascensión recta, 123.
Astenosfera, 42-43, 102.
Asteroide, 29-35, 47, 55, 60, 65, 156, 171.
Astrolabio, 85.
Astronauta, 23, 148-151, 156, 160-169, 171.
Astronautas
   Aldrin, «Buzz», 151, 153.
   Armstrong, Neil, 151, 153.
   Belyayev, 145-147.
   Collins, Michael, 151, 153.
   Gagarin, Yuri, 144.
   Leonov, 145-147, 149.
   Tereshkova, Valentina, 145.
Astronáutica, 140-141, 148.
Astronomía, 9, 87, 114-115, 117, 122, 139, 167.
Atmósfera, 27, 29, 39-43, 46-51, 57, 102-104, 120, 134-135, 142, 144, 147, 150, 155, 160-166.
Átomo, 16, 21, 36-37, 69, 90, 99, 101, 161.
Atracción gravitatoria, 23, 25, 46, 64, 87, 92.
Aurora (boreal o austral), 37, 43.

B

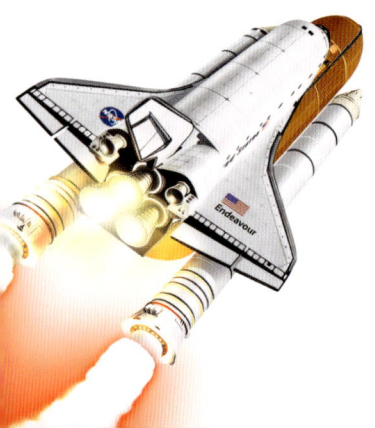

Big Bang, 64, 88-92, 94, 96-97.
Big Crunch, 92.
Blázar, 64-67.
Blue Origin, 170.
Brazos espirales, 59, 68, 76-77.

C

Calendario gregoriano, 117.
Calendario juliano, 117, 136.
Campo magnético, 23, 37, 43, 49-50, 109, 136, 161.
Carrera espacial, 141, 144, 151, 154.

Cefeidas, 74-75.
Científicos clásicos
   Brahe, Tycho, 86-87, 97.
   Copérnico, 86-87.
   Demócrito, 72.
   Eratóstenes, 115.
   Galileo Galilei, 50, 71-72, 87, 133.
   Herschel, William, 72.
   Kant, Immanuel, 31, 59, 61, 72.
   Kepler, Johannes, 87.
   Newton, 33, 53, 87.
   Ptolomeo, 84-85, 97, 115.
Científicos modernos
   Bell, Jocelyn, 27.
   Gamow, George, 88.
   Goddard, Robert, 140.
   Guth, Alan, 90.
   Hawking, Stephen, 93.
   Hoyle, Fred, 88-89.
   Hubble, Edwin, 74-75, 88.
   Korolëv, 142, 145.
   Leavitt, Henrietta S., 75.
   Lemaître, Georges, 88.
   Oberth, Hermann, 141.
   Penzias, Arno, 89.
   Tsiolkovsky, Konstantin, 140.
   Von Braun, Wernher, 141.
   Wilson, Robert, 89.
Cinturón de asteroides, 32-34, 55.
Cinturón de Kuiper, 33-35, 54, 156.
Cohete, 140-142, 144-145, 147, 149-150, 167, 170-171.
Cohetes
   R-7, 142, 145.
   Saturno V, 141, 150.
   Soyuz, 167.
   Titán, 149.
Cola de plasma, 55,
Cola de polvo, 55.
Color de las estrellas, 18.
Cometa, 29-35, 54-55, 60, 65, 86, 110, 156.
Cometa Halley, 137, 154.
Constelación, 23-24, 65, 77, 114, 122, 127-131, 136.
Corona, 36, 121, 124-125, 157.
Corteza, 39, 41-47, 57.
Cráter, 38, 40, 44-46, 97, 155-157.
Criovulcanismo, 53.
Cromosfera, 36, 121.
Cuásar, 64-68, 89-90, 137.
Cúmulo
   abierto, 24, 129.
   globular, 77.
   de estrellas, 14-15, 19, 67, 77, 126-127, 137.
   de galaxias, 68-69, 95, 156.

D

Declinación, 123.
Disco de acreción, 24-25, 65-69.
Disco protoplanetario, 15, 30, 65.

E

Eclipse, 9, 114, 120.
   de Luna, 115, 120.
   de Sol, 36, 120-121.
Eclíptica, 45, 118, 122, 124-131, 136.
EEI, 163-169.
Efecto invernadero, 27, 40, 57.
Enana blanca, 18, 21-25.
Enana roja, 21.
Enana negra, 21.
Energía oscura, 90-92, 96, 171.
ESA, 154-155.
Esfera celeste, 122-123.
Espectro electromagnético, 18, 24, 89, 132, 134.
Espícula, 37.
Estación Espacial Internacional (EEI), 163-169.

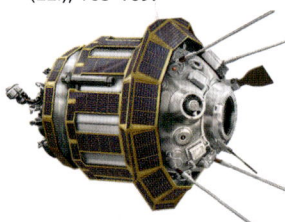

Estación espacial
   lunar, 171.
   MIR, 166.
   Skylab, 154, 169.
Estaciones, 47, 117-118.
Estado estacionario, 88-89.
Estratosfera, 43, 134.
Estrella de neutrones, 21-25.
Estrellas masivas, 21, 93, 110.
Eucariotas, 105.
EVA (actividad extravehicular), 145-146, 149, 162, 164-165.
Exosfera, 43.
Exoplaneta, 109, 157.
Expansión, 88-93, 96.
Extraterrestre, vida, 27, 108-111.
Extremófilos, 106-107.

F

Fases lunares, 45.
Fotosfera, 36-37, 121.
Fuente hidrotermal, 102, 105.
Fusión nuclear, 13, 16-18, 20, 22-23, 27, 36-37.

G

Galaxia, 59-69, 88-97.
   activa, 63, 66-67.
   elíptica, 63, 67, 80.
   espiral, 63, 67-68, 74-75.
   irregular, 63.
Geocéntrico, 84.
Gigante roja, 16, 20, 24-25.
Gran Atractor, 94.
Gran mancha roja, 48.
Gravedad, 13, 15-16, 21-22, 24, 30, 38-48, 50, 52-55, 64-65, 69, 90, 100, 103, 149, 160-161, 168-169.
Grupo Local, 68, 94-95.

H

Heliocéntrico, 87.
Horno de convección, 49.

I

Ingravidez, 140, 160.

L

Laika (perrita), 143.
Laniakea, 95.
Lente gravitatoria, 69.

LHC (Gran Colisionador de Hadrones), 96-97.
Litosfera, 42, 102.

M

Manchas solares, 26, 37.
Manto, 38-39, 41, 43-44, 47.
Mapas estelares, 124-131.
Marea, fuerzas de, 45, 109.

Materia bariónica, 69, 92.
Materia oscura, 68-69, 92, 171.
Mesosfera, 43, 134.
Microgravedad, 162, 167-169.

Misiones espaciales
 Cassini-Huygens, 155.
 Galileo, 154, 157.
 Luna II, 143.
 Mars 2020, 157.
 Messenger, 156.
 New Horizons, 156.
 PLANCK, 64, 92, 97, 156.
 Venera, 41, 145, 154.
 Viking, 108, 154-155.
 Voyager, 111, 154.
 COBE, 64, 89, 97.
 WMAP, 64, 89, 92, 97, 155-156.
MMU (Unidad de Maniobra Tripulada), 165.
Moléculas orgánicas, 102-103, 108-109.
Monte Olimpo, 46, 57.
Monte Wilson, 74.
Multiversos, 96.

N

NASA, 57, 78, 92, 111, 141, 148-151, 155-157, 171.
Nebulosa, 14-15, 23, 26, 56, 72, 77, 90, 129, 132.
 de la Roseta, 77.
 de Orión, 122, 129.
 planetaria 20-21, 24.
 solar, 30-31, 33, 56.
Nedelin, 144.
Nova, 25, 157.
Nube de Oort, 35, 54.
Núcleo, 13, 16-18, 20-23, 26, 36, 39, 41-44, 47, 49, 51-53, 65, 67, 69, 75-79, 81, 96, 100, 109, 131, 137, 156.

O

Órbita, 25, 32, 45, 53-54, 76, 84-87, 118, 137, 144, 147, 149-150, 154-156, 163, 167, 171.
Orión (vehículo de traslado multipropósito), 171.

P

Paseo espacial, 141, 145-146, 149, 151, 164-165.
Periodo inflacionario, 90.
Placa tectónica, 42, 47, 102, 105, 111.
Planetas, 15, 29-33, 65, 84, 87, 91, 100, 108-109, 118, 125, 131, 145.
 enanos, 34-35, 54,55.
 extrasolares, 109.
 jovianos, 33-34.
 terrestres, 33-34.
Planetas del sistema solar
 Júpiter, 29, 33-34, 44, **48-49**, 87, 108-109, 111,118, 154, 157, 171.
 Marte, 32-34, **46-47**, 57, 108, 154-157, 162, 171.
 Mercurio, 32-34, **38-39**, 118, 137, 156-157.
 Neptuno, 33-34, **52-53**, 111, 154.
 Saturno, 32-34, **50-51**, 56, 87, 108-109, 111, 154-155.
 Tierra, la, 22, 26-27, **42-43**, 44-45, 47, 56-57, 81, 84-87, 100, 102-104, 115, 117-119, 120-121, 123, 134-136, 144, 148-149.
 Urano, 33-34, **52-53**, 57, 111, 154.
 Venus, 32-34, **40-41**, 57, 137, 145, 154, 156.

Planetesimales, 31.
Plasma intergaláctico, 13, 69.
Pléyades, 24, 116, 126-129, 137.
Poblaciones estelares, 75.
Polvo interestelar, 26.
Procariotas, 105.
Programa espacial estadounidense, 148-153.
Programa espacial soviético, 142-147.
Prominencias solares, 37.
Proyecto Apolo, 150-154, 162-163.
Proyecto Gemini, 148-149, 162.
Proyecto Mercury, 141, 148, 162.
Púlsar, 23, 27, 110, 137.

R

Radiación, 48, 90, 97, 106-107, 111, 132-135, 160-162, 164.
 de fondo cósmico de microondas, 64, 89-90, 92, 97, 155-156.
 Hawking, 93.
 solar, 36-38, 40, 43, 57, 104, 118-119, 143.
Radiotelescopio, 69, 78, 110-111, 135, 137.
Rotación síncrona, 44.
Rover, 155, 157.
 Curiosity, 157.
 Opportunity, 155
 Spirit, 155.

S

Sagitario A, 78-79.
Satélites planetarios
 Calisto, 48, 108-109.
 Encélado, 51, 108-109.
 Europa, 48, 108-109, 157, 171.
 Ganímedes, 48, 108-109.
 Ío, 48.
 Luna, la, 39, 44-45, 84, 97, 102-103, 114-117, 120-121, 125, 136, 141, 143, 145, 148, 150-154, 162-163, 170-171.
 Titán, 29, 51, 155.
 Tritón, 53.
Satélites artificiales
 Sputnik I, 142, 154.
 Sputnik II, 143.
Sirio, 26, 114, 127, 129-130, 136.
Sistema solar, 29-37, 78, 80-81, 84-87, 91, 94, 108, 156-157, 170-171.
Sol, 36-37, 86-87.
Sonda espacial, 64, 92, 108, 111, 143, 156-157, 165, 171.
 Europa Clipper, 157.
 Euclides, 171.
SpaceX, 170-171.
Supercúmulo de galaxias, 95.
Supergigante roja, 18, 21.
Supernova, 17, 20-21, 25, 78, 81, 92-93, 100.

T

Tectónica de placas, 102.
Telescopio catadióptrico, 133.
Telescopio de rayos gamma, rayos X, infrarrojo y microondas, 134.
Telescopio espacial, 134-135.
 Hubble, 19, 134-137, 155, 157.
 James Webb, 137, 157.
 Spitzer, 155, 157.
Telescopio reflector, 133.
Telescopio refractor, 133.
Telescopio visual, 29, 49-50, 60, 62, 66-69, 71-72, 74, 78, 83, 86-87, 113, 132-133.
 Hale, 132.
 Grantecan, 132.

Termófilos, 106.
Termosfera, 43, 134.
Tiempo de Planck, 90.
Traje espacial, 140, 146, 149, 152, 162-165.
Transbordador espacial, 154-166, 163, 166-167.
Troposfera, 43, 134.
Turismo espacial, 170-171.

U

Unidad Astronómica (UA), 136.
Universo, 9, 30, 83-97, 99-101, 107-111, 113-115, 139, 154.
Universos isla, 59, 61, 72.

V

Vacío, 69, 95, 162, 164.
Valles Marineris, 46.
Vía Láctea, 12, 26, 71-83, 128, 131.
Viajes espaciales, 141, 154-157, 170-171.
Vida, existencia de, 17, 26-27, 78, 81, 99-111.
Viento solar, 26-27, 39, 55, 157.
Virgin Galactic, 170-171.
Volcanes, 40-41, 46-48, 53, 57, 104.
Voskhod 2, 145-147.
Vulcanismo, 41, 102.

Z

Zodiaco, 114, 116, 122, 136.
Zona convectiva, 36, 37.
Zona radiativa, 36.